Yves Navarre

Kater Tiffauges

Die Geschichte seines Lebens
von ihm selbst erzählt

Roman

Aus dem Französischen
von Rudolf Kimmig

Hoffmann und Campe

CIP-Kurztitelaufnahme der Deutschen Bibliothek

Navarre, Yves:
Kater Tiffauges : d. Geschichte seines Lebens,
von ihm selbst erzählt; Roman /
Yves Navarre. Aus d. Franz. von Rudolf Kimmig. –
1. Aufl. – Hamburg : Hoffmann und Campe, 1987.
Einheitssacht.: Une vie de chat ⟨dt.⟩
ISBN 3-455-08636-5

Schutzumschlag- und Einbandgestaltung Werner Rebhuhn
Gesetzt aus der Aldus-Antiqua
Satz: Fotosatz Otto Gutfreund, Darmstadt
Druck- und Bindearbeiten: Mohndruck, Gütersloh
Printed in Germany

Und wenn niemand da ist, der mir zuhört,
dann rede ich mit mir selbst über die Liebe.

1

Ich heiße Tiffauges. Ich bin eine Katze. Ich schreibe. Als ob ein anderer statt meiner schreiben könnte! Ich bin es. Ich bin ich. Der Kater. Ein Kater. Da gibt es kein Entweder-Oder, keine Alternative. Noch haben Sie die Wahl und können das Buch beiseite legen. Sie sind frei. Hier also mein Leben. Und mein Tod. Ich heiße Tiffauges. Ich schreibe.

Ich muß häufig allein sein, sonst komme ich nicht voran. Disziplin. Katzendisziplin. Doch nicht zuviel Moral, die überlasse ich den anderen, den Zweibeinern, die sich im Prinzip aus Neugierde auf ihren Hinterpfoten aufrichten, um weiter sehen zu können. Sie glauben, sie könnten sich alles erlauben, nur weil sie wissen, wie man die Kühlschranktür aufmacht. Sie halten sich für die Krone der Schöpfung! Sollte der Roman meines Ichs in eine Fabel umschlagen, wäre das schade.

Die Umstände meiner Geburt kann ich nur indirekt schildern und das erzählen, was ich viele Male gehört habe. Wem ginge es nicht so! Meine Mutter hieß Mounette. Aber ich bin mir nicht einmal sicher, ob der Name stimmt. Sie lebte als Hure oder Dauerverliebte in einem Dorf in der Nähe von Paris und war so etwas wie eine *Piratenbraut*, ein von ihm häufig gebrauchter Ausdruck. Ihm, das ist der, mit dem ich zehn Jahre zusammenleben sollte. Meine Mutter liebte Kater, nicht mehr, aber auch nicht weniger. Mounette, wir wollen es bei diesem Namen belassen, eine Landstreicherin, die bei Vollmond inbrünstig lebte und liebte, weder schön noch häßlich, fähig, sich durchzusetzen, leidenschaftlich, beschließt, sich ein Heim und einen Herrn zu wählen. Sie posiert auf dem äußeren Fenstersims einer Küche, die zu einem ehemaligen Pfarrhaus gehört, in dem, nicht allzuweit von Paris entfernt, ein Schriftsteller lebt, ein Einzelgänger, Junggeselle und Eremit, der Katzen verabscheut. Nichts kann eine katermordende Katze stärker erregen als ein Haus, in dem Katzen ungern gesehen sind. Hundertmal wird sie verjagt. Hundertmal nimmt sie die Belagerung der Festung wieder auf. Eines Tages vergißt der Besitzer des Hauses, das Fenster zu schließen. Jetzt hat die Katze gewonnen. Alles in allem ist die Anwesenheit einer Frau im Haus nicht so übel. Nach und nach erobert sie die Küche, dann die Halle, den Salon und, allen Mut zusammennehmend, den ersten Stock, das Zimmer des Hausherrn, sein Bett, in dem sie in schöner Regelmäßigkeit ihre Kinder zur Welt bringt, meine Halbbrüder und Halbschwestern, ganze Kätzchenscharen, eigentlich wie ein Huhn, das ohne Unterlaß Eier legt. Bei jedem glücklichen Ereignis überläßt ihr der Hausherr einen Halbbruder oder eine Halbschwester, damit sie stillen kann. Doch sehr schnell nach jeder Lieferung folgt Mounette wieder dem Ruf der Liebe. Ich bin der Überlebende einer Lieferung.

Von meinem Vater weiß ich kaum etwas. Ich erinnere mich nur undeutlich an Mounettes Bauch und an ihre warmen, süßen Zitzen. Doch schon bald kümmerte sie sich immer weniger um mich. Ihr gehörten die Dorfstraßen, die Abwässerkanäle, Scheunen, Felder und Wälder. Ich glaube, daß der Schriftsteller böse auf sie war und sie ausschimpfte. Ich bin mein eigener Vater. Bei den Katzen wird der Familiensinn nicht gepflegt. Die Mutter kennt und liebt man, in Maßen, brave Mounette. Den Vater nicht. Erst später sollte mir bewußt werden, welche Schwierigkeiten mir da erspart geblieben waren.

Ich bin folglich in einem guten Haus geboren worden. Das ist mindestens soviel wert wie ein Stammbaum. Mounettes Herr hatte das Pfarrhaus mit Hilfe der Honorare für einen Roman gekauft, der auch heute noch viel gelesen wird und dessen Held Abel Tiffauges heißt. Dieses Detail ist für das Verständnis des Folgenden wichtig. Der Herr von Mounette, meiner Mutter, die ewig hinter den Katern her war, ist ein zärtliches und gleichzeitig so distanziertes Wesen, daß man darüber seine Zärtlichkeit vergessen könnte, wenn er nicht so leicht verletzbar wäre. Liebte er das Kind, das er nie gewesen war? Wir werden sehen. Etwas später. Im Augenblick geht es um meine Gefühle. Und in meinen Augen war dieser Mann gar nicht zärtlich: ein katzenkinderfressender Riese, dem innerlich alles gegen den Strich ging; er war beleidigt, daß er nicht als der Philosoph anerkannt wurde, der er war, und er war wütend, der erfolgreiche Schriftsteller geworden zu sein, der er immer hatte werden wollen. Ich spreche nicht schlecht über ihn. Ich zeichne sein Porträt, ohne das meines nur durch wenige Striche markiert wäre und mein Name keinen Sinn hätte. Er hatte mich schließlich innerhalb von Mounettes gebräuchlicher Lieferung ausgesucht, der Streunerin, der Königin der hohen Mauersimse, ohne zu wissen, ob ich ein Er oder eine Sie war; ich bin ein Er, ein richtiger Kerl. Tiffauges ist der Name einer Burg, in der Gilles de Rais, ein Vetter des Königs, der in der Phantasie der Kinder zu dem fürchterlichen Blaubart wurde, der Knaben und Mädchen hinrichtete, Unschuldige opferte, die, das glaubte er zumindest, direkt in das Paradies kamen. Abel, Bruder und Opfer Kains, war vielleicht der stärkere der beiden. Zu gegebener Zeit werde ich meinen Herrn Abel nennen. Alles wird sofort kompliziert, wenn man sich ausdrücken will. Und unglücklicherweise schreibe ich nicht für Katzen oder Kater. Was hatte Mounettes Herr mit meinen Brüdern und Schwestern gemacht? Zu Beginn herrschte ein riesiges Gedränge um die Zitzen meiner Mutter. Dann war ich plötzlich allein. Zuerst im Bett, dann in einer Schachtel am Fußende des Bettes. Ich öffnete meine Augen. Mounette besuchte mich immer seltener. Ich hatte Angst vor dem Menschenfresser. Mir war kalt. Ich war schmutzig. Mounette vergaß, mich zu lecken. Sie hatte es eilig. Sie war verliebt. Ich verstehe sie. Sie war eine richtige Katze, die alle Kater verführte, eine vortreffliche Mischung, weder getigert noch rotbraun. Ich bin schwarz und weiß mit rosa Pfoten und rosa Nase. Wie mein Vater. Dabei bin ich mein eigener Vater. Ich bin Tiffauges. Ich schreibe.

Später werde ich frei sein, frei, der gewesen zu sein, der ich war, und frei, der zu sein, der ich bin. Katzen sterben nur im Geist derer, die zur Liebe keinen Mut haben oder sich zu heftig lieben, um dem Schweigen zuhören zu können. Die Rekonstruktion wird schwieriger. Es geht um meine Identität. Hier die Umstände meiner Adoption. Es war einmal eine Schriftstellerin, die einen Roman geschrieben hatte, der von einer Frau handelt, die ihre Kinder aufgibt, um mit ihren Katzen zu leben. Es war einmal der Mann dieser Schriftstellerin, der den Roman über den tragisch umwitterten Schönling in diesem Pfarrhaus so geliebt hat, daß er einen Text über die *Mütterliche Berufung des Mannes* schrieb. Die Schriftstellerin und ihr Mann waren Freunde Abels und behaupteten seit Jahren, er sei ein Kater und müsse unbedingt einen Kater haben. Abel, noch ein Schriftsteller, hatte gerade seine Einzimmerwohnung im Herzen von Paris mit einer größeren an den Seine-Kais getauscht, um die Erinnerung an seine erste Liebe auszulöschen, die er nur den »Bruch Nr. 1« nannte. Bei der Romanschriftstellerin, ihrem Mann und ihren Katzen fand ein Diner statt. Der Text über die *Mütterliche Berufung des Mannes* sollte als Nachwort in der Taschenbuchausgabe des Romans veröffentlicht werden, dessen Held Abel Tiffauges ist. Ein konventionelles Diner. Vier Personen. Der Eremit war aus seinem Pfarrhaus gekommen. Mounette kümmerte sich nicht mehr um mich. Sie hatte, wieder einmal, den Kater ihres Lebens gefunden. Mein zukünftiger Abel war aus den verschiedensten Gründen eingeladen worden, die ich nie begriff, Privileg der Menschen genannten Zweibeiner, das unter uns Katzen auf sehr viel natürlichere Weise gelebt wird: Ein Hauch von Jugend, Freundschaft, Zuneigung, vielleicht auch gemeinsame Lieben und Vorlieben; vielleicht wurde auch nur einfach eine Einladung erwidert. Während des Nachtisches bemerkte die Schriftstellerin zu meinem zukünftigen Abel, er habe jetzt eine Wohnung, die groß genug sei für eine Katze. Der Menschenfresser sagte:

»Ich habe eine, deren Mutter, ein liederliches Frauenzimmer, sich jetzt schon nicht mehr um sie kümmert.«

Mein zukünftiger Abel antwortete:

»Ausgezeichnet! Ich nehme sie und werde sie Tiffauges nennen.«

»Nein!« rief die Schriftstellerin, »das ist ein grausamer Name!«

»Sie wird grausam sein. Ich nenne sie Tiffauges!«

Der Menschenfresser sagte zu meinem zukünftigen Abel:

»Ich bringe sie morgen vorbei, vor neun Uhr.«

Was heißt das eigentlich, ein »liederliches Frauenzimmer«? Und was bedeutet »eine Katze zu sich nehmen«?

Ich möchte kein Mitleid erregen oder jemand tadeln, nur wahrheitsgetreu berichten, wie sich der Beginn eines wahren Katzenlebens abspielt. Am nächsten Morgen – es war noch früh, und Mounette war nicht nach Hause gekommen – hatte ich Hunger; mir war kalt. Ich nehme an, daß sich Brüder und Schwestern in solchen Fällen gegenseitig wärmen. Ich hatte mich in einem dreckigen Tuch zu einem Knäuel zusammengerollt, war selbst dreckig und schlief in dem Karton am Fußende des Bettes. Plötzlich packte mich die Hand des Menschenfressers, schwenkte mich durch die Luft und steckte mich wie Diebesgut in einen riesigen Karton, der nach neuen Büchern, nach frischer Druckerfarbe roch, ein Geruch, der mir später vertraut werden sollte. Der riesige Deckel wurde über den Karton gestülpt. Mit drei Messerhieben wurden Löcher in den Deckel gehauen. Ich konnte die Klinge sehen, die durch den Karton fuhr. Ein Mordversuch? Was sollte bloß aus mir werden? Doch im allgemeinen denken Katzenbabys wie Kinder nicht lange nach. Der Karton begann zu schwanken. Ich »mußte« und wollte die Stelle nicht berühren, an der ich »gemußt« hatte. Ich war eh schon dreckig. Motorengeräusch. Es war kalt. November. Ich rief nach Mounette. Ich miaute, wie sie das nennen, zum ersten Mal, nicht sehr laut; ein Katzenbaby, das ruft, wird fast nie gehört. Trotzdem war ich zufrieden.

Ich hatte eine Stimme. Da begann der Karton wieder zu schwanken. Ich rutschte von einer Seite zur anderen. Schau her, ich hatte Krallen. Weich noch, aber immerhin. Es läutete. Der Menschenfresser sagte:

»Ich kann nicht lange bleiben; ich habe um Viertel vor zehn eine Verabredung. Da hast du es.«

Der Karton wurde geöffnet. Ich sah einen Zweibeiner mit einem Schnurrbart. Er sagte:

»Guten Tag, Tiffauges.«

Ich hieß also Tiffauges. Er, das war Abel.

Was ist »es«? Was bedeutet ihre Sprache, die Wörter, die sie benutzen, immer in Eile, sie müssen schnell weg, wollen einen schnell überzeugen, sich schnell durchsetzen, schnell etwas sagen – was? Abel nahm mich in seine Hand; seine beiden Handflächen bildeten ein Nest, weich und sanft, und er küßte mich, ohne sich zu ekeln, auf den Kopf, genau zwischen die beiden Ohren. Ich hatte entsetzliche Angst. Ich schloß die Augen. Würde er mich wie Mounette lecken? Was so selten vorgekommen und so schön gewesen war! Ich fühlte mich wieder sicherer und öffnete die Augen; er trug mich einen endlosen Gang entlang, an dessen Ende die Küche lag. Abel kniete sich hin; er war immer noch riesig und erdrückend, aber er kniete sich hin, als ob er sich wie ich auf vier Pfoten fortbewegen wollte, und stupste meinen Kopf in einen Teller voll Milch. Ich mußte niesen. Ich leckte meine Schnurrbarthaare ab und begann dann sofort, die Milch zu schlecken. Sie war gut. Richtige Milch. Ohne Mounettes Bauch. Aber Milch. Dann ein kleines Kügelchen aus Hackfleisch. Das gleiche Spiel, die gleiche Entdeckung. Anschließend Toilette. Im Spülbecken. Zuerst mit einem Schwamm. Dann mit seinem Handtuch. Ich wollte, daß er mich leckt.

Ich sträubte mich und kämpfte mit ihm. Anschließend steckte er mich unter seinen Pullover und drückte mich an seinen Bauch. Er ging ein paar Schritte, setzte sich. Ich war sauber. Ich hatte keinen Hunger mehr. Es war warm. Ich schlief sofort ein.

2

Von Zeit zu Zeit spürte ich durch den Pullover seine Hand. Das war zwar nicht Mounette, aber das war nicht übel, besser als gar nichts. Kein Vergleich mit der Hand des Menschenfressers. Ich war trocken. Ich schlief. Ich träumte von Bäuchen und Zitzen, vielen Zitzen, ganz für mich allein. Und von dem merkwürdigen Geräusch des Motors. Dürfen Katzen auf Reisen die Landschaft nicht sehen? Unter dem Pullover zusammengerollt, sauber, satt und von Zeit zu Zeit gestreichelt, während er sich in seinem Schreibtischstuhl bewegte, sich vorbeugte, um ein Blatt Papier in den Papierkorb zu werfen oder seine Schreibmaschine heranzuziehen, eine rote, die er Valentina nannte und an deren Gehämmer ich mich schon am ersten Morgen gewöhnte, sagte ich mir, daß ich keine Wahl hatte. Katzen haben keine Wahl. Selbst wenn sie wählerisch sind wie Mounette. Und das ist gut so. Ich werde folglich stärker sein als er.

Ich weiß nicht mehr, ob ich mich aus dem Pullover befreit hatte, gefallen war oder ob er mich herausgeholt hatte – auf alle Fälle befand ich mich plötzlich wieder in der Küche. Er kniete vor einer blauen, rechteckigen Schale, in der keine Milch war, sondern sauber riechender Sand. Zehnmal, zwanzigmal wollte ich fliehen, doch jedesmal fing Abel mich wieder ein, setzte mich von neuem in die Mitte der

Schale und streichelte mich zwischen den Ohren. Wunderschön. Zum Dahinschmelzen. Ich schmolz dahin. Beim elften oder einundzwanzigsten Versuch machte ich Pipi. Vor Ergriffenheit. Abel lobte mich:

»Sehr gut. Tiffauges ist ein großer Junge.«

Ich konzentrierte mich und benutzte die Gelegenheit, ihn genau zu mustern. Er hatte, wie ich, einen Schnurrbart. Seine Augen glichen meinen. Er war nur hundert- oder tausendfach größer als ich. Ich floh.

Ich war so klein, daß ich mich überall verstecken konnte, und versuchte, meine Lage zu überdenken. Ich war bei ihm? Nun, er würde bei mir sein. Er wollte das letzte Wort behalten? Ich bestand auf dem ersten. Ich war stärker als er: Er liebte mich. Und ich hatte Krallen. Und? Das Spiel dauerte mehrere Tage. Die Wohnung war riesengroß. Er rief mich:

»Tiffauges? Tiffauges!«

Er suchte mich überall. Ich beobachtete, wie er auf allen vieren durch die Wohnung kroch und unter die Möbel, die Heizkörper, den Kühlschrank und unter sein Bett schaute. Ich war gerührt und beherrschte ihn: Er suchte mich. Die Wohnung war vollständig mit einem blauen Teppichboden ausgelegt, dunkelblau, als ob der Himmel auf dem Boden der Wohnung läge.

Schicklich machte ich Pipi und das andere in die blaue Schale und lernte das Vergnügen kennen, in dem Sand zu scharren. Ich dachte sogar daran, den Zweibeinern die Benutzung der Schale kundzutun, und spritzte jedesmal etwas Sand auf den Boden. Es war für mich eine Ehrensache, meinen Teller leer zu fressen. Innerhalb von wenigen Tagen hatte ich gelernt, Wasser zu trinken und das Geräusch der Tür zu erkennen, wenn er in die Stadt ging. Ich war frei. Ich war bei mir. Nicht mehr bei ihm. Katzenehrenwort. Wenn er mich einfing, dann wollte er mich streicheln, etwas zu fest, oder mich unter seinem Pullover bergen. Ich kratzte ihn am Bauch. Manchmal schlief ich auch ein, ihm zu Gefallen. Nie sehr lange.

Jeden Morgen kam eine Dame in die Wohnung. Als sie mich zum ersten Mal sah, hatte mich Abel gerade hinter dem Heizkörper in seinem Arbeitszimmer aufgestöbert. Sie sagte:

»Oh, der ist aber häßlich!«

Der Ausdruck ihres Mundes verriet mir, daß dieses Wort nichts Liebenswürdiges enthielt. Sie lief aufgeregt durch die Wohnung, stöhnte dauernd »so, so, la, la« und bedachte mich mit vielen unnötigen »Killekille« und anderen Albernheiten. Sie legte die Post auf Abels Schreibtisch. Ich folgte ihr in die Küche, wo sie mir zu fressen gab, das Wasser in meinem Napf und den Sand in der Schale erneuerte. Jedesmal, wenn sie sich bückte, seufzte sie. Sie roch stark, wie Mounette, wenn sich diese nicht geleckt hatte. Dann erweckte sie ein großes, brüllendes Tier zum Leben, das sie am Schwanz gepackt hatte und durch die Wohnung dirigierte. Während ich darauf wartete, bis Abel aus seinem Zimmer kam, lernte ich, mich zu lecken. Das Staubsauger-Ungeheuer jagte mir Angst ein. Ich stob davon. Ich rannte sogar mit dem Kopf gegen eine Glastür. In der Diele gab es keine anderen Türen. Eine Doppeltür aus Glas führte auf den Gang, an dem das Badezimmer und Abels Schlafzimmer lagen; nachts war sie immer geschlossen. Eine andere Doppeltür, ebenfalls aus Glas, führte in den großen Salon, der zu Abel eigentlich nicht paßte und zu vornehm war, in dem aber viele Feste mit ungeheuer viel flachen und hohen Absätzen stattfanden. Eine einfache Glastür führte ins Eßzimmer. Das Glas der Türen reichte jeweils bis zum Boden. Bumm! Halb K. o.! Neuerliche Flucht, bis ich endlich einen ruhigen Winkel gefunden hatte, in dem ich mich lecken konnte; meine Haare sind meine Vitamine, unverzichtbare Ergänzung meiner Ernährung. Ich hatte den Eindruck, als ob Sosolala mich mit ihrem brüllenden Ungeheuer überallhin verfolgte, bis sie endlich verschwand. Stille. Abel tauchte auf, nackt, sich die Augen reibend. Sein Körper war nicht vollständig behaart. Er war kein richtiger Kater.

Ein Gefühl ist weder gut noch schlecht, es ist da oder nicht, es existiert oder existiert nicht. Für Abel empfand ich vom ersten Augenblick an, an dem der Karton geöffnet worden war – der Menschenfresser war bereits gegangen, um seine Verabredung um Viertel vor zehn nicht zu verpassen –, ein leidenschaftliches, entschlossenes, unteilbares Gefühl. Als ob wir aneinandergekettet wären. Ohne Moral. Ich liebte ihn. Er liebte mich. Er würde nie etwas über mich erfahren.

Abel ersparte mir die »killekille«, »miam-miam« und andere Albernheiten. Er sprach zu mir wie zu einem Zweibeiner, einem menschlichen Wesen, in der gleichen Sprache. Dabei redete er häufig mit sich selbst, brauchte mich aber, als Zeuge. Wenn er telephonierte, kroch ich unter dem Pullover hervor, lief, ohne ihn zu kratzen, über seine Oberschenkel und sprang auf den Schreibtisch – ein schwieriges Manöver, das ich aber doch relativ schnell gelernt hatte. Ich setzte mich zwischen Valentina und das Wörterbuch und leckte zuerst die eine Vorderpfote und dann die andere; er streichelte mich, und ich sagte mir, daß er mich, um am Telefon zu antworten, wohl brauche. Wenn er einmal vergaß mich zu streicheln, leckte ich anschließend eine Hinterpfote, dann die andere oder diese Stelle, die immer sauber sein muß und die wir aufgrund unserer Geschmeidigkeit mühelos selbst reinigen können, ohne dabei Abscheu zu empfinden. Die Zweibeiner haben eine merkwürdige, ängstliche Schuldvorstellung von Schmutz und Schmutzigsein und schließen sich im Bad immer ein.

Abel stellte mich oft auf seine offene Handfläche und streckte dann seinen Arm weit aus. Von hier oben aus, höher noch als Abels Kopf, war die Welt ganz klein, und mir wurde schwindelig. Ich wurde hin und her gerissen zwischen seiner Freude, meiner Freude, meiner Angst, so im freien Raum zu schweben, und dem Wunsch, wieder festen Boden unter mir zu spüren, meine Sockelleisten, Röhren und Verstecke wiederzufinden, mein Leben, mein Privatleben... »Wieso privat?« fragte er eines Tages einen Geliebten, der darauf keine Antwort wußte. Abel spielte mit mir, jagte mich durch die Wohnung, stellte mir Fallen oder versteckte sich, um mir Angst einzuflößen. Hinterhalte legen, darauf verstand er sich. Es fehlte nur wenig, und er hätte mit mir Ball gespielt. Derb. Leidenschaftlich. Wie ein Kampf. Je häufiger er mit mir in seiner Menschensprache sprach, desto eindeutiger gehörte er mir. Ich war der Herr der Wohnung. Wir waren zwei.

Ein einziges Mal versuchte ich, bei ihm zu schlafen. Er bewegte sich zu oft; unerträglich. Wer störte wen? Ich weiß nicht. So gewöhnte ich es mir an, in der Diele zu schlafen. Unter dem Heizkörper. Von diesem Posten aus konnte ich ihn nachts beobachten, wenn er sein Zimmer verließ, um ins Bad oder auf die Toilette oder aber auch in sein Arbeitszimmer zu gehen. Und wußte sofort, wenn Sosolala in die

Wohnung kam. Ich wurde auch anderen vorgestellt. Die meisten fanden mich häßlich, ohne dies zu sagen. Doch die Blicke sprachen und logen nicht. Sosolala hatte es wenigstens laut ausgesprochen; sie stieg in meiner Wertschätzung. Wie Abel, der mich mit seinen Augen verschlang.

Die Wörter, mit denen ich mein Leben beschreibe, sind Abels Wörter, aber auch meine; ich lernte meine persönliche, beherrschte, runde und endlich frei werdende Sprache sprechen. Texte, das sind Gewebe. Die Wörter der Stille die Schußfäden. Selbst wenn Abel und ich bei unseren Gesprächen nicht immer die gleichen Wörter benutzten, reichten uns die Blicke, unser gemeinsames Schweigen. Wir vergötterten uns.

3

Etwas vorschlagen, statt es eindeutig erklären. Bei soviel Liebe lief Abel Gefahr, mich zu verlieren. Es gibt vielleicht keine unnützen Ereignisse. Ich vergesse sicher das Wesentliche. Die Erinnerung geht immer direkt auf den Kern von Ereignissen zu. Schöne Augenblicke, die man lebt und erlebt, erkennt man immer erst später. Und auch dann ist es noch zu früh. Ich bin tot, aber nichts verpflichtet mich, dies zu glauben, wenn sich noch jemand an mich erinnert. Ich wuchs sehr schnell. Nach wenigen Wochen schon konnte ich mich nicht mehr unter den Röhren auf dem Gang in die Küche oder hinter der Geschirrspülmaschine verstecken. Ich lernte, Purzelbäume zu machen und mich zu einer Kugel zusammenzurollen. Abel machte mit mir erstaunliche Loopings. Ich hatte aber vor allem gelernt, seinen Schreibtischstuhl zu erklimmen; am Anfang mit Hilfe meiner Krallen, später dann fast ohne Nachhilfe, mit einem großen Satz. Ich liebte es, wenn er mich in seinem Pullover »gefangennahm«; ich hielt dort kurze Schläfchen und träumte die großen Träume schwarzer Nächte, in denen es von Freunden und Feinden nur so wimmelte – ein Tierreich für sich, mein geheimes Reich. Ich machte unendlich viele Entdekkungen, vor allem auf seinem Schreibtisch, wenn er auf Valentina einhämmerte und ich, ganz unschuldig, so, als ob ich unsichtbar wäre, auf und ab spazierte. Mit Valentina machte er keine Loopings, sie war ein lebloses Ding, also keine Gefahr. Ich inspizierte die merkwürdigen Objekte, die auf dem Kaminsims standen, Masken, Tonwaren, die ihm wichtig waren; er hatte sie mit beidseitig klebenden Haftstreifen auf dem Marmor festgeklebt, so daß Sosolala bedenkenlos mit ihrem fürchterlichen Staubwedel überall herumfahren konnte; arme Vögel. Ich machte Inventur. Für die Zukunft. Eines Tages würde ich auf alle Kaminsimse springen und zwischen den Masken von Maya-Kriegern, den Tänzerinnen in Bronze und den ägyptischen Tonplastiken – aus der Spätzeit, behaupteten Griesgrame, die nur einmal eingeladen wurden – herumspazieren. In der Wohnung gab es viele Pflanzen. Kaum Möbel. Weiße Wände. Große, verwirrende Bilder, auf denen ich die Träume lesen lernte, die Abel in seinem geheimen Reich träumte. In seinem Arbeitszimmer stand sogar ein Baum. Die schwarze Erde in den Töpfen zog mich bereits unwiderstehlich an. Die Äste, welche Versuchung! Wenn während Abels Abwesenheit das Telephon läutete, antwortete ich nicht. *Er-und-ich* oder keiner. Auf allen vieren neben mir kniend, zeigte mir Abel, wie man sich am Teppichboden die Krallen schärft. Vorhänge hatte er keine installieren lassen. Die Fenster waren eigentlich Türen, die auf einen Balkon gingen, der die gesamte Fassade des Hauses umlief. Davor floß ein Fluß. Mit einer Brücke. Einer Insel. Und Booten, die »Fliegen« genannt wurden und nachts, während sie vorbeischwammen, die Wohnung sanft beleuchteten. Sie schwamm dann auf leichten Wellen. Spielzeug interessierte mich nicht, die Wollknäuel, Tennisbälle, Knochen aus Plastik und aufziehbare Mäuse, Geschenke von Sosolala oder Gästen. Zwischen Abel und mir herrschte von Anfang an eine andere Beziehung. Eine Geschichte. Er sprach klar und deutlich zu mir. Er brauchte jemand, mit dem oder, besser, zu dem er sprechen konnte. Ich möchte hier, in diesem Rahmen, etwas vorschlagen können, statt es eindeutig erklären. Bei soviel Liebe lief Abel Gefahr, mich zu verlieren. Es gibt vielleicht keine unnützen Ereignisse. Ich dachte, heute kann ich das zugeben, ich würde ebenso groß werden wie er. Ich sagte mir, sein Körper würde völlig behaart werden und wir seien, vielleicht, eines Tages, so etwas wie Zwillinge. Ich schreibe nicht aus Hochnäsigkeit, sondern aus Einsamkeit, mit Zeichenkohle, Strich für Strich, Eindrücke, die beeindruckende Wahrheit von zwei Wesen, ein freskenartiges Projekt, das mit der Linie enden wird: über das Zölibat innerhalb eines Paares, denn wir blieben zwei Junggesellen, die ein Paar bildeten. In einer größeren Familie hätte eine Katze allein bleiben und sich von Zeit zu Zeit dem hingeben müssen, der ihr gerade Zärtlichkeit schenkte.

Meine Zähne waren spitz wie Nadeln. Ich lernte zubeißen. Manche Außenstehende meinten, ich würde mich verteidigen, dabei maß ich nur meine Kräfte. Wie oft habe ich diesen Satz gehört:

»Du tust ihm weh!«

Die Leute, ich schreibe ganz bewußt, die Leute, abwertend, konnten nie verstehen, daß wir uns gegenseitig erzogen, Abel und ich, hart. Mit allen Mitteln. Aber ohne Menagerie. Das war unsere Sprache. Ein Kampf, der gar nicht so unfair war. Seine Größe war natürlich ein Vorteil. Aber auch meine. Ich konnte mich verbergen. Er nicht. Wenn ich etwas anstellte, dann wollte ich beachtet werden. Es kam vor, daß ich ihn so biß, daß er blutete. Er packte mich dann im Nacken und hielt mich mit ausgestrecktem Arm weit von sich entfernt in der Luft. Ich konnte nichts mehr machen und zog meine Hinterpfoten an meinen Bauch. In solchen Augenblicken sprach er heftig auf mich ein. Das war alles, was ich wollte.

Die Zimmer gingen auf den Hof. Abels Zimmer lag am Ende eines Ganges mit vielen Wandschränken, neben Bad und Arbeitszimmer. Ich hatte schnell gelernt, daß ich mich in den Schränken nicht einschließen lassen durfte. Dann das Gästezimmer mit dem Doppelbett, »Vétheuiler Betten«, sagte Abel und schien sich dabei glücklich an ein Haus zu erinnern, in dem er zum ersten Mal seine Krallen gewetzt hatte. Die immer verschlossene Doppeltür des Gästezimmers führte direkt auf die Diele, meinem aus strategischen Gründen gewählten Ruheort. Abel gewöhnte sich schnell an, die Tür zu diesem Zimmer offen zu lassen. Das linke Bett, vor allem das Kopfkissen, war weich, warm, und ich machte mir dort ein Nest, wie im Bauch von Mounette. Ich erkor es zu meinem Bett, meiner Schlafstätte. Von hier aus konnte ich, wenn die Tür offen stand, das Kommen und Gehen beobachten und hören, sobald sich ein Schlüssel im Schloß umdrehte, immer bereit, den Besuchern den Weg in die Küche zu zeigen.

Im Wohnzimmer standen drei niedrige Kanapees, undefinierbarer Stil, also gar kein Stil, Schaumstoff, mit einem braunen, synthetischen Stoff bezogen, kalt, nicht vergleichbar mit Wolle oder Fell. Ich mochte sie nicht. Die drei Kanapees waren zum Kamin hin ausgerichtet. In der Mitte stand ein niedriger, rechteckiger schwarzer Metalltisch, auf dem sich viele Zeitschriften, bunte Objekte, große, weiße Aschenbecher und eine Vase mit hübschen Blumensträußen befanden, Anemonen oder Tulpen. Das Blumenwasser wurde zu meinem bevorzugten Getränk. Wenn das Staubsauger-Ungeheuer sein Unwesen trieb, flüchtete ich mich unter den Tisch. Sosolala dirigierte es immer sehr schnell daran vorbei, nie darunter. Dieser Platz diente mir auch als Zufluchtsort, wenn Abel am Telephon wütend wurde oder auf mich böse war, weil ich irgend etwas angestellt hatte, nichts Schlimmes, nur, damit er mich nicht vergaß. Die Kanapees betreffend, hatte Abel in meiner Gegenwart gesagt:

»Mit denen kann er machen, was er will, die sind nichts wert.«

Er, das war ich. Die Besucher, kaum Besucherinnen, hauptsächlich Besucher, Abel gehörte zu den Katern, die nur Kater lieben, machten sich immer Sorgen um die »Verwüstungen«, die ich anrichten würde. Sie sagten zu Abel:

»Du bist so pingelig, du hältst das nicht aus! Du wirst die Katastrophe schon noch erleben!«

Abel lächelte mir zu und flüsterte:

»Aber nein.«

Ich hatte also das Recht, die Kanapees zu zerstören. Den Stoff zu zerfetzen. Ich mied sie. An ihnen schärfte ich nie meine Krallen: Es war autorisiert. Doch, einmal machte ich ein kleines Loch, aus Neugierde. Ich wollte den Schaumstoff sehen. Gelb. Ich hätte viel lieber gewußt, was sich unter dem himmelblauen Teppichboden verbarg. Ich stellte mir Vögel vor, Tausende, leichte Beute, mir ausgeliefert. Ich stellte mir sie vor. Ich stelle mir vor.

Abel setzte mich auf seinen Schreibtisch, ihm gegenüber. Ich rührte mich nicht. Er mußte mich nicht festhalten. Ich hatte endlich Valentinas Platz erobert, das war wichtig für mich! Was für ein Vergnügen! Abel schaute mir fest in die

Augen, als ob er mich einschläfern wollte. Er schloß die Augen, ich schloß die Augen. Ich öffnete meine wieder. Er hatte seine bereits geöffnet, war ganz aufgekratzt, als ob er eine Glanzleistung vollbracht habe. Ich war nur Auge, das Privileg der Katzen, und er schien in diesen Augen-Blicken der Vertrautheit zu vergessen, daß ich nachts genausogut sehen konnte wie tags und daß ich selbst bei geschlossenen Lidern nur meine Ohren spitzen brauchte, um ihn dabei zu überraschen, wie er sich eines Sieges erfreute, der gar kein Sieg war. Er begriff, daß ich mich nicht so leicht in Bann schlagen ließ, und brachte mir bei, mit den Augen zu zwinkern. Mit einem einzigen Auge? Das war sehr schwer, ich zwinkerte mit beiden. Er erklärte mir, daß zu Beginn, als er noch klein war, es auch für ihn schwer gewesen war. Die Unterrichtsstunde endete immer mit einem eher heftigen, beinahe groben Kuß. Ich mochte das. Nachts übte ich dann, auf dem Bett im Gästezimmer. Im Liegen schaffte ich es. Nicht im Stehen. Doch zwei Wochen später zwinkerte er mir wieder einmal zu, und ich zwinkerte zurück. Mit einem Auge. Wir behielten dieses Geheimnis für uns. Ich war schließlich kein Zirkustier. Es wurde immer stärker zu einem *Er-und-ich* oder nichts.

4

Die längliche Plastiktasche hatte die Form eines amerikanischen Briefkastens, wie man sie in Western sieht, am Ende verlassener Wege, mit einem Haus im Hintergrund, das einsam auf einem Hügel steht, ich habe einen Western im Fernsehen gesehen, das einzige Mal, als Abel diesen Apparat eingeschaltet hatte, ein Geschenk, das er nicht mochte. Ich auch nicht. Peng, peng! Ich habe galoppierende Pferde gesehen und mir gesagt, ich hätte ebensogut ein Pferd sein können, oder ein Löwe, der Film hatte mit einem Löwen angefangen. Oder ein Büffel, so zwischen Ochse und Stier. Mir gehen immerzu Tiere durch den Kopf. In der Retrospektive, in meiner Erinnerung prallen häufig Bilder aufeinander, bevor sie sich klar abzeichnen, hat die Tasche genau diese längliche Form, wie eine dicke Röhre; sie wurde oben mit einem Reißverschluß geöffnet. Die eine Seitenwand war transparent, so daß ich beobachten konnte, was sich in der unverständlichen und beunruhigenden Welt abspielte, und Abel mich im Innern sehen konnte. Ich machte sehr schnell die wenig erfreuliche Erfahrung dieser Tasche bei Gelegenheit einer Reise. Die Tasche war im Prinzip angenehmer als die Schachtel und auch meiner Größe besser angepaßt. Doch es herrschte eine unerträgliche Hitze darin, und schon bald beschlug die transparente Plastikscheibe, so daß ich Abel nicht mehr sehen konnte und er mich auch nicht. Im Moment der Befreiung und des Sich-Wiederfindens liebt man sich dann um so stärker. Ein scheues, unbestechliches Gefühl, das jeden Kompromiß ausschließt. Jedes Adjektiv wäre tödlich.

Die erste Reise war in verschiedene Abschnitte eingeteilt und sehr kompliziert. Einfangen und Einsperren in die Tasche. Zwei Stockwerke die Treppen hinunter. Verabschiedung von Sosolala, auf der Schwelle zu ihrer Loge. Dann das Taxi. Die Chauffeure stellen ein Problem für sich dar. Die einen akzeptieren mich in ihrem Wagen, die anderen wollen mich in den Kofferraum sperren. Im zweiten Fall sagt Abel mit süß-säuerlicher Stimme:

»Aber nein, das macht nichts, es handelt sich nur um eine kurze Strecke.«

Dann der Bahnhof. Die Menschenmenge. Der Zug. Stunden um Stunden die beschlagene Plastikscheibe. Auf dem Boden der Tasche ein T-Shirt von Abel, ich nenne es lieber Unterhemd, möglichst nicht gewaschen, aufgrund des Geruchs, der Gegenwart, der Gesellschaft, der Zuneigung, die ich wenigstens durch die Nase empfinde und die es mir untersagen, mich in einer Ecke der Tasche zu vergessen. Es ist unsinnig, als Gefangener der Tasche mein Leid zu klagen; ich werde von einem mir unbekannten Rattata in den Schlaf gewiegt, als ob wir uns in dem Bauch einer riesigen Valentina befänden, auf der der immer gleiche Text geschrieben würde. Während der ersten Reise wurde der Reißverschluß, zwei-, dreimal geöffnet. Abel streckte seine Hand herein und streichelte mich. Er begriff schnell, daß es besser wäre, mich schlafen und von Repressalien träumen zu lassen: man sperrt ein Gefühl schließlich nicht in eine Tasche. Dann ein anderer Bahnhof. Kalter Wind dringt durch die Luftlöcher in die Tasche, weckt mich. Abel trägt mich, und ich rutsche hin und her. Eine Garage. Ein Auto. Noch ein Stück Landstraße. Abel sitzt am Steuer und sagt immer wieder:

»Wir sind bald da, Tiffauges, wir sind bald da.«

Als ob ich noch klein wäre und mich kaum zusammenreißen könnte! Als wir in dem anderen Haus ankamen, war es kalt und die Plastikscheibe zum erstenmal nicht mehr beschlagen. So konnte ich beobachten wie Abel, bevor er mich befreite, aus einer anderen Tasche, seinem Koffer, einen Napf für das Wasser, einen anderen für mein Fressen, einige meiner bevorzugten Büchsen, eine flache, rechteckige Schale und einen Beutel mit Sand holte. Erst als alles hergerichtet war, holte er mich aus der Tasche. Ich war feucht. Ich kam aus einem türkischen Dampfbad. Im letzten Moment, aus Furcht oder Emotion, Abel wußte dies nicht einmal zu unterscheiden, er sagte dann immer, es gibt solche, die sich in etwas verwickeln, und solche, die sich einer Sache hingeben, »machte« ich. Kein Vorwurf. Ein Küßchen. Pipi in die Schale. Fressen. Das Haus gehörte mir. Das andere. Eine Entdeckung wartete auf mich: Treppen.

Ich lernte, jede Stufe zu nehmen. Viele Stufen ergeben eine Treppe. Beim Hinaufsteigen: zuerst ein Klimmzug mit den Vorderpfoten, anschließend Wiederherstellung des Gleichgewichts zuerst mit der rechten und dann mit der linken Hinterpfote. Jede Stufe war ungefähr zweimal so hoch wie ich. Hinauf, das ging noch so einigermaßen, doch hinunter, das war eine Katastrophe. Ich mußte springen, rutschte häufig aus, landete auf dem Kinn, verlor die Orientierung und rollte einige Stufen auf einmal hinunter. Meine Hinterpfoten waren zu stark und meine Vorderpfoten zu delikat. Kein Teppichboden. Fliesen. Und Simse aus Holz, von Citronnelle, einer anderen Sosolala, die wir noch kennenlernen, auf Hochglanz gewachst. Ich sehnte mich nach den großen, flachen Gängen des ersten Hauses. Hier mußte man ewig hinauf- und hinabklettern. Das ganze Haus bestand nur aus einer einzigen Treppe, die sozusagen das Rückgrat darstellte und von der aus man in das Wohnzimmer kam; ein halbes Stockwerk darüber lag das Arbeitszimmer, wieder ein halbes Stockwerk weiter Abels Schlafzimmer und das Bad, darüber ein Hängeboden. Das Ganze war ein riesiger Sack, eine entsetzlich große Schachtel, ein »Kerker«, ein Wort, das Abel häufig gebrauchte, wenn er von diesem anderen Haus sprach, das keine Türen hatte. Von der Eingangstür natürlich abgesehen. Abel hatte Angst, daß ich durchbrannte. Es zog entsetzlich in diesem Haus, vor allem an meinen Pfoten. Sonst behagte mir das Haus, aber wer beschreibt die Einsamkeit der Katze in einer Reisetasche während des Transportes? Die Angst der Katze in einem Haus, das sie nicht kennt? Unsäglich. Nicht beschreibbar. Die Worte fehlen mir hier. Deshalb schreibe ich.

Ich wäre so gerne im Bauch meiner Mutter geblieben. Hier, in diesem Haus im Süden, zog es wirklich zu sehr! Und dann diese harte Prüfung, die Treppen. Kaum war Abel im ersten Stock angelangt, da ging er auch schon wieder hinunter ins Erdgeschoß. Ich lernte, ihm nicht mehr systematisch zu folgen, sondern unten auf ihn zu warten, in dem winzig kleinen Wohnzimmer, auf den weißen, runden Kissen der Stühle, die um den Eßtisch herumgruppiert waren, in der Nähe des Ausgusses oder in einer Ecke des kleinen, zweisitzigen Sofas vor dem Kamin, in dem helles Feuer loderte. Die rote Glut erschreckte und faszinierte mich. Dort liegend, leckte ich mir vor allem die Pfoten, kalter Fußboden, kalter Marmortisch, eiskalter Ausguß, und saugte an meinen Bauchhaaren, Mounette fehlte mir, und ich wartete darauf, daß Abel mich unter einen seiner Pullover steckte. Er hatte Pullover in allen Farben, weiche und rauhe. Ich mochte den roten. Er den blauen. Es war Winter. Die Festtage standen bevor. Er schrieb. Allein. Mit mir. Ich begann, von tropischen Wäldern zu träumen. Wir waren frei, ein verwirrender Zustand. Es wird hier von meinen Träumen die Rede sein, denen, ausgesprochen, die undefinierbare Schönheit meiner Wälder abgehen werden, meine Pflanzen und meine Tiere sind von keinem Wissenschaftler klassifiziert worden. Ich liebte Abels Zornausbrüche. War die Welt nichts anderes als ein unendlich großer Bahnhof, mit Menschenmengen bevölkert, den ankommenden und den abreisenden und denen, die andere zum Bahnhof brachten oder dort abholten? Die ganze Welt erregte häufig seinen Zorn. Die anschließenden Zärtlichkeiten waren dann noch sanfter und verschworener. Wir würden nie etwas voneinander wissen, zumindest nicht viel. Das verband uns. Wenn Abel mich auf meine Schnauze küßte, einen Kuß hinhauchte, dann mußte ich niesen. Er lachte. Ich lernte lachen. Mein Schnauzbart wuchs. Ich konnte nur lachen, wenn ich meine Lippen links zurückzog und gleichzeitig die rechte Vorderpfote hob. Nur mit Purzelbäumen oder wilden Jagden durch das Zimmer konnte ich Abel zeigen, daß ich schallend lachte.

Wenn Abel telefonierte, veränderte sich seine Stimme. Er

träumte. Meine Augen schlossen sich, als ob mich die vielen Eindrücke blendeten. Er träumte von einer höflicheren, aufmerksameren, weniger hinterlistigen Welt. Noch die geringste Scheinheiligkeit kränkte ihn, der immer verwirrt und unzufrieden war. Und ich war da, gezwungenermaßen treu, ihm verschworen, unbekannter Herkunft, da Vater unbekannt, das Geheimnis und das Gesetz eines Dschungels kennend, mein Reich, die Wälder in meinem Kopf. Daher auch mein unersättlicher Appetit. Citronnelle fand mich »niedlich«, sprach aber ebenfalls von den »Verwüstungen«, den »Katastrophen«. Sie war vornehm und trug Schuhe mit hohen Absätzen. Sie arbeitete für Abel, tat so, als ob sie ihn besuche, ärgerte ihn, stieg die Treppen im Haus hinauf und hinunter, summte dabei vor sich hin, machte sich bemerkbar und viele kleine Geräusche. »Affektiertes Gehabe«, kommentierte Abel. Im Prinzip hätte Citronnelle mir gefallen müssen. Doch mit ihren hohen Absätzen wurde mir immer schwindelig, wenn sie mich hochnahm. Ich liebte es, mich in ihre Bluse zu verkrallen und in das, was sie darunter anhatte, dieses merkwürdige Gerippe. Sie gab es schon bald auf, mich auf den Arm zu nehmen, und streichelte mich nur noch mit den Blicken. Um so besser. Diese begeisterten Küsse, das ist nichts für mich. Ihr Parfüm nistete sich in mein Fell ein. Sie war eine hochhackige Sosolala, neugierig, verliebt, mit den Freuden- und Tränenausbrüchen einer kleinen Braut, eine Freundin, eine richtige Freundin, die als Nachbarin in unser Haus eindrang und zu zärtlich war. Mit ihren Augen sagte sie, ohne es zu sagen, daß sie mich lächerlich fand, schwarz-weiß, mit meiner rosa Nase und meinen rosa Pfoten, ein streunender Kater aus den Vororten von Paris, gewöhnlich, durchschnittlich, letztlich ein charakterloser Halunke. Um sie von meiner Schönheit zu überzeugen, hob Abel mich hoch, packte mich an den Vorderpfoten und zeigte ihr meinen Bauch:

»Schauen Sie, er trägt sogar einen Smoking!«

5

Citronnelle zuckte nur mit den Schultern:

»Was für eine Idee, diese Katze!«

Sie liebte mich nicht. Ich war ein Rivale. Um so besser. Die Nachbarin, die in dem Haus auf der anderen Straßenseite wohnte – die Straße war nur schmal –, besuchte uns und wünschte uns »frohe Weihnachten«. Abel stellt mich vor:

»Tiffauges, der neue Hausherr.«

Die Nachbarin, eine Kokette, die aus der Gegend stammte – Citronnelle kam aus dem Norden und sang immer *Schneesterne* – nannte mich in ihrem komischen Akzent »Kleines Raubtier«. Ganz nach meinem Geschmack. Als Abel morgens mürrisch und von der Nacht noch umgetrieben frühstückte, ging ich, er hatte mir mein Frühstück schon vorab serviert, in sein Zimmer, sprang auf sein Bett und rollte mich nach einer schnellen Toilette zusammen; ich suchte den Geruch, das Parfüm der Laken, die noch warm waren, das Geheimnis der Träume meines Herrn. Träume bleiben an den Laken hängen, sind eingewebt in den Stoff, werden zu dem Laken der Laken. So kann man die Träume anderer erahnen, ihr ruheloses Umherschweifen einfangen. Ängste oder sinnliches Feuer, Anarchie oder Verzückung über in Gedanken vollzogene Eroberungen. Ich habe oft beobachtet, wie Abel eine Hand flach auf die Stelle legte, an der ich eben noch geschlafen hatte, mit eingezogenen Krallen und unter dem Bauch verborgenen Pfoten, auf dem Kanapee, als ob auch er durch den Kontakt mit meinem warmen Schlafplatz etwas über mich und meine Träume erfahren wollte. Schöne Übereinstimmung. Tiffauges Geschichte ist weder sanft noch lieblich. Zu gegebener Zeit werde ich den Indikativ Präsens wählen, rauher, härter und dichter, aktiver und folglich eher zu uns passend. Abel hatte nur ein einziges Ziel, seine Träume einen einzigen Inhalt: das zu sein, was er war. Unser Zusammenleben wurde von Anfang an mit einem kritischen Auge bedacht. Niedere Charaktere begnügen sich nie mit der Intimität. Sie brauchen das große Publikum, den großen Auftritt. Doch das ist nicht wichtig. Ich bin dem Gedanken nicht abgeneigt, Abel verhext, ihn fast elf Jahre lang als meine Geisel gehalten zu haben. Wir haben ein einziges, gemeinsames, stolzes, aber nicht eitles Ziel: das zu sein, was wir sind. Ich habe sein Leben geteilt. Das kann niemand schockieren. Katzen haben im allgemeinen einen guten Ruf. Vor allem, wenn sie schreiben.

Sein Leben mit jemandem teilen, heißt das, unmögliche Liebe möglich werden zu lassen, der eine den anderen ertragend und umgekehrt, von steter Besserung, Steigerung träumend? Es wird von Territorien die Rede sein, den privaten und den gemeinsamen, die jeder behandelt, als ob er der eigentliche Herr sei. Oder vom Ich und vom Ihm, so, als ob wir uns definieren könnten, ohne gleichzeitig den anderen zu definieren, Gefährtin oder Gefährte, von den Umständen gezwungen oder von der Liebe. Katzen sind von Natur aus verliebt; Menschen, Zweibeiner, zum Teil bis zum Exzeß. Oder von ganz gewöhnlichen, schlecht Liebenden und schlecht Geliebten und von einer Katze mit dem leicht anrüchigen Anstrich eines Strolches, der nicht weiß, aus welchem Pariser Vorort er eigentlich stammt, und der dies erst später, nach und nach, erfahren sollte, als ob man seine ersten Schritte im Augenblick der ersten Schritte mache, diese schöne Illusion – man macht sie immer erst in dem Augenblick, in dem man »ist«. Es wird die Rede sein von zwei verschiedenen Wesen, die auf eine Herausforderung eingehen, wobei das eine nur tags, das andere besser nachts sieht. Abel arbeitete nachts. Ich war sein Assistent. Es wird die Rede sein von all dem, was Mich zu einem Ich und Ihn zu einem Er macht. Und von den anderen Zweibeinern, die Revue passieren, ohne wirklich in unsere Verbindung eingreifen zu können; zwischen uns gab es also wirklich mehr, ein Etwas, ein Band, das weder auf seinen noch auf meinen Träumen beruhte. Es wird die Rede sein von unausgesprochener Grausamkeit und offen benannter, verkündeter und kalkulierter Zuneigung. Was mein Fressen anbelangt: Ich mochte nur die roten Dosen, nicht die mit dem Fisch, das war Wal. Es wird die Rede sein von diesen einzigartigen, nicht übertragbaren Leiden und Sorgen, die den Freuden so ähnlich sind. Die roten Dosen, war in denen vielleicht Fleisch von Affen, Abels Vorfahren? Die sich als erste aufgerichtet hatten, um aus der Ferne den Feind zu erkennen? Dabei gibt es überall Feinde, am Boden und in der Höhe. Es wird die Rede sein von diesen kaum aushaltbaren Freuden, dem Schmerz so nah verwandt. Im Haus im Süden. Abel schrieb. Tiffauges beobachtete ihn. Tiffauges, das bin ich. ICH.

Es wird die Rede sein von einem Katzenkind, das zu schnell zu einem Kater heranwuchs, und von einem Kind, das nie zu einem Mann heranwachsen konnte. Das Kind streichelte mich, nicht der Mann. Es liebkoste mich, um sich selbst zu liebkosen. Wir durchschauten uns. Es wird die Rede sein von dem Betrug, der die Welt regiert, und von diesen Blicken, die das ausdrücken, was Worte zuweilen verschweigen. Es wird die Rede sein von allem und von nichts, vor allem von nichts, in einer Welt, in der im Prinzip alles bis zum Extrem gesagt und gewußt wird. Auch Abel wollte alles sagen. Heute befinde ich mich, wie er, in der schwierigen Lage, das Wesentliche nicht greifen zu können; so werden die zu schreibenden Seiten zu Stätten der Zerstreuung, der Verirrung oder der einfachen Vergnügen.

Es wäre die Rede von einer unmöglichen Aufgabe, möglich geworden aufgrund sorgfältig wägender, übersetzender Wörter. Wer wägt lügt. Wer übersetzt lügt. Abwägen, übersetzen, bewußt gewählte Wörter: aus Teilen der Wahrheit ist noch nie Wahrheit entstanden. Es wäre die Rede von einer Wahrheit, dieser kämpferischen Lüge, die jeden Augenblick beherrscht. Oder von einem Kater und dessen Herrn und der Herrschaft dieses Katers über seinen Herrn. Abel war Kettenraucher. Ich konnte das nicht ertragen. Er wußte es. Wenn er mir den Rauch mitten ins Gesicht blies, stob ich davon. Ich gewöhnte mich daran. Er wäre so gerne das geworden, was er war: ein Jemand. Nicht jemand Gutes oder jemand Schlechtes, sondern einfach ein Jemand, der für einen anderen Jemand da ist.

Es wird die Rede sein – ich greife wieder auf die Zukunftsform zurück und überlasse den eleganten Konjunktiv den Katzen mit Stammbaum – von meiner Unfähigkeit, ihm zu helfen, sich selbst zu begegnen und besser kennenzulernen. Und von meinen Pariser Nächten, in denen ich auf der Lauer lag, die Geräusche des Aufzugs verfolgte und Abels Kommen und Gehen mit seinen Katern, Katzen liebte er nicht; auch von den Nächten um das Haus im Süden, wenn ein Hund auf einem Bauernhof in der Ebene anfing zu bellen und die anderen in sein Signal einstimmten, schöner, weit entfernter Lärm, der mir die Ausmaße der Landschaft anzeigte, die ich mir nur vorstellen konnte. In Paris fuhr die Metro unter dem Haus. Ich hörte sie frühmorgens. Dumpf und gleichzeitig brüllend. Ich stellte mir einen wütenden Kater vor, der in einem Schlauch gefangen war. Im Haus im Süden hörte ich frühmorgens die Hahnenschreie, die sich von Bauernhof zu Bauernhof fortsetzten. Ich liebte die Zugluft in diesem Haus, selbst wenn ich ewig kalte Pfoten bekam und niesen mußte, was Abel beunruhigte. Schneidende Wüstenluft, besser als Stadtluft. Ich möchte hier nicht mein Herz ausschütten. Abel hatte auch Angst, zuviel zu reden. Er konnte das nicht unterdrücken. Er redete immer zuviel, zu schnell, zu allen, vor allem zu allen Männern. Er sprach gehetzt, bis einem schwindelig wurde. Je mehr er sich in seinen Parolen und Geständnissen verlor, die sich gegen ihn selbst richteten, desto ausgiebiger schwieg ich. Am Schreibtisch sitzend, las er mir immer laut vor, was er geschrieben hatte. Er mochte eine bestimmte Wortfülle, Melodie, singenden Sprachfluß. Er kitzelte mich zärtlich am Bauch.

Es wird die Rede sein von meinem Gefangenendasein innerhalb der Wände der Pariser Wohnung und der des Hauses im Süden, doch diese Gefangenschaft war gleichbedeutend mit Freiheit, Bedienung und Vollpension inklusive. Oder von seinem gefangenen Herzen und seiner Unfähigkeit, den Zustand des Verliebtseins ertragen, sich an niemand binden zu können. Meine Sicherheit. Vielleicht habe ich auch darauf geachtet, daß er mir gehörte. Wachhunde sind bösartig und ähneln ihrem Herrn. Wachkatzen können auf subtile Weise liebenswürdig sein. Ihre Herren gleichen dann ihrem Spiegelbild. Doch dabei gibt es keine Regeln. Katzen sind nicht so und Hunde so. Ich lege mich da nicht fest. Ich würde mit keiner Katze streiten, die das Gegenteil behauptet. Das Haus im Süden lag direkt an der Straße, an der engsten Stelle der einzigen Straße, die durch das Dorf führt. Es wird die Rede sein vom Schreiben. Schreiben ist alltäglich. Nur eine Frage der Zeit, des Auges und des Ohres. Beim Schreiben wählerisch sein, das heißt lügen und sich einen Wunsch versagen. Auf der Eingangstür des Hauses im Süden hatte Abel eine Kupferplatte in Augenhöhe der Passanten und Besucher angebracht, in die er folgenden Text hatte eingravieren lassen: *Vorsicht, streunender Kater.* Mein Ruf war dahin. Im Grunde noch ein Kind, und schon streunender Kater. Abel kannte meine Träume so wenig wie ich seine. Ich hätte sie gerne kennengelernt. Ich wollte nicht durchbrennen, sondern nur ausgehen und die Welt in seinem Namen grüßen. Er war immer so schlecht gelaunt, wenn er zurückkam, glücklich, mich wiederzusehen und mit mir zu sprechen. Dabei sprach er nur zu sich selbst, wenn er mich anschaute, mir Fragen stellte und mir alle möglichen Geständnisse machte, vor allem, wenn er sich zurückgewiesen fühlte. Er sagte:

»Ich habe heute abend wieder einmal zuviel geredet, Tiffauges, mein Mund ist voller Asche!«

Es wird die Rede sein von seiner Unabhängigkeit und von meiner, von meiner Abhängigkeit und von seiner. Wer streichelte wen, wenn er nach Hause kam?

Im Haus im Süden konnte ich ihn beim Schlaf beobachten. Welche Träume beschäftigten ihn? Er lebte in seinen, ich in meinen, wir bildeten ein Ganzes. Einen Körper. Ein Wesen. Ich sagte nicht: ein Paar. Abel haßte es, wenn man ihn dazu bringen wollte, etwas auszusprechen, was er eigentlich nicht aussprechen wollte. Er nannte dies den »Faschismus des Alltags«. Ich hätte vielleicht früher schreiben sollen, als ich noch lebte, ihn warnen sollen, draufgängerisch, wie er war, denn die Geschichte würde schlecht ausgehen, ein alltägliches Ende nehmen.

Es wird die Rede sein von meinen Geliebten; ich hatte zwei, Tiffany und Tityre. Später. Ein Katzenleben. Oder von der wirklichen Weisheit des Lebens, kaschiertes, geschminktes Mittelmaß. In dem man sich gleichzeitig sehr jung und sehr alt fühlt. In mir vereinten sich eine streunende Katze, ein souveräner Löwe und das Unvermeidliche, das jedem anhaftet, der aus der Hefe des Volkes stammt. Oder zwei völlig entblößte Wesen beobachten, vom Schicksal zusammengeschweißt, natürliche Grausamkeit und einstudierter Haß, überall auf Beute lauernd. Oder nichts beobachten, sich blind stellen, verschließen, glücklich scheinen, vernünftig oder dumm. Das Resultat ist immer gleich. Wenn man zu warten versteht, beobachtet man – ein wenig.

Weihnachten ging vorüber, Silvester und Neujahr. Die Nachbarin von gegenüber sagte zu Tiffany mit ihrem Akzent aus dem Midi immer »kleine Fanny«. Doch ich mache einen Sprung, das gehört in ein späteres Kapitel. Hier jedoch ein unveränderlicher Zug: Abel wartete zu lange, um noch weiter zu warten. Ich kam aus grauer Vorzeit, mit aller Erinnerung beladen. Abel schrieb Seiten, die ihm nicht gefielen. Laut vorgelesen wird jede schwache Stelle offenkundig. Nach drei Wochen war ich auf den Treppen beinahe schneller als Abel. Es kam kaum Besuch; im Kamin loderte immer helles Feuer. Citronnelles Parfüm war unerträglich. Ich wäre gerne nach Paris zurückgekehrt. Abel sagte:

»Ich fahre nach Paris zurück, als ob ich in ein Bordell ginge.«

Riefen die Kater?

6

Es war Januar geworden. Die Feiertage waren vorbei. Abel sagte am Telephon:

»Nein, ich habe nicht gefeiert«, oder auch: »Ich habe sie allein verbracht, mit Tiffauges.«

So habe ich früh, zu früh erfahren, daß man auch mit einem anderen oder, schlimmer, mit anderen allein sein kann. Grausame Erkenntnis. Ein Hoch auf diejenigen beider Geschlechter, die dies nie begriffen oder ihr ganzes Leben lang diese Erkenntnis nie zugelassen haben. Wieder in Paris, liebte ich Sosolala, denn sie roch in den Achselhöhlen, ein ehrlicher Geruch. Wie Mounettes Bauch, der Geruch langwieriger, mühsamer Unternehmen. Ich war kräftig geworden und konnte inzwischen mit einem Satz von dem himmelblauen Teppichboden auf Kanapees und Stühle springen. Von Abels Schreibtischstuhl auf den Schreibtisch, während Abels Abwesenheit; neben Valentina und der Seite, an der er gerade arbeitete, rollte ich mich dann zusammen, neben einem zeitweilig aufgegebenen Text oder auch einem weißen Blatt, und ich stellte mir dann vor, ich würde mein eigenes Leben festhalten. Verschiedene Male versuchte ich, die Tastatur Valentinas zu bedienen. Doch meine Pfoten waren zu ungeschickt; ich hatte keine Finger. Schon bald würde ich auf die Kaminsimse springen und die vielen merkwürdigen Objekte aus der Nähe betrachten oder auf dem Badewannenrand balancieren können, immer Gefahr laufend, ins Wasser zu fallen. Mit dem Bidet hatte ich meine ersten Erfahrungen bereits gemacht: Wasser auf der Schnauze – Niesen. Wenn Abel in der Nacht nach Hause kam – er jagte wie ich in der Nacht – und einen Geliebten mitbrachte, dann schloß er mich in der Diele ein. Durch die Glastür konnte ich beobachten, was sich auf der Decke, seiner Spielwiese, zwischen Salon und Eßzimmer abspielte. Abel hatte schließlich das Recht, sich in seinen Partnern zu täuschen, und solange er keinen anderen Kater mitbrachte, hatte ich keinen Grund zur Aufregung. Jetzt, in der Erinnerung, gefällt mir die Reserve, die er auf diesem Gebiet zeigte, recht gut. In gewisser Weise war er schamhaft, dabei animalisch, stark. Aber warum spielte er mit seinesgleichen? Aus welchem Grund suchte er Partner, die sich von ihm nicht unterschieden, identisch waren? Merkwürdige Überschneidungen, entfesselte Ritte! Sie leckten sich nur wenig. Komisch, Abel und ich, wir genierten uns ziemlich lange voreinander. Ich hatte schnell gelernt, daß dies wichtig war. Das war anscheinend so üblich. Tugend, verbunden mit Verleumdung und Scheinheiligkeit. War das die menschliche Rasse? Verhielt man sich so, wenn man sich »anständig« betrug? Tugend, Verleumdung, Scheinheiligkeit, mußte man damit leben?

Das Spiel ging weiter. Er konnte mich immer noch mit einer Hand ganz hoch über seinem Kopf schwenken. Ich kratzte nicht mehr. Es gefiel mir. Ich wurde zu einem Vogel, einem Raubvogel, lauerte meiner Beute auf und bekam eine immer genauere Vorstellung von meinem Territorium, das ich niemals ganz erforschen und erobern sollte. Abels Zorn hatte nie den Punkt erreicht, an dem es kein Zurück mehr gibt, an dem man alles fallenlassen und von vorne beginnen will. Auch ich wurde ab und zu zornig, allerdings im verborgenen, allein. Ich lief dann durch die Wohnung, von einem Ende zum anderen, auf immer verschlungeneren Wegen, bis ich endlich außer Atem gekommen war und einhielt; mein Katzenherz schlug wie wahnsinnig, und ich schlief ein, genauer, rollte mich an der Stelle, an der mich die Kräfte verlassen hatten, zu einer Kugel zusammen und überließ mich den blutrünstigen, kriegerischen Träumen aus dem Reich, aus dem ich stammte. Katzen kennen ihr Reich nicht. Und das Reich der Menschen? Was wissen sie davon? Woher stammen sie? Manchmal spielte ich in Abels Gegenwart das »scheuende Pferd«, machte meinen schönsten Katzenbuckel und sträubte meine Haare, so gut es ging; mit riesigen, seitlichen Sätzen bewegte ich mich dann auf Küche und Kühlschrank zu. Mein Zorn war nur gespielt. So wie seiner. Wir bewahrten unsere schlechten Launen für die anderen. Citronnelle habe ich häufig gekratzt. Und wenn Sosolala ihr Staubsauger-Ungeheuer am Schwanz durch die Wohnung schob, griff ich ihre Beine an, von hinten, heimtückisch, und verkrallte mich in ihren Strümpfen. Es knirschte, wenn sie rissen.

Eines Tages wurde etwas Großes und Großartiges geliefert: Die Doppeltüren zur Diele und zum Salon waren aufgemacht worden. Abel hatte mich in den Gang zu seinem Zimmer gesperrt. Drei Männer trugen eine sechseckige Vitrine, die ganz aus dickem Glas bestand, aus Scheiben, ähnlich denen, die zu Beginn des Jahrhunderts die Hallen der großen Paläste geschmückt hatten. Ich hörte:

»Das ist schwerer als ein Klavier, und außerdem ist es

zerbrechlich«, oder auch: »So etwas wird heute nicht mehr hergestellt.«

Ich glaubte schon, sie redeten von mir, doch dieses »hergestellt«... Nachdem Abel mich befreit hatte, beobachtete ich, wie er verliebt die seltenen Objekte, die er auf den Kaminsimsen festgeklebt hatte, in die Vitrine räumte, die zwischen den beiden Glastüren des Salons ihren Platz gefunden hatte, und mich dabei verächtlich anschaute:

»Da siehst du, was ich deinetwegen alles tun muß!«

Ich schwor fürchterliche Rache! Dieser Vorwurf! War es wirklich ein Vorwurf gewesen? Oder eine eher zärtliche Bemerkung, mit einem ganz kleinen Vorwurf gewürzt? Oft träumt man von Rache. Und dann geschieht das Wunder, und die Rache vollzieht sich von allein, ohne daß man dafür belangt werden könnte – Kriegslist? Vorsatz? Katzen können für sich die Unschuld und das Schweigen ins Feld führen, eine Heimtücke. Sie verstehen es zu warten.

Abel vergnügte sich damit, er wollte mich erniedrigen oder mit mir spielen, aber bei diesem Spiel gab es immer einen Verlierer, mich vor allem vor Zeugen auf die oberste Glasscheibe der Vitrine zu setzen, auf das Dach dieses Glasgebäudes, in dessen Mitte ein aus Guatemala mitgebrachter Totenkopf aus gebranntem Ton auf einem besonders hohen Sockel thronte. Da oben auf der Vitrine, die Pfoten vorsichtig auf den transparenten Boden setzend, wurde mir schwindlig, und ich wartete darauf, daß Abel mich befreite. Oft waren bei diesen Spielen Besucher anwesend, die ängstlich riefen:

»Hol ihn doch herunter, er ist unglücklich! Du quälst ihn!«

Doch Abel antwortete:

»Nein, er mag das gern.«

Ich existierte. Freudeangst. Angstfreude. Ich hatte Angst vor der Durchsichtigkeit der Glasscheiben und vor den Objekten unter mir. Waren sie meinetwegen eingesperrt worden?

Im Mai verreiste Abel eine Woche. Ich war inzwischen fast erwachsen und sehr geschmeidig geworden. Sosolala besuchte mich zweimal täglich; zwischendurch trainierte ich während seiner Abwesenheit, mit einem Satz vom Kanapee auf den Kaminsims und von dort auf die Vitrine zu springen, ein Satz, eines Leoparden würdig.

Das Training war brutal. Zu Beginn flog ich regelmäßig an den langen Scheiben der Vitrine entlang auf den Boden. Doch ich war mir und ihm den Beweis schuldig, daß ich ohne fremde Hilfe auf die Glasvitrine gelangen konnte, und da ich nicht wußte, wann er wieder nach Hause kommen würde, hatte ich keine Zeit zu verlieren, wenn ich die selbstgestellte Aufgabe lösen wollte; und ich löste sie. Er kam mitten in der Nacht nach Hause, stellte seinen Koffer und seine Reisetasche auf den Boden, nahm mich in seine Arme, küßte mich und war erstaunt, als ich mich ihm entzog und nicht in die Küche rannte, sondern in den Salon, hopp!, ein Sprung auf das Kanapee, hopp!, ein Sprung auf den Kaminsims und hopp!, ein Sprung auf die Vitrine. Ein ohrenbetäubendes Krachen: die oberste Scheibe bewegte sich unter meinen Pfoten, rutschte aus der Verankerung, fiel auf die darunterliegende, und so weiter; alles brach in tausend Scherben, und ich mitten drin. Der Sockel des Totenkopfes hatte den Schock etwas gebremst, so daß ein Teil der Objekte einigermaßen heil blieb. Doch der Rest! Eine Katastrophe! Ich hatte meine Freude zeigen und meine Fähigkeiten beweisen wollen. Abel blieb ruhig. Ich beobachtete, wie er ohne Hast auf die Vitrine zuging, sie öffnete und mich herausholte, um mich zu streicheln und zu beruhigen. Und nachzuschauen, ob ich mich verletzt hatte. Kein lautes Wort. Ich glaube, er hatte sich am linken Zeigefinger geschnitten, als er die Glassplitter beiseite räumte, um die wenigen Objekte, die nicht zerbrochen waren, zu retten, nachdem er sich natürlich zuerst um mich gekümmert hatte. Er arbeitete fast die ganze Nacht. Er sammelte die Scherben in Säcken, die er in andere Säcke steckte, dann in Kartons, darunter auch den, in dem ich geliefert worden war; er stapelte die Kartons in der Diele ordentlich aufeinander. Erst als alles aufgeräumt war, packte er seinen Koffer aus und legte sich ins Bett. Erst als er sich ins Bett gelegt hatte, bekam ich wirklich Angst. Er hatte die Tür zu seinem Zimmer offen gelassen; ich legte mich ganz dicht neben seinen Kopf und leckte seine Nasenspitze. Es kitzelte ihn. Er lachte. Er schlief ein.

An diesem Abend hatte ich in seinen Augen Wolkenkratzer und riesige Brücken entdeckt. Ich hatte ihn nicht gebeten, mir etwas zum Fressen herzurichten. Alles, was recht ist! Was für ein Sturz, von Glasregal zu Glasregal, bis auf den Boden der Vitrine, zwischen den zu Staub pulverisierten Objekten. Nur die oberste Scheibe, mit der alles angefangen hatte, war ganz geblieben; sie war dicker als die anderen, dick wie ein gefrorener See, so daß auch meine Pfoten nicht verletzt worden waren. Nachdem Abel die Tür der Glasvitrine geöffnet hatte, hatte er gesagt:

»Komm, Tiffauges, laß dich anschauen. Das ist nicht deine Schuld.«

Was heißt das eigentlich, »du bist schuld« oder »das ist nicht deine Schuld«? Schuld? Schuld haben? Fehler machen? Ich glaube, daß er genausoviel Angst ausgestanden hatte wie ich; ich schätzte ihn aus diesem Grund noch mehr und hatte grenzenloses Vertrauen in ihn.

Ein Katzenleben: dem Leben das Beste abgewinnen und keine unnützen Gefühle. Ich spüre, in diesen Zeilen, wie ich mich in Widersprüche verwickle. Jedes Wort, das ich schreibe, verstärkt meine Schuld, meine Lächerlichkeit und meine Anhänglichkeit. Abel gehörte zu der schlechten Rasse der Liebenden: Er lachte nicht, wenn ein Geliebter bei ihm lag. Er lachte nicht mehr, wenn der Geliebte wiederkam. Mit mir lachte er. Ich hätte so gerne mit ihm als gleichberechtigter Partner gespielt. Ich konnte es nicht: Größe, Fell, seine Parolen, mein Schweigen... Ich schnurrte, später, älter, zu spät. Die Lachenden gehören zur guten Rasse. Sie sind zynisch und verstehen sich zu amüsieren. Oft habe ich mich hingelegt und wollte weinen. Hat man je eine Katze weinen sehen? Ich gewöhnte mir an, ihm die Nasenspitze zu lecken, das kitzelte ihn. Er lachte aus vollem Herzen; ich hätte ihn so gerne bei der Liebe aus vollem Herzen lachen gesehen. Nicht nur fallen.

Wir hatten zwar nicht die gleichen Augen, aber die gleiche Art zu schauen. Jeder überwachte, beobachtete den anderen. Abel hatte es immer eilig, war in Sorge, immer auf dem Sprung, jemanden zu kapern, jedesmal gleichermaßen enttäuscht, täglich unzufrieden; er definierte sich als »eine zum Zerreißen gespannte Saite«. Mein Leben hing von seinem ab, er mußte durchhalten. Sosolala sagte:

»Ich weiß nicht, warum Sie unbedingt mit jemand leben wollen. Hier ist nicht einmal genügend Platz für eine fremde Zahnbürste.«

Wie oft hatte ich sagen hören, Abel sei ›empfindlich wie

eine Mimose‹ und man ›könne ihm nichts sagen‹. Er war ordentlich, beinahe pingelig, eigenbrötlerisch; jedes Detail hatte seine Bedeutung. Er verlangte zuviel von den anderen, erwartete alles von ihnen, lieferte sich ihnen aus, bis zum Exzeß, und konnte sich, zumindest soweit ich weiß, niemals mit wenig zufriedengeben. Er ordnete seine Papiere, heftete ab, warf weg, spitzte seine Bleistifte. Ich, die Sphinx, immer in Reichweite, Teil der Ordnung, wartete, bis er mich streichelte, mit mir sprach oder mich anschaute. Eine schöne Geschichte. Schöne Geschichten enden immer schlecht, mit dem Tod des einen oder des anderen. Mit meinem Tod.

Er hatte einen Geliebten mitgebracht. Sie hatten sich in sein Zimmer zurückgezogen. Abel hatte vergessen, die Tür zu seinem Gang zuzumachen. Ich schlich mich, aus dem Salon kommend, an seinem Arbeitszimmer und am Bad vorbei in sein Zimmer, sprang auf sein Bett und von dort auf den Kaminsims. Dort stand eine brennende Kerze, die einzige Beleuchtung. An diesem Abend entdeckte ich das Feuer. Ein bösartiges Geräusch. Pffft! Der Geruch verbrannter Haare. Abel sprang aus dem Bett, packte mich im Nacken und warf mich auf den Gang. Dort weinte ich zum ersten Mal, völlig durcheinander, im verborgenen. Ich konnte nicht einmal mehr gerade gehen: Mein Kopf hing immer zur linken Seite! Das dauerte drei Wochen. Während dieser Zeit zeigte ich mich nicht mehr in der Öffentlichkeit, wenn Besuch kam. Sosolala fand das »drollig«. Abel gewöhnte es sich an, über seinen Schnurrbart zu streichen. Damit meiner schneller nachwuchs? Sosolala hatte auch einen, einen kleinen. Zu was diente Abels Schnurrbart denn nur?

7

Ende Januar. Am Fenster. Besonders gern auf der Bank im Arbeitszimmer. Die Barthaare wachsen nach. Ich habe mein Gleichgewicht fast vollständig wiedergefunden. Ich beobachte die Kais. Es gibt eine Kurve und eine Brücke. In der Kurve ein Platz, mit den Steinen der Bastille. Auf der anderen Seite der Brücke ein Zipfel der Ile Saint-Louis und vornehme Häuser, in denen an manchen Abenden großartige Feste gegeben werden. Kronleuchter, schimmernde Kerzen. Von diesem Platz aus beobachte ich tagsüber den Himmel über Paris, an dem immer dicke Wolken aus schmutziger Wolle hängen, und die Seine, ebenso grau wie der Himmel und unerschütterlich. Das Haus auf der anderen Straßenseite ein Gebäude, auf dessen Giebel folgende Inschrift geschrieben steht: *Hilfe für Ertrinkende.* Es wird heute zu anderen Zwecken benutzt. Am Anfang drang der Sinn der Worte nicht bis in mein Gehirn. Sehr schnell stellte ich eine Verbindung zwischen dem Gesprochenen und dem Geschriebenen her und entdeckte, daß man das schreiben konnte, was man nicht auszusprechen wagte. Ende Januar. Am Fenster. Eine Taube suchte sich den Balkon als Ruheplatz aus. Ich sprang. Ich stieß mit dem Kopf gegen die Scheibe. Sie sah mich. Sie kam niemals wieder. Ich habe lauter Vögel im Kopf. Tausende. Große, kleine, bunte…

Ende Januar. Auf der Bank im Arbeitszimmer sitzend, zwischen zwei Grünpflanzen, immer aufmerksam, ohne Aufmerksamkeit zu erregen – ich würde nie mehr mit dem Kopf gegen die Scheibe stoßen –, beobachte ich die Autos, die Fußgänger, die ›Fliegen‹ genannten Schiffe, und ich stelle mir vor, früher einmal auf die Bälle in den eleganten Häusern gegenüber gegangen zu sein, als enttäuschter Liebhaber, Angsthase oder mutiger Florettkämpfer, je nachdem, als ob ich schon viele andere Leben gelebt hätte, aufrecht auf meinen Hinterpfoten stehend. In das Königreich der Menschen zurückgekehrt, paßt die tierische Regentschaft mir ausgezeichnet; man kümmert sich um mich. Ich bin von jemand abhängig, und dieser Jemand wird von mir abhängig werden. Eine Bedingung, die mir behagt. Ende Januar; die Nacht bricht schnell herein. Himmel und Fluß sind vergessen. Alles vibriert intensiv; dann wieder Stille. Ich höre von neuem die Metro, Station *Sully-Morland,* zuerst in der einen, dann in der anderen Richtung. Abel ist immer noch nicht zu Hause. Ich sorge mich. Ich werde direkt hinter der Tür schlafen. Ich weiß, daß er sich auf dem Heimweg befindet, auch wenn er unser Haus noch nicht betreten hat. Ich spüre es. Das kann man nicht erklären. Sagen wir einmal: Ich habe ein Herz und meine Barthaare. Die Leute behaupten oft, ich sei eine dahergelaufene Promenadenmischung, eine ›Regenrinnenkatze‹, wie die Franzosen sagen. Abel weist sie dann immer energisch zurecht und sagt, ich stamme aus einem Pariser Vorort, oder auch, ich stamme aus einem vornehmen Pariser Vorort oder:

»Nein, er ist Europäer.«

Europa wird an seinem Stolz zugrunde gehen.

Ende Januar. Ganze Tage am Fenster. Die Taube wird

nicht wiederkommen. Ich belauere sie. Sie ist, zusammen mit den anderen, in meinem Kopf gefangen. Ich mag sie nicht, denn sie macht beim Abflug und bei der Landung gräßliche Geräusche. Die Taubenbabys waren meines Namens würdig. Warum von dem träumen, was man in seinen Gedanken besitzt? Ende Januar. Auf der Bank im Arbeitszimmer vor dem Fenster sitzend beobachte ich die Stadt, das, was ich von ihr sehe. Ich denke nach. Ich lerne nachzudenken. Mir wird bewußt, was ›Zeit‹ bedeutet. Ich wußte nicht, daß ich eines Tages mein Leben niederschreiben würde. Die Gedanken gehen durch meinen Kopf, Indikativ Präsens, Imperfekt, das seinen Namen zu Recht trägt, Unzufriedenheit mit dem stotternden Text, Konjugationen in der Gegenwart. Ohne die einfache Vergangenheit zu vergessen, die gar nicht so einfach ist, die Aneinanderreihungen, die logische Folge. Der Anfang und das Ende. Ein Anfang und ein Ende. Dieser Zwang zur Chronologie, der einen anderen Zwang befriedigen sollte, den ich nur allzugut kenne, den Zwang, schnell voranzukommen, so klar und so lebhaft wie nur möglich. Abel hat nur allzusehr darunter gelitten. Er schrieb immer einen anderen, nicht geplanten Roman und nie den, den er eigentlich hatte schreiben wollen. Ende Januar. Ich sehe mich am Fenster sitzen, souverän, nachdenklich, manchmal auch auf dem Bauch liegend, die Pfoten unter die Brust geschoben, Kopf geradeaus gerichtet, auch wenn die Barthaare noch nicht vollständig nachgewachsen waren, und intensiv leben, mit klopfendem Herzen. Ich genieße das Leben: Draußen ist es kalt. Der Himmel voller Wolken aus grober, schmutziger Wolle hängt tief über Paris.

Mit dem Sand dokumentierte ich oft zu offen meine Freude, zumal wenn Abel in der Küche frühstückte. Sosolala hatte den Kaffee aufgebrüht und in einer Thermosflasche warmgestellt. Es gab Brot, Butter, Joghurt, Cornflakes und Milch. Nichts für mich. Ich war ein Fleischfresser. Milch taugt nur für Katzenbabys. Abel mußte sich nur hinsetzen und mich beobachten, während ich dabei war, Pipi zu machen, auch wenn ich gar nicht mußte. Ich konzentrierte mich und schaute ihn bedächtig an. Das erste Gegenüber eines Tages. Das Schauspiel konnte beginnen, und ich bemühte mich, den Sand soweit wie nur möglich in alle Richtungen zu spritzen, mich um mich selbst drehend, zu meiner größten Freude, denn auf diese Weise konnte ich ihm meine Leidenschaft und meine Bereitschaft zeigen, die Regeln unseres gemeinsamen Lebens zu respektieren. Abel schien sich zu amüsieren. Der blaue Teppichboden in der Küche war völlig mit Sand bedeckt. Sosolala hatte umsonst saubergemacht; sie konnte von vorne beginnen. Nach getaner Arbeit rannte ich, so schnell ich konnte, durch die Wohnung, wie ein Dieb, der auf frischer Tat ertappt wurde. Vor meinen Augen Abels amüsiertes Lachen, das erste Lachen am Tag. Das schwierigste war es, den rechten Winkel am Ende des Ganges zur Küche zu nehmen, die Glastüren in der Diele zu vermeiden und wie ein irre Gewordener vom Sessel zum Kanapee zu springen: meine morgendliche Glanzleistung. Abel war inzwischen aufgestanden, und ich sagte mir, er würde den Tag mit mir verbringen. Ganz. Ich wollte ihn für mich allein. Sosolala beklagte sich, nicht in meiner Gegenwart, denn sie hatte Angst, man nähme mich zu wichtig, sondern auf der Schwelle zu ihrer Loge, am Hauseingang. Ich stelle mir das wenigstens vor. Doch zurück zum Thema: Die blaue Plastikschale war inzwischen zu klein; sie war durch eine riesige weiße ersetzt worden, die zweimal so groß war wie ich. So war ich gezwungen, hineinzuspringen. Natürlich konnte ich meine morgendliche Freude noch kundtun, doch nur auf dem Boden der Schüssel, den Sand gegen die Wände spritzend. Insgeheim liebte ich diesen geschlossenen, abgeschirmten Ort, in dem die Sandschicht dicker war als in der alten blauen Schale; auf dem Rand der neuen balancierend und meinen Schwanz hebend konnte ich, wenn ich mich festkrallte, auch etwas anderes machen als Pipi, viel entspannter und ohne mich zu beschmutzen. Zu Beginn blieb ich auf dem Boden der Schale sitzen; Abel konnte mich, seine Kaffeeschale in der einen und das Butterbrot in der anderen Hand, nicht mehr beobachten, während ich mich konzentrierte. Er stand auf. Anbetung. Belustigung. Flucht. Zwischen den Krallen meiner Pfoten, die genauso lächerlich rosa waren wie meine Schnauze, einige Sandkörner, die ich während meines großen morgendlichen Rundganges wahllos in der Wohnung verteilte, um Sosolala und ihr Staubsauger-Ungeheuer zu ärgern. Und wenn Abel mich nicht beachtete, dann brachte ich mich in Erinnerung; ich ging zu den Grünpflanzen. Ich stellte mir Gärten vor. Betrat den Wald meines Kopfes und kratzte stärker noch als zuvor, bis die schwarze Erde den Teppichboden bedeckte. Ich erhielt – zu Recht – eine gehörige Tracht Prügel, gegen die ich im Grunde nichts einzuwenden hatte. Denn Abel beschäftigte sich wenigstens mit mir, und selbst wenn er sehr erzürnt war, konnte er mir eigentlich nicht böse sein, so daß ich vor Lachen die Lefzen hochzog.

Ende Januar. Ich lernte Barbara kennen. Sie stammte aus Berlin, und ihre Gegenwart erinnerte mich an die Zeit, in der die Stadt mit Magnolienbäumen übersät gewesen war.

Ich hatte folglich einmal dort gelebt, aber wann und mit wem? Barbara sagte immer ganz einfach »Kater« oder »Herumtreiber« zu mir. Ihre Küsse und ihre feinen Hände lehrten mich, daß ich Frauen liebte, auch wenn ich Abel liebte. Barbara hatte unverschämt blonde Haare und eine so sanfte, milchweiße Haut, daß mir ganz anders zu Mute wurde, wenn sie ihre Hände nach mir ausstreckte. Wäre sie eine Katze gewesen, dann hätte ich mich unsterblich in sie verliebt und wäre laufend untreu gewesen, nur um das Vergnügen zu haben, reumütig zu ihr zurückzukehren, zur einzigen und Unersetzbaren, um ihr zu gestehen, sie sei die, die am meisten zählte, die meine Ideale verkörperte. Doch sie war eine Frau und ich nur ein Kater. So mußte ich mich mit Küßchen und Streicheln zufriedengeben. Sie war heiter und fröhlich und besaß diesen Ernst, der Menschen auszeichnet, die für vergängliches Glück und dauerhafte Freundschaften empfänglich sind. Ein Blick, und sie ahnte alles. Wenn sie mich »Herumtreiber« nannte, war ich nicht so zufrieden. Doch in der Liebe muß man leiden und schweigen können, soll sie perfekt sein. Abel und Barbara liebten sich, freundschaftlich. Wir bildeten ein schönes Trio. Barbaras Brüste waren weich wie Kissen und ihre Haut lilienweiß. Was konnten wir, sie und ich, gegen die Trägheit des Herzens unternehmen?

Ungefähr um diese Zeit gewöhnte Abel es sich an, mich am Schwanz zu packen, nicht am Schwanzende, das ist zu gefährlich, sondern am Schwanzansatz, kräftig, aber vorsichtig. Er hob mich hoch. Barbara sagte:

»Hör auf, du tust ihm weh!«

Abel antwortete:

»Nein, er mag das«, oder: »Für ihn ist das nur Training.«

Ich gestehe, daß es mir nicht mißfiel, auf diese Weise hochgehoben zu werden. Alle Vögel in meinem Kopf stoben abrupt davon. Und was das Training anbelangt, so hatte Abel recht: meine Muskeln bildeten sich immer stärker aus. Später behauptete man, ich sei dick oder fett, worauf Abel zu entgegnen pflegte, ich sei nicht dick, sondern muskulös. Wenn Barbara dem Training beiwohnte, nahm sie mich am Ende immer in die Arme. Die Belohnung. Milchweiße Haut.

Mittagessen mit drei gestrengen Herren. Anschließend las Abel den Anfang eines Romans vor. Die Herren verzogen keine Miene. Abgelehnt. Von vornherein. Einer machte sich immerhin die Mühe, Abel zu erklären:

»Das ist nicht der Roman, den wir von dir erwarten.«

Der Älteste war eingedöst, der Dritte anscheinend gegen Katzen allergisch; Abel mußte mich in seinem Schlafzimmer einsperren. Als er mich befreite, stand seine Reisetasche in der Diele; Valentina war in den Schreibmaschinenkoffer gepackt worden. Dann fand ich eine weiße Plastikschale, identisch mit der in der Küche, und einen offenen Koffer. Abel legte sorgfältig die Pullover zusammen, in denen er mich, als ich noch ein Katzenbaby war, so oft transportiert hatte. Barbara schlief diese Nacht im Gästezimmer, denn sie wollte am nächsten Morgen ganz in der Früh mit uns verreisen. Unsere erste gemeinsame Nacht. Am nächsten Morgen verließen wir Paris, diese vor sich hindämmernde, allergische Stadt, in der man immer anders zu sein hat, als man ist. Die Stadt, die so tut, als ob.

8

Wir fuhren in das Haus im Süden. Während des Transports träumte ich von weißen Lilien. Ich rührte mich nicht. Auf dem Boden meiner Reisetasche träumte ich bereits von den Treppenstufen. Würde Abel in dem Hängeboden unterm Dach ein Bett aufschlagen, in der Loggia über seinem Schlafzimmer, oder würde Barbara, obwohl sie ganz und gar Frau war, sein Lager teilen? In diesem Fall würde mir als nächtliche Residenz wohl das Zimmer im Erdgeschoß oder Abels Arbeitszimmer zugewiesen werden, dieses merkwürdige, auf halber Geschoßhöhe liegende Zimmer mit dem einzigen Fenster im ganzen Haus, von dem aus man über das Dach eines anderen Hauses ins Tal sehen konnte. Und wenn in der Loggia ein zweites Bett aufgeschlagen würde, wie konnte ich dann da hochkommen und meine schlafende Schöne belauern, denn normalerweise gelangte man nur über eine Art Hühnerleiter in den Hängeboden? Verliebte komplizieren alles; sie vergessen sogar die Pfade, die sie selbst gebahnt haben. Diese Fragen beschäftigten mich während der Reise, so daß mein Kopf voll war, und ich gar nicht auf den Gedanken kam, gegen irgend etwas zu protestieren. Wenn ich Miss Barbara Magnolia von Berlin City bezaubern wollte, konnte ich mich nicht allzusehr als Kater aufführen. Auch im Auto nicht. Auch während der Wartezeit nicht, während der das erste Essen hergerichtet, die neue Plastikschale mit Sand gefüllt und das erste Kaminfeuer angezündet wurde.

Wir hielten uns in dem Haus im Süden keine zwei Monate auf, ab Ende Februar, den ganzen März über bis hinein in den April. Citronnelle kam nur selten; sie war eifersüchtig auf die Anwesenheit einer anderen Frau, und Barbara nahm mich jeden Abend mit in ihr Bett unter dem Hängeboden; ich schlief unter der Bettdecke, an ihren Bauch geschmiegt. Morgens verließ ich sie immer, während sie noch schlief; ich mußte ein dringendes Bedürfnis erledigen. Ich war gezwungen, vom Rand der Loggia auf Abels Bett zu springen; er wachte dabei natürlich auf. Ich lernte schnell, nicht auf ihn oder auf seine Füße zu fallen und sofort einen zweiten Satz zu machen, um frei meinen morgendlichen Beschäftigungen nachgehen zu können: meinen Hunger zu stillen und Toilette zu machen. Verliebt sein bedeutet immer auch besonders kokett sein. Gefährlich. Ich hatte Angst, Abel würde uns den Dachboden untersagen. Die Wärme des ganzen Hauses stieg unters Dach, und Barbaras Bett war von neugierigen Blicken geschützt. Abel schrieb einen Roman, im Prinzip den Roman, den die drei mysteriösen Mittagessensgäste von ihm erwarteten, und Barbara zeichnete. Abel schrieb jeden Tag ein Kapitel, siebenundzwanzig Tage lang, und las morgens beim Frühstück immer das Kapitel vor, das er am Tag zuvor geschrieben hatte. Barbara sagte nicht viel, nur, er solle so weitermachen, oder auch gar nichts. Die beiden schauten sich an; sie wußten, was der andere meinte. Zärtlich ausgetauschtes Schweigen: Es würde wieder nicht der Roman werden, den man erwartete. Barbara porträtierte mich, verschiedene Male. Ich lernte mein Bild kennen, schwarz-weiß, in Farbe, wie im Leben. Abel schrieb ein sogenanntes »Kinderbuch«, einen Roman für Kinder, den Barbara illustrierte. Ein Onkel, Junggeselle, Abel, erzählte einer seiner Nichten, er sei ein Kater. Die Nichte beobachtete den Kater beim Gitarrespielen, beim Fliegen, beim Besuch eines Museums, in dem es nur Katzen und Kater gab, als Fresken, Skulpturen und Bilder; der Kater-Onkel nahm die Nichte mit ins Kino, in einen sogenannten »Horror-Film«. Eine Geschichte. Stoff für Bilder. Und wenn sich der majestätische Kater, ich, in einem Wasserbecken vor einem Schloß spiegelte, dann reflektierte das Gesicht Abels, des Onkels. Die beiden arbeiteten, und ich saß Modell. Ohne mich zu rühren. Ich hätte so gerne mit Barbaras Farbstiften gespielt. Ich bildete das Zentrum der Geschichte. Es waren die schönsten Tage meines Lebens.

Nach dem Abendessen gaben sich die beiden einem täglichen Ritual hin, einem Puzzle, natürlich einem »unmöglichen«, wie sie sagten, mit zweitausend Teilen, eine Jungfrau mit Kind, die ein karmin- bis purpurrotes Gewand trug, aus der flämischen Schule. Ich hatte natürlich nicht das Recht, mich auf dem Tablett, auf dem die fertigen Teile des Puzzles ausgelegt waren, und auf den noch nicht eingefügten, auf dem Boden vor dem Kamin liegenden Einzelstücken zu bewegen. Doch meine Sehnsucht nach Liebkosungen war stärker als jedes Verbot. Wie brachten sie es nur fertig, die einzelnen Rot-Töne voneinander zu unterscheiden? Die ausgeschnittenen Formen? Der Rand war am ersten Abend schon fertig; sehr schnell bildeten sich auch das Gesicht der Jungfrau und das des Kindes, denn Barbara hatte ein scharfes Auge, doch das riesige Gewand mit den vielen im Schatten liegenden Falten und wenigen Stickereien stellte in Augen eine Geduldsprobe dar, die um so bemerkenswerter war, als sie zu nichts diente. Die beiden mußten mich abwechselnd überwachen, denn ich hielt mich immer am Rand des Tabletts auf, auf dem die fertigen Teile aufgebaut waren, bereit, einen Satz mitten auf das Puzzle zu machen, wenn man mich nicht beachtete. Ihre Freude, wenn sie ein passendes Teil fanden, Barbara häufiger als Abel, es anlegten und mich zum Zeugen ernannten:

»Siehst du, wir schaffen es doch!«

Die schönen Nächte, in denen die Zeit bedeutungslos war und in denen uns ein vergängliches Schweigen um das Puzzle vereinte. Anschließend dann ein zweites nächtliches Ritual, ein Kräutertee. Der Wind tobte um das Haus, und aus dem Tal stieg so etwas wie Donnern auf. Katzen und Kater liefen draußen vorbei und rochen an der Tür. Sie sagten mir, ich solle abhauen. Ich antwortete, ich hätte keine Lust dazu. Wenn sie weitermachten und mich zu einem Duell herausforderten, wurde ich deutlicher, notfalls auch grob oder gar unanständig. Ich war schließlich bei mir. Glühend verehrt und verliebt, vielleicht auch nur vernarrt. Abel stellte das Tablett mit dem Puzzle immer auf das Oberteil der Anrichte in der Küchenecke, außerhalb meiner Reichweite. Anschließend ging er wieder in sein Arbeitszimmer und korrigierte das Kapitel, das er am nächsten Morgen vorlesen wollte. Barbara und ich gingen ins Bett, zusammen. Sie schlief nackt. Ich stellte sie mir in einem karmin- und purpurroten Gewand vor, mich in ihren Armen haltend.

Der Roman kam voran, genau wie das Puzzle und Barbaras Zeichnungen. Ich wäre am liebsten für immer im

Haus im Süden geblieben. Wenn sie mich anredeten, nicht mit Blicken, sondern Worten, dann:

»Hier kommt der schönste Kater auf der Welt.«

Soviel Liebe hatte ich eigentlich gar nicht verdient. Wirklich Verliebte, sich Sorgende, geben sich mit weitaus weniger zufrieden. Sonst laufen sie Gefahr, unglücklich zu werden. Wichtig, dies einmal auszusprechen. Ich hörte den Gesprächen zwischen Abel und Barbara leidenschaftlich zu und hatte das Recht, den Mahlzeiten beizuwohnen, regungslos auf dem Tisch sitzend. So lernte ich in der Praxis, daß die meisten, die ihre Gesprächspartner aufmerksam anschauen, nicht zuhören, sondern in Gedanken ganz woanders sind. Abel und Barbara stritten sich nie in meiner Gegenwart; sie wußten, daß ich intensiv zuhörte und nicht nur der Vorwand zu einem Buch war. Auch nicht zu diesem Buch, das sie vielleicht eines Tages lesen werden. Meine Aufmerksamkeit war keine Kriegslist, mein Katzenehrenwort, und meine Erinnerung unverfälscht. Einen einzigen Abend ließen sie mich allein; sie gingen ins Kino, um *Schneewittchen und die sieben Zwerge* anzuschauen, ein Film, der sie in ihrer Kindheit begeistert hatte. Sie wurden zu meiner größten Freude enttäuscht; die Zwerge waren »dämlich« gewesen. An Kindheitserinnerungen sollte man nicht rühren. Dabei tat Abel in seinem Roman nichts anderes. Und Barbara stellte sich in ihren Illustrationen als kleines Mädchen dar, als die Nichte des Onkels, der sich als Kater ausgab. Und ich, in der Höhle von Barbaras Bett, an ihren nackten Bauch geschmiegt, erinnerte mich, ohne daß mir dies bewußt wurde, an meine Mounette und die wenigen Zärtlichkeiten, mit denen sie mich verwöhnt hatte. Wir drei teilten unser Schicksal.

Es besuchte uns niemand. Citronnelle schmollte. Sie war verliebt und eifersüchtig, und Eifersucht verdirbt alles. Draußen war es sehr kalt. Ich stellte mir dieses »Draußen« vor, die Ganoven, die Duelle, Vagabunden, Kämpfe und Hunde. Es regnete oft, ganze Tage und Nächte lang. Der Regen prasselte auf das Dach über dem Hängeboden und gegen die Scheiben in Abels Arbeitszimmer und im Salon. Ich machte es mir zur Gewohnheit, auf dem Badewannenrand Posten zu beziehen, wenn Barbara sich badete. Das Wasser machte mir keine Angst. Ich wollte sie sehen, nackt, im Wasser. Der Gefahr bewußt, beugte ich mich vor und schlabberte das warme Wasser. Eines Tages rutschte ich aus. Das Wasser tropfte von meinem Fell. Sie trocknete mich mit ihrem Handtuch ab und, welche Tortur!, fönte mich. Strafe oder Vergnügen? Sie hatte »ihren« Fön benutzt. Sie hatten ihren Countdown begonnen und begannen, von Paris zu sprechen; ich, Paris zu fürchten. Das Puzzle war beinahe fertig. Barbara arbeitete an der letzten Illustration, der Umschlagzeichnung, und Abel meinte, ein Roman sei nie abgeschlossen; er wisse nicht, wohin ihn die Familie noch führen werde. Ich war inzwischen ein wirklich großer Kater geworden; meine Hinterpfoten waren zu lang. Die Spiele mit Abel wurden immer wilder, doch Barbara befreite mich jedesmal liebevoll. Ich tat so, als ob ich Angst gehabt hätte.

Ich hatte gelernt, mich auf Barbaras Zeichnungen zu erkennen. Das war ich, dieser Kater, der mit einem Rettungsring um den Bauch schwamm oder durch das Guckloch eines Flugzeugs die anderen Vögel belauert, der sich im Kino Hunde anschaut, um sich Angst einzujagen, und der das Museum besucht, in dem es nichts als Kater und Katzen gibt. Das wichtigste ist, so behauptet der Onkel, an das zu glauben, was man sich vorstellt. Ich gab keinen Kommentar ab. Ich dachte nach. Woher kam dieses Schloß auf dem Umschlag, das Wasserbecken und das Gesicht meines Herrn, das sich darin spiegelt? Letztes Bild im Buch: Die kleine Barbara geht in die Schule, mit dem Ranzen auf dem Rükken; im Schnee zeichnen sich die Spuren ihrer Pfoten ab. Es stimmte also. Der Roman war abgeschlossen. Erster April. Sie beschlossen, das Ereignis zu feiern und »auszugehen«, ohne mich. Das Puzzle war fast fertig. Abel hatte gemeint, am Ende wäre alles sehr einfach. Barbara hatte geantwortet, sie hätten dieses Gewand besiegt und würden es, vom Essen zurückgekehrt, im Handumdrehen fertig machen. Während ihrer Abwesenheit überfiel mich ein Dämon, der von Zweibeinern Enttäuschung oder Eifersucht genannt wird. Mit einem Satz sprang ich von einem Stuhl auf den Tisch, von dort aus mit einem anderen Satz auf den Ausguß und dann mit einem letzten, gewaltigen Satz auf die Anrichte, auf das beinahe fertige Puzzle. Das Tablett schwankte. Plötzlich lag ich auf dem Boden und auf mir lauter Einzelteile des Puzzles; das fallende Tablett hatte mir weh getan.

Als sie nach Hause kamen, waren sie nicht überrascht:

»Das mußte ja eines Tages so kommen!«

Ich war enttäuscht. Sie hatten es eilig, das Radio aufzudrehen. Im Dorf waren sie auf zwei Damen in Morgenröcken gestoßen, die über den Tod des Präsidenten der Republik sprachen. Sie hatten zuerst an einen schlechten Scherz geglaubt, an einen dieser geheimnisvollen »Aprilscherze«, aber die Nachricht erwies sich als richtig. Ich lebte folglich in einer Republik.

Wir gaben ein hübsches Bild ab, am nächsten Tag, im Zug; sie mit den sorgfältig verpackten Illustrationen auf den Knien, er mit seinem Romanmanuskript unter dem Arm und ich, immer noch verdutzt, daß man mich am Vorabend nicht bestraft hatte. Wo blieb da die Logik? Die Zuneigung reservierte für mich nur Unvorhersehbares. Ich war in die Hände von Verrückten gefallen, die nichts von Bestrafung oder Konsequenzen hielten. Barbara hatte die Einzelteile aufgesammelt und sie in die Schachtel gelegt, auf deren Deckel das fertige Puzzle abgebildet war. Abel hatte hinter dem Kühlschrank und zwischen Herd und Anrichte nach Einzelteilen gesucht, die sich dort versteckt hatten. Ich, der Zeuge dieses nächtlichen Durcheinanders, leckte sorgfältig und verlegen mein Fell. Das sehr laut gestellte Radio verkündete den Tod des Staatschefs und bereits das Datum, an dem sein Nachfolger gewählt werden sollte. Wir gaben ein hübsches Bild ab am nächsten Tag im Zug nach Paris, jeder für sich und jeder allein mit seinem Schicksal. Die transparente Scheibe meiner Reisetasche beschlug sich; ich konnte nichts mehr sehen. Genauso verschwommen werden meine Erinnerungen an diese glücklichen Tage. Meine Kindheit war zu Ende. Ich würde Barbara verlieren. Vielleicht schrieb sie mir? Jeweils eine kleine Zeichnung. Im Zug träumte ich, in ihrem Bauch zu reisen.

9

Sofort nach der Ankunft war Barbara in ihre Wohnung zurückgekehrt; sie lebte in einem Atelier. In einem anderen Viertel. Ich hätte gerne weiter für sie Modell gestanden. Für ein anderes Buch. Die ersten Frühlingstage. In Paris wurde es langsam warm. Sosolala verriet mich; wenn ich mich nach dem Frühstück leckte, meine große Morgentoilette, bekam ich meine ersten Erektionen. Abel bat beim Tierarzt um einen Termin. Es gab einen morgendlichen Hin- und einen abendlichen Rücktransport, innerhalb von Paris, in meiner Reisetasche, so daß ich endlich die Metro kennenlernte, die unter unserem Haus fuhr, und zwischen den beiden Transporten eine kurze Operation mit örtlicher Betäubung, zu der ich keinen Kommentar abgeben möchte, von folgendem abgesehen: Ich konnte nach der Operation lieben, ohne ein Risiko einzugehen, oder, besser ausgedrückt, ohne daß meine Gefährtinnen das Risiko eingingen, eine ganze Schar kleiner Tiffauges auf die Welt zu bringen. Ich würde folglich der einzige bleiben und unsere Linie, die im Grunde ja von einfacher Herkunft war, mit mir aussterben. Rechtzeitig operiert, konnte ich wie ein Pascha von meinen männlichen Eigenschaften, rein zum Vergnügen, ungehindert profitieren. Das hatte der Tierarzt, ein noch junger Mann, wie Abel, aber ohne Schnurrbart, bestätigt. Zu

Recht. Die Zukunft sollte dies belegen. Allerdings verstand ich an diesem Tag noch nicht so recht, was »wie ein Pascha« eigentlich bedeutete.

Man hatte mich auf Diät gesetzt, ohne Kroketten, denn ich drohte zu dick zu werden. Abel gab mir dieses trockene Zeug nie. Ich mochte es auch gar nicht. Ich brauchte etwas Richtiges. Fleisch, nichts anderes. Ich würde nur aus Muskeln bestehen. In dem Operationssaal bei dem Tierarzt gab es sanfte Hintergrundmusik. Ich erinnere mich gern an die Betäubung. Innerhalb vom Bruchteil einer Sekunde war alles, was sich in meinem Kopf befand, davongeflogen. In den folgenden Tagen war ich auf meinen Verband und die besondere Aufmerksamkeit, mit der man mich behandelte, stolz. War es wirklich folgenlos, wenn ich mich mit meinen Schönen auf ein freies Liebesverhältnis einließ? Der Tierarzt war in diesem Punkt formell gewesen. Ich besaß jetzt mein eigenes Gesundheitszeugnis mit Photo, Namen, Alter und den Stempeln, die die ersten Impfungen bestätigten. Der direkt Betroffene empört sich hier nicht über diesen Akt wie so viele andere, vor allem Zweibeiner, die mit vorgereckter Nase aus Menschlichkeit bei anderen das suchen, was sie in sich selbst nicht finden, oder die Löcher entdecken, die sie stopfen, Risse, die sie verdecken müssen; ich konnte diesen Akt nicht als grausam empfinden, denn meine Liebesfähigkeit blieb ja erhalten, ob ich sie nun gut oder schlecht einsetzte, mit dem einzigen Unterschied, daß sie im wahrsten Sinne des Wortes folgenlos blieb. Mich auf diese Weise verstümmelnd – ich benutze hier bewußt ein Wort, das häufig von den oben beschriebenen, engstirnigen Schnüfflern benutzt wird – wollte Abel vielleicht, daß ich keine Nachkommen hatte, einzigartig blieb. Es dauerte lange, bis mir das alles bewußt geworden war. Wir haben uns tausend Fragen gestellt, Tiffany, Tityre und ich. Ein sogenannter »ganzer«, also »unverstümmelter« Kater muß sich wohl unglücklich fühlen, wenn er dauernd eingesperrt ist und seine kleinen Schweinereien nicht begehen kann; er muß wohl Spuren hinterlassen, die Grenzen seines Territoriums markieren und dem Ruf der Schönen der Nacht folgen. Meine Freiheit begann mit meinem Eingesperrtsein. Ich war jetzt genauso gefangen und ohne Anhang wie Abel. Ich mußte nur auf mein Gewicht achten. Genau wie Abel, der sich regelmäßig nackt im Badezimmer wog und mich, wenn ich zufällig vorbeikam, packte und wie ein Baby ebenfalls wog. Er mit mir, unser Gewicht, er ohne mich, sein Gewicht. Der Unterschied zwischen den beiden, das war mein Gewicht. Nur mein Gang hatte sich etwas geändert, ursprünglich aufgrund des Verbandes, später dann aufgrund eines bestimmten mangelnden Körperteils. Nach der Operation trainierte ich meinen Körper und nahm mir das Pferd zum Vorbild, Schritt, Trab, dann Galopp und manchmal auf dem Schreibtisch auch die Position der Reiterstatue, mit erhobener linker Vorderpfote, rührende Bewunderung seitens meines Herrn und Gleichwertigen, der die Gelegenheit wahrnahm, die Seite, an der er gerade arbeitete, wegzulegen und seinen Eroberer zu grüßen. Unsere Beziehung übertraf alle Erwartungen. Barbara rief an. Abel hielt mir den Hörer hin, sie sprach mit mir, meine Stimme versagte. Wie kann man miteinander sprechen, ohne sich zu sehen und sich anzuschauen? Der Gebrauch der Wörter ist nichts im Verhältnis zum Gebrauch der Blicke. Zuweilen vermittelt und sanktioniert ein Blickwechsel zwischen zwei Wesen. Ich lernte endlich, daß ich mehr erhielt, wenn ich weniger forderte, und daß man alles erhält, wenn man gar nichts fordert. Abel verstand es nicht, sich rar zu machen. Er forderte. Er wartete. Immer. Verlierend. Von vornherein verloren habend. Er verstümmelte sich, als er mich verstümmelte. Er wollte, daß ich mit ihm identisch werde. Dabei war ich nur ein Kater. In Wirklichkeit Herr und Meister. Der Pascha.

An dieser Stelle spiele ich den sich Erinnernden. Zärtlichkeit, aus Grausamkeit entstanden, ist besonders hartnäckig. Wenn das alles nur Hypothesen waren, dann war das Spiel nicht einmal mehr eine dieser winzigen Kerzen wert, die Geburtstagskuchen schmücken. Als Kastrierter hatte ich nichts mehr zu befürchten. Mich kastrieren lassend, war Abel endgültig und vollkommen unter meine Herrschaft geraten. Er lebte jetzt in meinem Reich. Selbst Barbara schlug einen anderen Ton an, wenn sie uns besuchte. Dabei war ich der stärkste. War ihre Welt wirklich so scheinheilig, gehässig und schrill? Ich glaube, sie hätten sich gerne wie ich auf den Boden gelegt, in eine Ecke, zum Schlafen und Träumen, sich nur ums Fressen und die Toilette sorgen müssend. Abel und Barbara waren gebrochene Wesen; sie wünschten sich, ich solle großartig sein. Dabei war ich nur ein Kater. In Wirklichkeit Herr und Meister. Ein Pascha.

Wenn ich vor Sosolala herlief, dann zeigte sie mit dem Finger auf mich und machte sich über mich lustig. Ich nahm Reißaus. Viele Menschen nützen es aus, wenn man ihnen den Rücken zukehrt. Und eine Katze spürt und weiß es, wenn man mit dem Finger auf sie zeigt, vor allem, wenn ihre Hinterpfoten länger, höher sind als ihre Vorderpfoten. Sosolala allerdings würde es nicht gelingen, mich mit ihren merkwürdigen Sätzen wie: »Du hast ja nichts mehr zwischen den Beinen«, oder: »Du wirst ein dicker Eunuch werden!« Zu traumatisieren. Bemerkungen der ersten Art schmerzten mich, obwohl ich nicht sagen könnte, aus welchem Grund; ich gewöhnte es mir sehr schnell an, ihr nicht mehr meinen Hintern zuzustrecken, und war bald darauf schon soweit, ihren Spott überhaupt nicht mehr zu beachten. Sie hatte Probleme mit sich selbst, das war alles. Ich war ein Kater, ein uneingeschränkter Kater, was mir zu einem noch diskreteren Leben verhalf. Ich war in Wirklichkeit der Herr und Meister. Der Pascha.

Ich begann, nur noch die Einsamkeit und sogar nach und nach die Isolierung zu lieben, wenn sich niemand mehr in der Wohnung aufhielt. Abel erwartete zuviel, forderte zuviel, wenn ein Wort, ein Blick, ein Eindruck ausgereicht hätten. In der Zeit, in der ich ihn kannte, war er immer ein verlorenes Schaf gewesen, ein Verwirrter, der immer stärker forderte, immer enttäuschter war, seine Enttäuschung immer seltener eingestand, ohne bitter zu werden – ich war mit ihm verschmolzen, wie er mit mir, von ihm abhängig, wie er von mir, mit ihm solidarisch.

Wir besuchten den Tierarzt ein zweites Mal: Die Fäden mußten gezogen werden. Für mich die Gelegenheit, die Metro wiederzusehen, die Menschenmengen, diese Ameisenhaufen, die durcheinanderwimmelten, der Geruch von Metall, Eindruck starker Elektrizität, ohrenbetäubende Geräusche. Und dann die Leute in der Metro, die sich über meine Reisetasche beugten und bemerkten:

»Schau doch, diese süße Katze!«

Ich drückte mich auf den Boden der Tasche, geschmeichelt und gleichzeitig starr vor Entsetzen. Abel trug mich. Ich hatte nichts zu befürchten.

10

Es gibt solche, die schreiben, um zu arbeiten, und solche, die arbeiten, um zu schreiben. Abel gehörte zu der ersten Sorte, eine Rasse, die sicher im Aussterben begriffen ist, hitzig, empfindlich, wie nur Robuste es sein können, unverschämt, kategorisch, bei bestimmten Gelegenheiten auch arrogant, zu wildem Haß wie zu heftiger Zärtlichkeit fähig, mit großer Brutalität und einer Sanftmut ausgestattet, die der Wollust nahekommt. Ich entzog mich ihm, um ihn bei seinen Heldentaten besser beobachten und bei seinen Beobachtungen besser ausnützen zu können. Ich mochte es, wenn er zweifelte, unsicher war, kniff. Ich setzte alles daran, ihn zu überzeugen, er müsse mich jeden Tag neu erobern. Mein Werk, hier, diese wenigen Zeilen, *unser* Werk, erfüllt mich mit Entsetzen und Erstaunen; jetzt ist es an mir, den Schwindel angesichts der leeren Seite und den Taumel der Sätze kennenzulernen, wenn jedes Wort auf seine Pfoten fallen soll. Die Einsamkeit ist noch größer, wenn es sich nur um Zuneigung und um *zwei* handelt, Abel und Tiffauges, die zwei Persönlichkeiten der einen, selben Person selbstverständlich.

Die Vitrine war mit neuen Scheiben versehen worden; die restaurierten Stücke, darunter auch der Totenkopf, hatten ihren Platz wiedergefunden. Er schien mich mit seinem

Blick oder vielmehr mit seinen Augenhöhlen zu verfolgen, wo immer ich mich aufhielt, ihm gegenüber, etwas seitlich versetzt oder direkt neben ihm. Man verjagt den Tod, die Vorstellung des Todes, man lehnt sich auf, lebt, doch der Tod läßt sich nicht vertreiben, kommt zurück, als Figur und im übertragenen Sinne, geht einem nicht mehr aus dem Sinn, dauernde Aufforderung an den Instinkt, an den Willen. Im Salon und im Speisezimmer, die beinahe ineinander übergingen, hielt ich mich nicht sehr gerne auf. Ich konnte die Präsenz dieses Objektes nicht ertragen und auch nicht die Art, in der es von oben herab alles überwachte; um den Totenkopf herum breitete sich jetzt eine Leere aus, die ihn noch stärker hervortreten ließ, seinen Triumph vervollständigte:

»Man sieht nicht, daß er restauriert wurde; sie haben mit dem Ton vom unteren Teil das Loch in der Schädeldecke repariert.«

Barbara hatte nur hingeschaut und nichts gesagt. Auch sie hatte Angst. Nachts dann die Parade in Lederjacken, Stiefeln und Jeans; auf der ausgebreiteten Decke Schattenspiele: das Licht drang von den Kais in die Wohnung, und ich konnte die brutalen und desillusionierenden Umarmungen beobachten, die sie zu amüsieren schienen, kurze Begegnungen, »Salut? Salut!« Abel legte sich ins Bett. Immer spät in der Nacht. Oder er arbeitete, und ich leistete ihm Gesellschaft, auf seinem Schreibtisch, in Reichweite seiner Hand. Die Umarmungen, die ich hinter der Glastüre zur Diele beobachtete, wurden von dem Totenkopf überwacht. Gefahr? Ganz umsonst? Abels Roman war angenommen worden, kommentarlos, mit spitzen Fingern und gerümpfter Nase. Das sogenannte »Kinderbuch« war abgelehnt worden. Abel beschloß, wieder zu verreisen. Barbara schlug vor, mich während der Zeit bei sich zu beherbergen. Ich freute mich; Barbara trug mich in meiner Reisetasche mit der transparenten Scheibe in der linken Hand und in der rechten die Mappe mit den abgelehnten Zeichnungen, während wir zu ihr in die Wohnung fuhren. Ich würde sie ganz für mich allein haben, bei ihr.

Mit ihrer Hilfe begriff ich erst so richtig, was das Wort *Bruch* eigentlich bedeutete; es hatte ja den Bruch Nr. 1 in Abels Leben gegeben. Es sollte noch dreimal zu einem Bruch kommen. Doch greifen wir nicht vor, fürchterliches Gesetz der Chronologie, das angeblich das Verständnis erleichtert. Welches Verständnis?

Während der ersten Tage bei Barbara, in ihrem Atelier, einem einzigen Zimmer mit Loggia und Blick über ein sehr viel verwinkelteres und lauteres Paris als das Abels, lernte ich, sie war häufig abwesend, ihre Leibwäsche kennen. Bei ihr lief ich keine Gefahr, in einen Schrank eingesperrt zu werden: alles lag frei auf Regalen. Ab und zu die Versuchung, auf einem Stapel von Leibchen aus besonders weicher und schmiegsamer Seide einzuschlafen. Ich gab der Versuchung nach, tagsüber. Wenn Barbara zurückkam, entdeckte sie mich auf dem immer gleichen Stapel und weckte mich mit ihren berühmten Küßchen. Sie riß mich aus den süßesten Träumen, doch ein Verliebter gibt sich mit wenig zufrieden, wenn es ihm nicht vergönnt ist, seine Schöne zu erobern, wie man so sagt, wie »sie« sagen, sie, die gnadenlosen Zeitnehmer tragischer Logik. Ich war mit der geträumten und realen Inventur des Ortes voll beschäftigt. Hatte ich bereits einmal in einem früheren Leben für ein Seidenband oder ein Taschentuch die verrücktesten Dinge angestellt?

Ich ertappte mich auf frischer Tat, wie ich auf ihrem Arbeitstisch mit einem Radiergummi, ihrem Radiergummi, spielte und an den frisch gespitzten Farbstiften roch, die in einem silbernen Behälter standen, an den Bleistiften, mit denen sie zeichnete. Der silberne Behälter, eine Art Dose, trug ihre Initialen, eine Kindheitserinnerung? Ein Verliebter erfindet Geschichten und alle möglichen Stammbäume. Und wenn *Kater Tiffauges,* Roman, von ihm selbst erzählt, mit der Kindheit beginnt, mit der Zeit des Anfangs, dann nur, da die Kindheit die Zeit ist, in der man noch staunen, sich begeistern kann, eine unerschöpfliche Quelle. Schreiben, das bedeutet für mich Wärme, der wiedergefundene Bauch Mounettes. In dieser Hinsicht war ich, bin ich und werde ich immer eine europäische Katze bleiben, durch und durch, auch wenn ich eines Tages, ein Fenster war zufällig offen geblieben, die Existenz von Regenrinnen entdeckte und das Vergnügen, das sie bereiten können. Alles kehrt immer wieder zum ersten Bauch zurück, wird immer wieder zum ersten Bauch zurückkehren, auch wenn dieser einer Abenteurerin gehört, und auf die Anwesenheit eines Vaters hinauslaufen, auf die ich sehr viel Wert legte, schwarz-weiß, Schnauze und Pfoten rosa, auch wenn ich mit ihm im Grunde nichts zu tun hatte. Vater: unbekannt, in meinem Fall. Das trug zur Fabel meiner verrücktesten Träume bei.

Wie mit seinen Krallen schreiben? Eine Idee nicht bis zum Ende verfolgen, entwickeln und den Text in eine einfache, reine chronologische Logik einschließen? Wie Barbara zeichnen können, ohne sich auf den Bleistift aufzustützen, aus Angst, er würde abbrechen? Wie Barbara nur leicht, flüchtig mit der Hand berühren, wenn sie diese ausstreckte, damit ich die Regenrinnen verließ und wieder ins Atelier zurückkehrte, nicht zum Fressen, sondern zum Austausch von Blicken, was für ein Vergnügen! Ich machte ihr Angst, in der Hoffnung, geniale Formulierungen zu finden. Die Zeit bei ihr begeisterte mich. Auch wenn Barbara, mehrmals, mit hoffnungsvoller Miene, die Mappe mit den Illustrationen und Abels Text unter den Arm geklemmt, das Atelier verließ:

»Sie werden das Buch annehmen!«

Jedes Mal kam sie, die Mappe immer noch unter dem Arm, enttäuscht zurück:

»Sie haben abgelehnt. Andere werden das Buch annehmen.«

Ich schreibe für die Gegenwart und die Geduld, das Wohlbefinden der Erinnerungen, die immer Zukunft haben. Es gab nur Ablehnungen. Barbara vergaß schnell die tägliche Pein, und wir spielten zusammen, auf dem Fußboden. Sie amüsierte sich damit, mich zurückzustoßen, während ich immer wieder auf sie zusprang, in großen Sätzen, mit eingezogenen Krallen. Sie photographierte mich und machte noch verschiedene Porträts. Den Kopf in die Hand gestützt, zeichnete sie mich. Ich stand Modell. Unerschütterlich. Ich habe sie in dieser Haltung überrascht, mit Tränen in den Augen. Sie erklärte, sie würde Paris verlassen und sich wieder ›auf Wanderschaft‹ begeben. Paris, die beherrschende, ihre Gesetze diktierende, ablehnende Stadt, ein Rassismus, über den man nicht spricht, und wehe dem, der es dennoch tut: er wird als Paranoiker beschimpft, ein komisches Wort, als jemand, der nur für sich lebt und nicht für die anderen, als ›Marginalie‹, noch so ein komisches Wort, meine Marginalie ist die Regenrinne, und unten die von Menschen wimmelnde Straße und jeder Passant ein Roman. Ich ging immer als erster schlafen. Wenn Barbara zu mir ins Bett kam, konnte ich sie mit Hilfe der Augenzwinker-Technik, ohne daß sie etwas bemerkt hätte, beobachten, nackt und schön. Dieses Bild ist immer noch da, in meinem Kopf, unbeschädigt, jungfräulich. Auch der Text vergewaltigt es nicht. Ich schlief auf dem Kopfkissen. Über ihrem Kopf. Wurde zu ihren Haaren. Ich träumte, auf ihrem Kopf zu verreisen. Als blinder Passagier. Weit weg von Paris. So viele Landschaften.

11

Jeder ist der Verbannte des anderen, in einer Geschichte zu zweit. Zu dritt. Zu vielen. Abel holte mich wieder ab. Barbara gab ihm die Illustrationen, es sei besser, er solle sie behalten, vielleicht, eines Tages, man könne nie wissen, meinte sie. Und fügte noch hinzu, sie wolle jetzt abreisen. Zuerst nach Marokko. Mit Freunden. Sie brauche dies. Dann ginge sie wieder nach Berlin zurück; sie zog es vor, betonte sie, sich vor ihrer Abreise nicht mehr zu sehen. Ein letztes Küßchen und, hopp!, in meine Reisetasche. Ein Frühlingstag. In der Metro war es kühl. Barbara hatte auf den Boden der Tasche ein Hemdchen von sich gelegt. Komfortabel. Und angenehm. Ihr Parfüm. Die Scheibe beschlug nicht. Ich sah alles. Zweimaliges Umsteigen. Ein Stück Metro über der Erde, nach der Station Barbès-Rochechouart.

Dann wieder unter die Erde, in die Dunkelheit. Sosolalas Begrüßung, in ihrer Loge, ich sei dick geworden!, und dann die riesige, schmucklose Wohnung, Abel an der Arbeit, seine Begeisterung und seine düsteren Stunden. Ich habe, glaube ich, erschöpft mehrere Tage geschlafen. Barbaras Hemdchen war in der Reisetasche geblieben; ihr Parfüm sollte mich noch auf verschiedenen Reisen oder Transporten innerhalb von Paris begleiten. Auch Katzen kennen die Nostalgie. Sehnsucht, die nicht unbedingt rückwärts gerichtet ist. Sie kann sich auch im Präsens ausdrücken, Hinweise geben. Die Seine führte Hochwasser. Abel erzählte seinen Besuchern lachend, ich riefe um Hilfe und bräuchte einen Rettungsring. Die direkt am Fluß verlaufende Schnellstraße war unter Wasser. Auf der Insel gegenüber wurden große Feste gegeben. Abel trug einen Smoking. Wie ich.

Ich wurde mit Stiefeln an den Pfoten geboren, nackt und gleichzeitig angezogen, immer sauber wie eine neue Münze, selbst wenn mich ein pflichtvergessener Menschenfresser dreckig abgeliefert hatte. Ich habe nicht genau verstanden, was sich eigentlich an einem sonnigen Vormittag abgespielt hatte. Abel hatte nackt für Photos Modell gestanden, alle Attribute gut sichtbar, vor der Bibliothek, im Salon und sogar auf dem Tisch im Eßzimmer. Zwischen der Kamera und meinem nackten Maestro herrschte ein gespanntes Verhältnis. Er konnte mit den Aufforderungen »jetzt lächeln« oder »noch intensiver« nichts anfangen. Nicht sehr natürlich, mein Abel, in seiner natürlichsten Erscheinung. Der Photograph wollte die Reportage so schnell wie möglich hinter sich bringen. Er war anscheinend völlig uninteressiert. Dabei wurde er »dafür bezahlt«. Abel bestand darauf, daß er ihn zum Schluß in blauer Lederjacke und Jeans auf seinem Moped photographierte. Das einzig schöne Photo aus der Serie. Der Amerikaner war offensichtlich eher an weibliche denn an männliche Nacktheit gewohnt. Die Reportage sollte in der Zeitschrift *L'Amour* erscheinen. Abel hatte den Text selbst geschrieben, *Anatomie eines jungen Schriftstellers.* Die Chefredakteurin hatte ihn unterzeichnet. Ich erinnere mich, daß er einmal laut vorgelesen worden war. Er war komisch. Frech. Absurd. War der Akt immer noch ein schwerwiegendes Tabu? Abel liebte weder seinen Körper noch die Art, in der man ihn als Schriftsteller etikettierte, doch der spöttische Humor dieser Geschichte war anscheinend nur von ihm verstanden worden. Die Zeitschrift wurde nach dieser Nummer, in der Abel die Rolle des *sujet de charme*, das reizvolle Subjekt, gespielt hatte, so hieß die Rubrik, unter der die Reportage veröffentlicht wurde, eingestellt. Ein Gag, ein Strohfeuer, ganz nach dem Geschmack meines Herrn und Meisters. Zehn Jahre später schrieb ein Kritiker in einer Provinzstadt anläßlich der Aufführung eines der Stücke Abels: *Wie ist es nur möglich, daß der Autor eines so subtilen Stückes als Aktmodell für Zeitschriften gearbeitet hat?* Inzwischen waren es schon *Zeitschriften*. Die Provinz vergißt nicht so schnell. Die Geschichte hatte also nur Abel amüsiert. Der Text hatte eindringlich darauf hingewiesen, daß *Schreiben auch sich in der Öffentlichkeit ausziehen* bedeute. Was meine Meinung anbelangt, da möchte ich mich jeden Kommentars enthalten. Nackt hatte Abel genauso erbärmlich ausgesehen wie ich, damals, als ich in Barbaras Gegenwart in die Badewanne gefallen war.

»Sie« hatten nur die Bilder angeschaut, und »sie« hatten den Text nicht gelesen. Abel würde also niemals das Spiel spielen, niemals den Tanz tanzen, oder zu schnell, oder im Abseits, auf dem Ball seiner eigenen Geschichten, seiner dreckigen Nächte, während vieler flüchtiger Episoden. Er lief in ein Verderben. Ich wußte es, und je mehr er sich dessen bewußt wurde, desto heftiger riß ihn der Strom mit. Ich hatte keine Lust, eine Katze wie jede andere zu werden. Posten beziehen. Beobachten. Begleiten. Ihm von Zeit zu Zeit etwas Wärme oder die Freude, mich übel zuzurichten, schenken, er der schlecht Liebende und schlecht Geliebte, immer auf der Suche nach Liebhabern und Abenteuern. Ich hatte mich nur als idealer Kater aufzuführen, der alles sieht, alles weiß, alles ahnt und nichts sagt. Zärtlich.

Sich ganz klein machen, tagsüber schlafen, nachts lauern, die Zuweisung des Aufenthaltsortes bewußt und uneingeschränkt leben, diesen gezwungenen Aufenthalt bei Abel, von seinem guten Willen, seiner guten Laune abhängig sein, ohne daß dies sadistisch wäre. Nur die, die niemals mit einem Tier zusammengelebt haben, behaupten dies, zumal mit einer Katze, oder die, die mit ihrem Tier genauso schlecht zusammenleben wie mit sich selbst. Ich war vorsichtig geworden, lebte diskret, resigniert, ohne dies zu bedauern. Ich hatte eine Wohnung, wurde ernährt, geachtet und kümmerte mich um meine Wäsche. Was konnte ich mehr verlangen oder fordern? Warum den Lauf des Lebens von jemand anderem ändern wollen? Und warum sollte ich mich nicht im stillen als gute Katze oder dicker Kater über einen ewig unzufriedenen Meister und Freund freuen, der den »Selbstsicheren« beiden Geschlechts so sehr mißtraute, der Selbstzufriedenheit im allgemeinen, der die Übersättigten öffentlich brandmarkte, die Liebenswürdigen, Schwülstigen, die Schmeichler, die sich durch ein Nichts schon geschmeichelt fühlen, die Gehässigen, ohne die Griesgrämigen zu vergessen, und davon gab es Legionen, kurz, beinahe die ganze Welt?

Die Seine führte kein Hochwasser mehr; die Schnellstraße wurde wieder für den Verkehr freigegeben. Ich lebte »friedlich vor mich hin«; ruhige Tage. Tagsüber. Abel war häufig außer Haus, um in Werbeagenturen mitzuarbeiten; ohne diese Arbeit hätte er, wie er sagte, nachdem er mir die Slogans vorgelesen hatte, meine Büchsen, meinen Sand und

Sosolala nicht bezahlen können. Ich hätte so gerne meine Plastikschale ganz allein saubergemacht, mich selbst im Kühlschrank bedient, ohne jemanden anbetteln zu müssen, so wie er seinen Verleger »anbettelte«, und meine Büchsen selbst aufgemacht, ohne von anderen abhängig zu sein. Schöne Illusion.

Man träumt immer von einer anderen Liebe. Diese Abhängigkeit konnte mich viel lehren, auch wenn ich in einem anderen Leben jemand mit Fingern gewesen war. Zu welchen Zwecken hatte ich damals meine Finger benutzt? Ich war mir schuldig, meine Wiederkehr auf die Erde nicht als Bestrafung zu leben, ich hatte ganz einfach das Leben zu leben, das man mir gegeben hatte. Doch als Abel die Vitrine ausräumte, als er den Totenkopf in dem obersten Fach eines Schrankes ganz hinten versteckte, als nur die beiden Kriegermasken ihre angestammten Plätze auf den Kaminsimsen wieder einnahmen, als die Männer die Vitrine abholten, so, wie sie sie gebracht hatten, die Glastüren zwischen Diele und Salon weit geöffnet, und fluchend: »Das ist schwerer als ein Klavier«, »das wiegt mehr als ein toter Esel« – da fühlte ich mich belohnt und auch, trotz allem, etwas nützlich. War der Schrank gut abgeschlossen? Ich schlich an ihm entlang. Der Totenkopf war darin.

Nachts weiter die Geliebten, nie oder nur ganz selten zweimal derselbe; ich tat so, als ob ich in meiner Ecke schliefe. Die Bäume bekamen Blätter, und auf dem Balkon gab es Spatzen, nicht viele, aber doch ausreichend, um meine Träume zu nähren. Ich wartete auf bessere Tage. Ich war wie Abel. Ich wartete.

12

Während der schönen Sommertage sah ich im Haus im Süden den geheimnisvollen Menschenfresser wieder, der mich früh am Morgen gebracht hatte, von einem Freund begleitet, den er Mister Verzweiflung nannte und der eine fremde Sprache sprach.

Das gesamte erste Stockwerk war auf Abels Wunsch umgebaut worden. Ich verstand, warum Abel schallend gelacht hatte, trotz der Anwesenheit eines Gastes, Inhaber einer wichtigen Pariser Werbeagentur, der vor der Haustür hatte warten müssen, da Abel sich verspätet hatte, als Abel auf dem automatischen Anrufbeantworter folgenden Text abhörte: »Hier ist Jesus, die Terrasse ist fertig.« Der Krawatte tragende Herr, der über Abels Verspätung bereits böse war, war jetzt konsterniert. Dabei war Abel in der Regel pünktlich. Der Maurer mit dem schönen Namen Jesus hatte wie ausgemacht die Nachricht von den abgeschlossenen Arbeiten auf Band hinterlassen. Das Bad, jetzt mit Tür, befand sich an der Stelle von Abels früherem Schlafzimmer, und Abels Schlafzimmer, mit eingebautem Schrank, an der Stelle des früheren Bads; Abel oder Citronnelle konnten kaum um das Bett herumgehen, Puppenhaus, Katzenhaus, Vorsicht, streunender Kater, und vor allem eine enge, steile Treppe, über die man unter den Hängeboden gelangte, dort eine Tür mit eingebauter Katzentür, englisches Modell, großer Preis des internationalen Design-Wettbewerbs, die immer *flip, flap* machte, meine Freiheit, und eine Terrasse, so groß wie ein Taschentuch, direkter Zugang auf die Dächer, über dem Arbeitszimmer, mit unverbaubarem Blick auf das Tal, und im Hintergrund als Horizontlinie das Gebirge mit den vielen Dörfern und Weilern auf den Hängen, deren Lichter nachts an verlorene Schiffe am Himmel erinnerten.

Auf dieser Terrasse fand das Wiedersehen mit dem Menschenfresser statt, der, während Abel gekühlte Getränke anbot, sofort und kategorisch erklärte, ich könne unmöglich allein bleiben, Mounette erwarte wieder einmal Nachwuchs, und Abel solle doch im Herbst vorbeischauen und sich einen aussuchen. Warum »einen«? Einen Halbbruder? Einen Rivalen? Abel hatte geantwortet, er würde ihn Tybalt taufen, wie Julias Bruder, der den Mercutio umbringt. Aber ich wollte keinen Bruder und keinen Mörder! Der Menschenfresser hatte die Reise aus einem bestimmten Grund unternommen: Abel mit Mister Verzweiflung bekanntzumachen, der immer neue Photos von Schwulen zeigte, alle nackt, in immer grausamer werdenden Szenen, die sich in leprösen Wolkenkratzern oder aufgegebenen, halb verfallenen Häusern abspielten. Hatte ich die Stadt in einem anderen Leben kennengelernt? In diesem Zustand nicht. Die Aufnahmen waren hart. Der Menschenfresser wollte kein Vorwort für das Buch seines Freundes, Mister Verzweiflung, schreiben, er war dafür zu bekannt. Die drei hatten, Photos in der Hand, kaum Platz auf der Terrasse; die Mauersegler flogen wie irr wegen der untergehenden Sonne und der schräg einfallenden Strahlen. Abel hatte nur noch ja zu sagen. Und dann die Verabredung für den Herbst. Warum hatten sie alle Probleme mit ihrer Nacktheit?

Einen Sommer lang war ich eine Katze auf den heißen Dächern, allein, ich entdeckte den Himmel, die freie Luft. In der Nacht waren die Dachziegel lau. Und immer dieses *Flip-Flap, flip,* ich gehe hinaus, *flap,* ich bin hinausgegangen, oder *flip,* ich komme herein, *flap,* ich bin hereingekommen, Achtung, Abel nicht alarmieren oder wecken bei dem ewigen Hin und Her. Ich erhielt eine Postkarte von Barbara aus Marokko, mit vielen Küßchen, die von Herzen umschlossen waren. Abel hatte Angst, daß ich vom Dach fiel. Die Vögel machten mich verrückt, pfft, in die eine Richtung, pfft, in die andere, ohne jemals zu landen. Ich war da, auf dem Posten, blutrünstig, umsonst. Wenigstens ihre Angst machte mich glücklich. Tybalt, nein, eine Mini-Mounette, ja. Im Grunde dachte ich nur an sie. Citronnelle meinte, einer würde genügen, alles, was recht sei. In was mischte sie sich da ein?

Sosolala dagegen meinte, Abel solle einen »getigerten« aussuchen. Hatte Sosolala vor einer Rivalin Angst oder dachte sie, wie Abel, in männlichen Dimensionen? Die Lieferung war an einem Novembernachmittag eingetroffen. Abel fuhr zu dem Menschenfresser. Mounette hatte ihre Jungen im Garten des Pfarrhauses auf die Welt gebracht. Was eine Jagd zur Folge hatte. Der Menschenfresser organisierte verschiedene Hinterhalte. Mounette hatte vier rotfellige auf die Welt gebracht, Lausbuben, nicht einzufangen, und einen getigerten, der letzte im Gänsemarsch, noch verrückter als die anderen. Wie ein kleiner Teufel sprang er aus der Schuhschachtel, ohne daß Abel ihn hätte fangen, halten und mir vorstellen können; so hatte er auch nicht »Guten

Tag, Tybalt« gesagt. Und: es war kein Kater, sondern eine Katze. Ich habe das natürlich sofort bemerkt. An ihrem Blick. Ihren Augen. An den Ohren und an der Angst. Abel bemerkte es, anatomisch, erst ein oder zwei Wochen später. Unter Ti oder Ty suchend, taufte er sie dann Tiffany für die Leute aus dem Süden die kleine Fanny. Eines Tages, später, erzählte mir Tiffany die entsetzliche Geschichte ihrer Gefangennahme. Die Jagd hinter Mounette, der abreißende Gänsemarsch, die Flucht in einen Holzschuppen und der Schuhkarton, zwei-, dreimal über ihren Kopf gestülpt, die Tür zum Holzschuppen verschlossen, bevor Abel sie endlich, mit blutenden Fingern, wundgebissen und zerkratzt, in den Schuhkarton einsperren konnte. Brüske, absolute Nacht, wie sie es bezeichnete. Wie schön es in den Büschen gewesen war! Wie oft habe ich ihr vorgeworfen, von ihren Büschen zu schwätzen. Sie wurde meine Frau, blutschänderische Liebe, eine Wonne. Im Sommer hatte ich auf den Dachziegeln mein erstes Gewitter erlebt, die Regentropfen, flip, flap, und dann der Geruch des feuchten Tales, viele neue Gerüche, die mir von den Wäldern in meinem Kopf erzählten, diesen Wäldern, in denen es keinen Abel gab, keinen Menschenfresser und keinen Mister Verzweiflung, dafür aber weiches Moos, sanfte Blumen und keine Fliegen; im Haus im Süden hatte eine dieser hartnäckigen Fliegen mich während meiner Siesta gestört und sich dauernd auf meine Ohren, meine Barthaare oder meinen Bauch gesetzt oder gar – unerträgliches Gefühl – auf meine kalte Nasenspitze.

Tiffany ließ sich nur schwer fangen. Dieses Biest! Sie hatte Wut im Herzen, und man hätte sie für bösartig halten können; man hatte sie ihren Büschen entrissen. Der Respekt vor den Wesen, das ist die Freiheit des anderen. Nicht zu Beginn. Eitle Vorstellungen. Zu zweit sein, das war immer schon der Anfang vom Ende. Wie das Leben. Ein ganzes Leben. Ich werde allen Platz beschlagnahmen, schönes Beispiel für die Kunst des Unfertigen, des Nichtfertiggestellten, der Liebe, diese Institution, die keine Definition verträgt, sie und ich und alles, alles sofort. Ich war unendlich schockiert und begehrlich. Den Sommer über war die kleine Narbe zwischen meinen Hinterpfoten verschwunden. Ich hatte mich bemüht, diese Stelle besonders sorgfältig zu lecken und das, was übriggeblieben war, zu überprüfen. Alles funktionierte normal, ballistisch gesehen. Ich konnte folglich den alten Schwerenöter spielen, ohne irgendwelche Risiken einzugehen. Den Sommer über hatte sich Abel in den Roman vertieft, dessen erste Seiten er im Januar den drei Herren vorgelesen und der wie ein Schlafmittel gewirkt hatte und ganz sicher wieder nicht der Roman war, den man von ihm erwartete. Flip-Flap in die eine Richtung, Flip-Flap in die andere, jede Nacht saß Abel, oft bis zum Morgengrauen, an seinem Schreibtisch und hämmerte mit seinem linken und seinem rechten Zeigefinger den Text auf Valentina, ein von vorneherein verfälschter Text. Ich spürte, daß er völlig eingetaucht, fasziniert, mitgerissen, gefesselt war, so wie ich heute, andere Fiktion, an diese Seiten. Oft murmelte er »Abel hat sich getötet« vor sich hin, nicht sehr verständlich, ich brauchte lange, bis ich begriff, was er zu sich selbst sagte, verwirrt und unzufrieden mit den Seiten, die er mit laut erhobener Stimme las, um sie besser korrigieren zu können, ohne sie wirklich zu bestrafen, hartnäckig immer wieder an seinen Schreibtisch zurückkehrend, das Kapitel wiederaufnehmend, fortführend, immer weiter, immer weiter. Er legte keine einzige

Ruhepause ein. Er hatte verlernt, sich zu amüsieren, abzulenken. Er hatte zu dem Menschenfresser gesagt, daß das Schreiben ihn aufrecht halte, doch dieser hatte es offensichtlich vorgezogen, klare, eindeutige Katzenvision, so zu tun, als habe er Abels Satz nicht gehört. Ich hatte Angst vor dem Herbst; ich sollte dann einen Gefährten erhalten, wo ich mir doch eine Gefährtin wünschte, jeder nach seiner Norm, ich war bereit, der perfekte Liebhaber, was die Potenz anbelangte. Ich beobachtete im Himmel und auf den Dachziegeln, meinem Territorium, die Vögel und fliegenden Insekten, die alle direkt aus meinem Kopf hätten stammen können. Kriechende Insekten ärgerte ich und fraß sie.

Ich hatte geträumt, einen Vogel zu fangen, als Beweis, zu meinem Vergnügen, als Heldentat. Ich konnte schließlich nicht nach Paris zurückkehren, ohne zumindest einmal gezeigt zu haben, zu was ich als das Regiment führender Kater fähig war, um nicht zu sagen, als richtiger Kater, denn das hätte niederträchtiges Lächeln hervorrufen können. Ich erhielt die Gelegenheit und fand ein Opfer. Ein kleines. Einen kleinen Vogel. Der Name Tiffauges verpflichtet. Eine ganz kleine Schwalbe, die noch nicht die notwendige Erziehung erhalten hatte, zumindest nicht vollständig, und noch zu sehr einer unter Umständen großzügigen Natur vertraute. Sie war neben mir gelandet, ein kleiner Satz, hopp, und sie war in meinem Maul gefangen und piepste. Ich war unendlich stolz und lief, leider!, sofort zu Abel, um ihm zu zeigen, wer und zu was ich fähig war, flip, flap, ich ging ins Haus, mit meiner Beute im Maul. Abel saß an seinem Schreibtisch. Er sah mich. Er war aschgrau oder voller Bewunderung. Wie kann man das unterscheiden? Aufregung erzielt bei ihnen den gleichen Effekt. Er stand auf, murmelte etwas von einem tapferen Tiffauges, beugte sich über mich, um mich, zumindest nahm ich das an, zu streicheln, dabei packte er mich, packte er uns, denn mein Gebiß schloß sich noch fester um die kleine Schwalbe. Er trug mich vorsichtig in sein Zimmer und von dort aus auf die Terrasse, setzte mich auf der kleinen, seitlichen Mauer ab und drückte mich fest an sich; er sprach als Bruder und Freund zu mir und drückte dabei mit dem Daumen und Zeigefinger der rechten Hand meinen Kiefer auseinander, während seine linke unter meinen Bauch gefaßt hatte. Ich ließ meine Beute los. Abel nahm die kleine Schwalbe in seine Hand, hob den Arm, der Vogel flog davon. Mit den anderen. Und ich, verblüfft, betrogen, begeistert, wütend, wußte nicht mehr, welchem Herrn ich trauen konnte. In der Beziehung zwischen zwei Wesen herrscht immer eine bestimmte Tyrannei, wobei jeder der Tyrann des anderen ist. Ich würde niemals mehr meine Beute vorzeigen. Das würde, von nun an, eine Affäre zwischen mir und mir bleiben, eine Art Treue- oder Ehebruch, wie er nur unter Erwachsenen vorkommen kann. Abel streichelte und beglückwünschte mich. Er meinte, das Leben sei eh schon hart, für alle, und ich sei inzwischen ein großer Kater geworden; trotz der Befreiung meiner Beute fühlte ich mich geschmeichelt. Aus Zuneigung würde ich blutrünstig werden. In meinem Maul piepste es, ein angenehmes, gutes Gefühl. Ich hatte von einer blutigen, zerstörerischen Rückkehr zu meiner eigentlichen Natur geträumt, denn der Menschenfresser, von Mister Verzweiflung begleitet, hatte von einem Gefährten gesprochen. Ich brauchte *eine*. Ein Mädchen halt, aus der ich eine Frau machen konnte.

Ich ging auf das Dach des rechts neben uns und auf das

Dach des links neben uns liegenden Hauses. Die beiden Nachbarinnen waren richtig griesgrämig und beklagten sich schon nach wenigen Tagen, ich würde die Dachziegel lokkern und verschieben. Ich wußte genau, mich als Besitzer des Himmels fühlend, unter welchen Dachziegeln sich mein Haus verbarg, mein Territorium, das Haus im Süden, Abel, Valentina, Citronnelle und ihr ewiges »Ich bringe die Wäsche« oder »Oh, là, là! was war denn hier heute nacht bloß los?«, wenn sie in Abels Schlafzimmer ging und sich alle möglichen Unmöglichkeiten vorstellte, während ich vor ihren spitzen Schreien und ihrem kindlichen, kindischen Lachen floh, mit dem sie die Laken von Abels Bett ausschüttelte, der, alarmiert, seinen Schreibtisch verlassen hatte, um nachdrücklich zu erklären, es habe sich »nichts« ereignet. Sich überlegen gebend, summte Citronnelle ihre ewigen *Schneesterne* vor sich hin, wenn es nicht *Rosa Kirsch- und weiße Apfelblüten* waren oder *Als wir Himmel und Hölle spielten*, hier aber nur die Worte. Vom Rand meines Daches aus, es gab keine Regenrinnen, beobachtete ich die Nachbarin gegenüber beim Abwasch oder beim Servieren des Aperitifs. Unser Haus versperrte ihr den Blick, dafür konnte sie das Kommen und Gehen überwachen und mir zurufen:

»Kleines Raubtier, du wirst vom Dach fallen«, oder: »Kleines Raubtier, Springen verboten.«

Ich träumte viel vom Herbst. Das Schicksal konnte es im Grunde nur gut mit mir meinen. Ein Kater wie ich konnte nur eine Katze bekommen. Ein Herrscher mit einer ihm ergebenen Herrscherin.

13

L'amour fou. Verrückte Liebe. Gewalttätig. Attackierend. Die Kleine mußte erzogen werden, sie sollte nur gute Gewohnheiten annehmen. Ein wahres Festessen, diese kleine Kugel, die ich so lange leckte, bis sie völlig durchnäßt war, vom Kopf bis zu den Pfoten, auch die geheimen Winkel, Ganzkörperlecken, aus Gründen der Reinlichkeit, zum Vergnügen und natürlich auch zum Markieren des Territoriums, ihr Körper gehörte mir, ganz, die Erfüllung eines geheimen Wunsches, die durch die Grenzen der Wohnung, durch das Eingesperrtsein, auch auf Dauer garantiert war, ohne wirkliche Unterwerfung zu bedeuten. Sollen diejenigen doch die Katze aus dem Sack lassen, die behaupten, daß Liebe, falls es überhaupt Liebe gibt, nicht egoistisch und den anderen beherrschend ist, beidseitig, die Rollen des Folterknechtes und die des Opfers sind immer austauschbar. Tiffany ließ sich von Abel nicht fangen; sie floh vor ihm. Die Vision des Holzschuppens und des Schuhkartons war auf ewig in ihr verankert; sie hatte panische Angst, ständig, ein Alptraum, der sie nie verließ. Tiffany hatte auch vor mir Angst. Doch ich entsprach schon eher ihrer Größe und strahlte einige vage vertraute Gerüche aus. Ich war damals ein Jahr alt und sie einige Wochen; das kleine Mädchen war mir ausgeliefert. Ich stellte Tiffany Fallen, sprang auf sie, drückte sie auf den Boden nieder und biß sie in den Nacken, benutzte sie als Ball zum Spielen, sie riß aus, endlose Verfolgungsjagden, Zerstreutheit, Ergebenheit, und früher oder später leckte ich sie sorgfältig, so wie man mich geleckt hatte, in der Art Mounettes, beruhigte sie damit, bis sie in eine sensuelle Verzückung geriet, die beinahe einer Ekstase glich und von der ich nicht glauben wollte, daß es sich dabei um einen Sieg handelte. Ihr Herz schlug zum Zerspringen. Wenn ich sie geleckt hatte und sie ganz naß war, hatte ich Angst, sie würde sich erkälten, und drückte sie zwischen meinen Pfoten fest an meinen Bauch. Und wenn ich einmal von ihrem Tigerfell abließ und mein schwarz-weißes leckte, vor allem das Plastron war blütenweiß, dann entkam sie mir. Ich wußte, wo ich sie wiederfinden würde, unter der Röhre im Gang zur Küche, dort war es warm. Sie hatte keine ausgeprägte Phantasie. Und vor allem keine Wahl. Sie hatte nur mich und sonst niemand. Abel beobachtete uns aus der Ferne und strich dabei seine Schnurrbartspitzen nach oben. Lächerlich!

Ich wurde Tiffanys Sklave, auch und vor allem, wenn ich sie derb behandelte. Das, was die Poetik für die Poesie darstellt, Unerbittlichkeit und Kraft, das war für unser Verhältnis meine Beredsamkeit als supermännlicher Kater. Welcher Verliebte, welcher Verführer, der sich in seinen eigenen Fangstricken verfing, hatte seine Geliebte praktisch schon in der Wiege für sich gewinnen können, auch wenn sie, wie sie behauptete, einige präzise Erinnerungen an bestimmte Büsche hatte? Man wird mir antworten, sie habe keine Wahl gehabt und ich hätte meine Position als der Stärkere ausgenutzt. Und ich? Mit Abel? Hat man überhaupt eine Wahl, wenn man sich verliebt? Ist das Vergnügen zu warten etwa größer als das zu empfangen? Wenn ich sie leckte, stellte ich sie mir als Vamp vor, grauenerregend und unheilvoll, in Exklusivität, in der Originalversion ohne Untertitel oder Übersetzung, Kino, das mich einmal zum Träumen gebracht hatte, doch wann und in welchem Leben? Wer war ich gewesen? War ich nicht gerade im Begriff, mit ihr die gleichen Beziehungen aufzubauen wie die, die zwischen Abel und mir aufgebaut worden waren, Herzensergüsse vermischt mit Machtkämpfen, der Sklave, der zur Herrin oder zum Herrn wird, der Herr, der meint, er könne sich alles erlauben, und der immer an allem zweifelt? Sosolala sagte: »Laß sie doch ab und zu in Ruhe.«

Abel rief mich manchmal zur Ordnung, und es kam schon vor, daß er uns trennte. Wie bei einem Ringkampf. Wenn ich, sie leckend, die Augen schloß, stellte ich mir vor, sie sei blond, wie Barbara, und leckte noch stürmischer, rauhe und überall herumschnüffelnde Zunge. Ich habe ihr die Benutzung der Schale beigebracht. Indem ich sie in meinem Maul trug, so wie Mounette mich getragen hatte, am Nackenfell gepackt. Und so wie ich die Schwalbe gepackt hatte, ohne ihr weh zu tun, einzig aus dem Vergnügen, eine Beute zu haben. Tiffany floh, noch bevor Abel die Hand nach ihr ausstreckte. Abel bemerkte lachend, es bliebe ihm nichts anderes übrig als eine Kitschzeitschrift zu gründen, die sich nicht *Zu zweit*, sondern *Zu dritt* nennen würde; »die Zeitschrift für das moderne Paar«, setzte er noch hinzu. Ich fand das ziemlich geschmacklos. Wir verfügten, alle drei, über so viel Stolz und so wenig Eitelkeit, daß der Humor für uns eigentlich keine Hilfe mehr bedeuten konnte. Es sind immer die anderen, die sterben, die abreisen oder Fehler begehen. Die Gefahr, die von ihnen ausgeht, vergessen wir. Werden nur die anderen Unglück erleiden, bis zu dem Tag, an dem, peng!, jemand auf uns schießt?

Tiffany ließ sich in meinem Maul tragen, ein Satz, und wir waren in der Schüssel. Ich habe ihr dort beigebracht, was ich ganz alleine gelernt hatte. Die Kunst des Sandes, das richtige Kratzen, die Wahl der genauen Stelle, sich dabei auf der Stelle im Kreis herumzudrehen, die Konzentration beim kleinen Pipi und das gewissenhafte Zuscharren im Fall eines Bäbä, ein ganzer Ritus, um Perfektion zu erzielen, Nachdenklichkeit und gegenseitiges Einverständnis. Auch die Achtung für das Haus, unser Haus. Ich mußte schon bald die Schale verlassen und vor ihr Posten beziehen, damit Tiffany, wie sie mir zu verstehen gegeben hatte, alleine ihren Geschäften nachgehen konnte, die sie gerne in die Länge zog, bevor sie mich rief, quiekend, wie eine leise Klage, damit ich ihr half, das Hindernis der hohen Schalenwand zu überwinden, ein abgeschlossener, beinahe verborgener Ort, wo der Wunsch und die absolute Notwendigkeit, reinlich zu sein, das Vergnügen nicht ausschlossen, eine seltene Befriedigung. Anschließend noch intensiveres Toilettemachen. Lecken, Fallen stellen, überfallen. Sie wuchs sehr schnell, und ich konnte sie nicht mehr in meinem Maul herumtragen. Sehr schnell lernte sie, die hohe Schalenwand hochzuklettern, auch wenn sie dabei Gefahr lief, mit dem Kopf voraus in die Schale zu fallen. Sie hatte ihre Ecke. Ich meine. Verstohlen überwachte ich sie. Schon bei dem geringsten halbbrüderlichen Ruf tauchte ich auf. Sehr schnell hatte sie auch gelernt, sich besser zu verstecken. Zu schnell. Wir sind so süß, wenn wir klein sind, meine kleine Mounonne, meine Tiffany. Zu schnell, das Leben? Katzen haben Gefühle. Tief innen. Tief in ihrem Blick. Basta.

Tiffany erzählte nur wenig von Mounette, die die vier rotfelligen Brüder und Schwestern vorgezogen hatte, im Bauch schon besser postiert und auch an der frischen Luft, beim Gerangel, denn Mounette hatte revoltiert und beschlossen, einmal ist keinmal, weit vom Bett des Menschenfressers entfernt zu gebären und ihren Nachwuchs geschlossen zu behalten. Man sollte nicht behaupten können, Katzen verstünden nicht zu zählen und folgten einzig ihrem Instinkt. Tiffany war sich sicher, daß Mounette die rotfelligen vorgezogen hatte. Sie hatte darunter gelitten, immer die Letzte im Gänsemarsch, immer etwas zurück, weniger geleckt, dreckiger, und das, obwohl sie seit der Geburt sehr kokett gewesen war. Ich muß meine Imagination zu Hilfe holen, es handelt sich folglich um eine Rekonstruktion. Beim Namen »Mounette« schloß Tiffany wütend-enttäuscht die Augen und bezeugte deutlich ihren Willen, nicht über ihre Mutter zu sprechen, was früher oder später ihr Ruin sein würde, auch wenn sie sich sehr zusammennahm, aber sie hatte dieses Thema nie anschneiden wollen. »Leck mich«, flüsterte sie. Ich leckte sie. »Stärker.« Ich leckte sie stärker. Sie gab mir bereits Befehle.

Alle Vorwände waren tauglich, auch die trügerischsten. Unsere Beziehung war eher hochnäsig und vor allem absolut mitleidslos. Sosolala, Abel und bestimmten Besuchern gegenüber spielte Tiffany das Opfer. Je größer sie wurde, desto stärker ähnelten unsere Kämpfe Umarmungen, und ihre rauhen Schreie der Wollust und des Vergnügens, Schreie, die aus dem Bauch kamen, wurden von ihr bewußt eingesetzt, um eventuellen Zeugen glauben zu machen, sie würde von mir terrorisiert oder litte entsetzliche Schmerzen. Dabei war sie es, und das kann Abel bezeugen, die mich provozierte, sobald ich, des Krieges müde, ihr nicht mehr nachrannte und an ihr roch. Was sie manchmal zu Kreuzsprüngen veranlaßte. Die Wahrheit? Sie war mein Folterknecht geworden. Selbst beim Fressen. Ich hatte nicht einmal mehr die Zeit, zu probieren und zu genießen; sie stopfte ihren Teil wie eine Wilde in sich hinein und versuchte dann sofort, sich aus meinem Napf zu bedienen. Ich lernte rasch, sie mit der linken Pfote auszuschalten. So wie ich etwas später lernte, mich auf drei Pfoten aufzurichten und ihr mit der freien vierten eine Ohrfeige zu versetzen. Sosolala beschimpfte mich, ich sei »bösartig«, und schüttelte dabei mißbilligend ihre Schürze und ihre menschlichen Gerüche. Abel sagte dann, sie solle uns in Ruhe lassen, das sei unsere Art, uns zu lieben. Tiffany gelang es mit Hilfe ihres mitleiderregenden Spieles, bei Sosolala einige Vorteile zu ergattern, unter Frauen, im Grunde völlig bedeutungslos. Ich schmollte in Abels Arbeitszimmer. Er amüsierte sich über mich. Die triumphierende Tiffany kam schon bald an. Der Zirkus begann von vorne. Sie lief hinter mir her. Die ganze Zeit versuchte Abel vergeblich, sie zu fangen. Wenn er sie einmal im Schlaf überraschte, dann sprang sie hoch und kratzte ihn, an den Händen, den Armen, selbst im Gesicht. Eine Wilde aus dem Gebüsch. Tiffany war rachsüchtig.

14

In Paris verkümmert die Zeit. Tiffany gab mir neue Kraft, weckte meinen Sinn für Pflicht und Rebellion. In sich gespannte Beziehungen ähneln sich, ein Paar schließt die anderen aus, glaubt an sich, zieht sich auf sich selbst zurück, gewöhnt sich daran, doch die ursprüngliche Wut, die Schmerzen von Geburt und Kindheit bleiben ebenso wie Zuneigungen oder Verbitterung. In Sosolalas Augen geschah endlich etwas »Normales« in der Wohnung, selbst wenn ich – und sie schaute mich schief an, als sie dies sagte – der Kleinen keine Kleinen machen konnte. Abel, der so tat, als interessiere er sich nicht für uns, uns aber dabei unablässig überwachte, empfand wirklich eine Art Befriedigung, wenn er uns zusammen sah, als ob wir dabei wären, eines seiner Projekte auszuführen.

Ich lernte Abels Eltern kennen. Die Mutter sagte nichts. Der Vater wenig. Ein Hund mit Namen Hose war im Auto geblieben. Der Vater hatte gesagt:

»Katzen machen ihn verrückt; er würde sie beißen.«

Sonntag. Schmutzig und grau. Tiffany hatte sich im Bettrost in einem der Betten im Gästezimmer versteckt, ein Bett für sie, ein Bett für mich, normalerweise. Als es läutete, hatte sie gesagt, sie sei für niemanden zu sprechen, und war davongestoben. Abel hatte den Tee auf dem Tisch im

Eßzimmer hergerichtet. Tischtuch, Servietten, das Blümchen-Geschirr, Gabeln, Milch in einem silbernen Kännchen mit einem ausgesprochen schmalen Hals und, auf einem Kuchenteller, ein Gugelhupf, Vaters Lieblingskuchen; ich kostete einige Krümmel, wenn auch nur, um Abel zu widersprechen, der behauptet hatte, ich fräße nur Fleisch und lehne alles andere ab. Natürlich hatte ich mit einem Satz den Tisch erobert. Das Tischtuch rutschte etwas unter meinen Pfoten. Der Vater fragte:

»Darf er das?«

Abel antwortete, ich sei bei mir zu Hause. Ein runder Tisch. Ich machte die Runde. Sie hatten sich soviel zu sagen und sagten sich nichts. Ich hatte eine bestimmte Rolle zu spielen, und es gehörte zu meinen Aufgaben, sie zu unterhalten. Vielleicht sprachen sie miteinander, wenn sie mit mir sprachen. Ich wollte die Eltern aus der Nähe sehen. Ich machte eine Runde und setzte, ohne etwas in Unordnung zu bringen, meine Pfoten vorsichtig dorthin, wohin ich sie setzen mußte. Zuerst die Mutter, die mich unentschlossen streichelte, fernes, vergangenes Glück; in ihrem Blick tauchten andere Katzen auf, die sie geliebt hatte, als sie Kind oder Jugendliche gewesen war, so weich bei der Berührung, der Liebkosung, frappierend. Eine Frau aus Takt und Schweigen. Dann Abel, der gerade die Teekanne auf den Tisch gestellt hatte; ich drückte meine Stirn gegen seine, Kräftemessen der Widder, als ob ich mich entschuldigen wollte, auf den Tisch gesprungen zu sein. Der Vater streichelte mich kühner, dann nichts mehr. Er schaute Abel an, seinen Sohn. In diesem Blick lagen so viele Fragen, die er gerne gestellt hätte und nicht stellte. Der Tee war eingeschenkt. Sie aßen den Kuchen, der in vier Teile aufgeteilt war, der vierte Teil war für den Vater bestimmt, der sich zweimal bedienen sollte, obwohl, wie er sagte, es ihm vom Arzt streng untersagt worden war. Doch ein wirkliches Gespräch kam nicht in Gang, und es blieb mir nichts anderes übrig, als den Hanswurst zu spielen, wobei ich versuchte, das Nützliche mit dem Angenehmen zu verbinden. Ich setzte mich neben das Silberkännchen und tauchte meine rechte Pfote ein erstes Mal in die Kanne, bis sie die Milch berührte, zog sie wieder heraus und leckte den Ballen ab. Sie amüsierten sich.

»Nein, Papa, laß ihn nur . . .«

Einmal, zweimal, zehnmal – jedes Mal waren sie begeistert, nein, dieser gescheite Kater, nein, nur gefräßig. Ich glaube, die Mutter hatte sogar gelacht, schwach, kaum angedeutet, verloren. Noch immer kam kein Wort über ihre Lippen. Die drei waren starr vor Staunen. Ich war ein mechanisches Spielzeug geworden, aufziehbar. Das beschäftigte sie und erlaubte ihnen, den Schmerz einer Stille zu vermeiden, die sie entsetzlich vereinte. Und ich völlig damit beschäftigt, meine Pfote in das Milchkännchen zu stecken, wieder herauszuziehen, gierig abzulecken und wieder hineinzustecken. Es dämmerte. Der Vater stand auf und meinte, sie müßten noch vor völliger Dunkelheit nach Hause fahren. Abel begleitete sie zum Wagen. Tiffany verließ ihr Versteck:

»Wie sind sie?«

»Du hättest nur dableiben müssen!«

»Hast du getrunken?«

»Ja, ich habe getrunken. Und?«

Die ersten Vorwürfe.

Tiffany log unverfroren. Sie stieß spitze Schreie aus, sobald ich sie attackierte. Wenn man mich zurechtwies, sagte sie anschließend ironisch:

»Das geschieht dir ganz recht.«

Was mich nicht kalt ließ. Alles in allem hatte ich eine schöne Rolle, die Rolle des Katers, auch wenn sie sich als Besitzerin von uns beiden aufführte. Und Vorsicht vor den langen Momenten, in denen wir uns allein in der Wohnung befanden. Sie verstand es dann, so zärtlich wie unverschämt zu sein, so sanft wie unversöhnlich, und ich erlag ihr. Die Parade von Abels Geliebten ließ sie gleichgültig. Sie fand es geschmacklos, den Partner so häufig zu wechseln. Vergebens versuchte ich ihr zu erklären, es handele sich um eine andere Art von Partnersuche, sie blieb vornehm-reserviert und sagte eines Tages sogar, um mir das Wort abzuschneiden:

»Abel ist noch schlimmer als Mounette.«

Wie konnte sie so von unserer Mutter sprechen!? Sie liebte niemanden und sagte mir nicht einmal, daß sie mich liebe. Taten, nichts als Taten. Sie stürzte sich in meine Pfoten, und wenn ich hinter ihr herrannte, dann machte sie plötzlich Kehrtwendungen, damit ich sie ja fest auf den Boden drücken konnte. Wenn ich sie biß, dann sagte sie mir, ich solle fester zubeißen, ich sei zu schlapp, entmutigend. Kam einer von Abels Geliebten, wurde sie besonders nervös; sie zitterte bereits. Ich war gezwungen, mich um sie zu kümmern und die Sache auszuführen. Ich konnte nicht einmal mehr Abel beobachten. Und wenn ich, völlig erschöpft, allein einschlief, in einem Winkel, um meine wohlverdiente Ruhe zu genießen, kroch sie, glitt sie zwischen meine Pfoten, schmiegte sich an meinen Bauch, und alles fing von vorne an. Sie war die Königin der Schattenspiele. Sie verstand es, sich ins rechte Licht zu stellen, als Silhouette, im Gegenlicht. Sie krümmte sich, streckte ihre Vorderpfoten aus und zog sich an ihnen in die Länge, so daß ihr Hinterteil in die Höhe ragte, oder machte einen richtigen Katzenbukkel, gesträubtes Fell oder, schmachtendes Geheimnis, seidiges Fell. Sie besaß bereits verlockende Formen und wurde von Tag zu Tag mehr zu der, der Schönen, von der ich geträumt hatte. Nicht exakt, aber hat man je eine blonde Katze gesehen?

Was für ein Leben! Eine neue Bewährungsfrist? Eine Verlängerung? Eine Wiederholung? Ich hätte es so gerne vermieden, das Thema einer möglichen Wiedergeburt, einem zweiten, dritten, x-ten Leben vor meinem Katzenleben anzuschneiden, doch der tiefe, außergewöhnliche und bestimmende Ausdruck meiner Augen verriet mich und konnte Abel nicht täuschen: Mit Tiffany lebte ich von neuem das, was ich mit vielen Frauen bereits gelebt hatte: Versuchung und Enttäuschung, Anwendung physischer Gewalt und Sklaverei des erklärten Verliebten.

Ich träumte, ich sei ein Mensch und trüge meinen Vater auf meinen Schultern, ich träumte, ich sei ein Kind und Abel trüge mich auf seinen Schultern. Ich träumte, ich ginge in einen Wald und kein Vogel flöge auf, wenn ich vorüberging, ich berühre Feder und Fell, sie hatten keine Angst mehr, und ich existiere nicht mehr. Ich träumte von einem Lebensende, allein, Freundinnen und Freunde besuchten mich nicht mehr oder gaben mir keine Zeichen mehr, unter dem Vorwand, man habe mir nie etwas sagen können, ich wolle niemand mehr sehen, solche und so viele Vorwände aus Angst vor dem wahren Text, reine und einfache Angst, oder hatte ich sie vielleicht nur zerstreut, schockiert oder amüsiert, eine Zeitlang, und jetzt war das Ende gekommen, ich machte nur noch Ordnung bei mir und fühlte mich nur noch wohl, wenn ich allein war, ist es grausam, das aufzuschreiben?

Ich träumte von einer verlassenen Terrasse, im Regen, am Ufer des Lago Maggiore, ich wartete auf eine bestimmte Person und wußte nicht mehr, auf wen. Ich träumte von einem Boot, ich ruderte, meine Mutter saß mir gegenüber, sie hatte Angst zu kentern. Ihre Arme waren nackt, sie trug ein leichtes Kleid, die Sonne war bereits untergegangen. Meine Mutter fürchtete, wir kämen zu spät zurück, sie beobachtete den Landungssteg, den Weg durch die Brennesseln. Ich träumte von einem Walzer mit ihr und von einem Vater, der glücklich war, denn beim Essen wurden ihm die ersten Spargel serviert, die ersten frischen Mandeln, die ersten Himbeeren aus dem Garten, weiße, so aromatische. Ich träumte mein Leben. Welches Leben? Ich war starrsinnig, exaltiert, spöttisch, immer unzufrieden, von vornherein im Eimer. Ich träumte von Segelflugzeugen und Fjorden. Ich träumte von den Armeen des Xian und von Stelen in China. Ich träumte von Gegenden, in die ich nie gekommen war, und von Landschaften, die ich nie gesehen hatte. Tiffany kam immer und unterbrach meine Träume. Ich kümmerte mich um sie, auch wenn ich sie nicht mehr so leckte wie zu Beginn, ich versuchte, meine Träume auszulöschen, Schmutzstellen, Flecken, liebevoller Verrat. Ich war ein Kater, und das war besser so. Ich träumte, ich sei Abel, und Abel habe nichts anderes mehr zu tun, als mein Leben aufzuschreiben. Auch nachher leistete ich ihm folglich Gesellschaft. Oder war ich in Wirklichkeit in ihn eingegangen? Die Freunde hielten nicht mehr. Ich kämpfte nur noch, um die Schläge auszuhalten und das Kap eines jeden Tages zu überwinden. Ich hatte kein Gehirn mehr, dafür ein großes Loch an dessen Stelle und ein lebhaftes Gedächtnis, das Gedächtnis einer Katze, die tausendmal leben kann. Tiffany forderte wirklich sehr viel; sie war, mit Verlaub, kapriziös. Kaprizen haben mich schon immer irritiert. An Sonntagen fanden Feste statt, sobald die Dunkelheit hereinbrach, bis spät in die Nacht. Tiffany versteckte sich dann hinter dem Kühlschrank. Ich aber setzte mich im Gästezimmer, das als Garderobe diente, auf die Pelzmäntel.

»Wo ist denn nur der Kater?« rief Abel und schwang mich durch die Luft, am Schwanz, aus Spaß, oder in seinen Armen, Stirn an Stirn.

»Und die andere?« Abel bemerkte dann, sie sei wild oder kokett, korrigiere ihr Make-up und wechsele ihre Kleider. Merkwürdige Feste. Tee-Tafeln. Offene Türen, wahre Defilees. Es kamen jedesmal viele Leute. Wie Menschenmengen. Die Wohnung war gerammelt voll, junge, alte, berühmte, göttliche, einige sublime Frauen und sogar Stars, im Hintergrund Abels Schwule. Einer Nacht. Wenn so ein Fest zu Ende ging, hörte Sosolala auf, Tee zuzubereiten, belauerte die sich Verabschiedenden und suchte nach bekannten Köpfen für ihr Gästebuch. Autogramme. Tiffany tauchte erst auf, wenn alle Welt gegangen war. Die Wohnung war wie verwüstet. Ich glaube, Abel empfand beim Aufräumen ein ebenso subtiles und prägnantes Vergnügen wie während des Empfangs. Wie vorher. Todmüde legte er sich spät in der Nacht ins Bett. In der dunklen Diele spielte Tiffany das Schätzchen, kam auf mich zu und forderte mich auf:

»Erzähl!«

Ich erzählte von den Pelzmänteln, den Wollmänteln, Seidenschals und Mänteln aus Alpaka. Ich war müde zum Umfallen. Sie überfiel mich mit Fragen und quetschte mich aus.

»Du hättest dich bloß nicht zu verstecken brauchen.«

»Unmöglich«, antwortete sie, es war in einer Nacht von Sonntag auf Montag, »sie mögen Abel nicht.«

Mochte sie ihn? Mehr noch als mich? Auf rebellische Art? Ich hatte geträumt, Abel sei ein Kind. Ich war Mensch gewesen. Ich hatte ihn auf meinen Schultern getragen. Wir waren in einen Wald gegangen. An dieser Stelle brach der Traum jedes Mal ab.

15

Entzifferungsarbeit. Ich bin Tiffauges, aber Tiffauges weiß nicht, wer Tiffauges ist. Ich hätte so gern von mir wie von einem anderen und von Abel wie von mir sprechen wollen, doch die Seiten sind von einer Seite aus durchsichtige Spiegel, und es läuft immer eine andere Geschichte ab, sobald der Wunsch, sich auszuliefern, stärker und stärker wird. Man muß wachsam bleiben, ohne Unterlaß auf die Oberfläche der Seiten zurückkommen und auf ihr Äußeres, obwohl diese durch soviel Transparenz korrigiert wurde. Hier findet sich die wahre Natur des Schreibens, abenteuerlich, scheiternd, wenn man sich nicht mit äußerem Schein zufriedengeben will, mit dem in wenigen Zeilen Erkennbaren und Resümierbaren, als ob das Leben auf den Gebrauch von Wörtern reduzierbar wäre. Selbst schreibend, verstehe ich meinen Abel jetzt besser. Ein ganz klein wenig besser. Es fehlt nicht viel, und ich würde freiwillig schnurren. Tiffanys Gegenwart bewirkte, mich einerseits daran zu hindern, andererseits zu begeistern. Abel blieb allein mit seinen Bildern, seinen Fata Morganen und seiner, ja, beinahe Gehässigkeit, sich und andere niemals akzeptieren zu können oder zu wollen.

Wir waren zu dritt. Bei ihm. Bei uns. Tiffanys Gegenwart bewirkte, mich den Zweifel wiederentdecken zu lassen, die Unsicherheit, diese Abel so wichtige Idee, deren Dilemmas ich gerne nicht noch einmal hätte erleiden wollen. Ein neues Gepäckstück war angeschafft worden, um uns zusammen in das Haus im Süden zu transportieren, ein hoher und breiter, abschließbarer Koffer, dessen Deckel, vergittert, mit einer Hülle aus unechtem braunem Leder überzogen werden konnte. Ich hatte viel Mühe, Tiffany bei der ersten Reise, wir fuhren über die Weihnachts- und Silvestertage, zu erklären, es schicke sich nicht, zu miauen oder überhaupt auf seine Anwesenheit aufmerksam zu machen; die Erinnerung an eine gewisse Schuhschachtel wirkte stärker in ihr als meine Versprechen und Erklärungen: diese erste Reise wurde zu einer wahren Hölle. Tiffany spielte die Tragödin, die ich weiß nicht zu welch schlimmem Gefängnisaufenthalt verurteilt worden war.

»Niemals«, keuchte sie, »niemals werde ich ihm verzeihen.«

Schwierige Situationen haben den Vorzug, Absichten bloßzustellen. Wie, aufrichtig sein und auch aufrichtig erscheinen? Wie es anstellen, daß ein Geständnis nicht für Rachsucht gehalten wird? Katzen sind moralisch, auch wenn es sich dabei nur um die vage Weisheit von Wiedergeborenen handeln sollte. Die Beziehungen zwischen Citronnelle und Tiffany waren verheerend. Citronnelle hielt sie für »unartig« und »unnütz«. Ihr »einer genügt« wurde wieder aufgetischt, wie der Refrain eines blöden Liedes. Die Nachbarin von gegenüber nannte, wie man weiß, Tiffany »die kleine Fanny«. Die Nachbarinnen von rechts und von links verweigerten Abel ab sofort jeden Gruß, wegen der Dachziegel. Tiffany lernte das Kaminfeuer und das Flip-Flap der Katzentür kennen, obwohl sie einige Zeit brauchte, bis sie bereit war, der Tür mit der Stirn den leichten Stoß zu versetzen, der notwendig war, um auf die Terrasse gelangen zu können. Sie fand die Dächer sehr enttäuschend, enttäuschend auch, daß es nicht diese famosen Büsche gab, die sie kennengelernt hatte, sie, nicht ich. Sie bot mir immer verachtungsvoll die Stirn. Sie beklagte sich immer. Da sie weiterhin dickköpfig vor unserem Herrn floh, flüchtete ich mich, um mich endlich einmal etwas ausruhen zu können, zu ihm und zu Valentina. Vertrautes Paradox: Tiffany begann, Lehren zu erteilen:

»Wir gehören immerhin nicht zu der Art Katzen, die den erstbesten Zärtlichkeiten erliegen.«

»Je stärker wir uns ihm verweigern, desto stärker wird er uns lieben.«

»Ich verbiete dir, traurig zu sein, wenn er traurig ist, und dich zu freuen, wenn er fröhlich ist.«

Verbote? Von ihr? Und er versuchte weiterhin, sie zu fangen.

»Er möchte dich nur streicheln.«

»Ich will nicht, daß er mich berührt.«

Abel erhielt von Barbara eine Glückwunschkarte aus Marokko, mit einem Postskriptum:

»Sag Tiffauges, daß ich ihn liebe und daß ich auf Tiffany eifersüchtig bin. Wie ist sie? Schön?«

Immer die gleichen Geschichten. Ich begann, mich vor meinen Träumen zu fürchten.

Das Bild einer süßen Erinnerung zeichnet sich in meinen Gedanken ab. Abgezeichnet, verflogen – nicht einmal die Zeit war da, um sie einzufangen, um sie hier, in diesen Worten, schön ausgerichtet, einzusperren. So ist auch die Erinnerung an Tiffany beständig und vorübergehend zugleich, die kleine Flüchtige läßt sich von mir nicht einfangen. Ich sehe sie verschwommen, entsetzlich flüchtig und hartnäkkig präsent. Und ich, der Irre von uns beiden, Gefangener meiner Zuneigung, Pionier meiner Träume, egoistisch. So viele Bilder und so viele Erinnerungen. Tiffany flieht immer noch vor mir. Tiffany floh vor uns. Abel rauchte Zigarette auf Zigarette: die Ellbogen rechts und links von Valentina auf den Schreibtisch gestützt, dachte er nach. Das war für ihn genauso wichtig wie Schreiben. Die Zigarette? Eine mechanische Geste. Und für mich, häufig, Erstickungsgefahr. Er schluckte den Rauch nicht, für ihn zählte nur die Geste, doch wir atmeten ihn ein, soviel Zigarettenkippen auf soundsoviel Seiten. In solchen Augenblicken gesellte ich mich zu Tiffany. Sie sagte:

»Gib doch zu, daß er widerlich ist!«

Woher hatte sie nur ihre Sprachbegabung? Warum rannte Abel, melancholisch, verschattet, Zigarette zwischen den Lippen, durch die Seiten auf der Suche nach der Erinnerung an eine Welt, in der die anderen die Rachsucht, die sie auslösen, einem nicht mehr vorwerfen? Als ob diese Welt je existiert hätte, es gibt nichts Zweibeinigeres oder Menschlicheres. Jeder kränkt jeden, auch und vor allem die Aufrichtigkeit. In den Roman, den er während unseres Aufenthalts mit Barbara geschrieben hatte, hatte er folgende Widmung geschrieben: *Für X, seltener und ausschlaggebender Freund. Das Leben geht weiter.*

Er hatte mit *Abel* signiert. Was gibt es Schöneres in der Freundschaft als die Seltenheit und die Fähigkeit, ausschlaggebend zu sein? Freund X war gekränkt, denn er hatte in dem *seltenen Freund* einen Vorwurf entdeckt. Er hatte das Buch zurückgeschickt. Der enttäuschte Abel verstand nichts mehr. Ich auch nicht. Überhaupt nicht oder zu gut, idem. Und überhaupt, was für eine Art Leben hatte Tiffany geführt? Wie oft habe ich mich sagen hören:

»Diesem Kater fehlt nur eins: Er kann nicht reden.«

Und was machen die, die reden können, mit dem Wort?

Abel hatte den Blick von jemand, der umzingelt ist. Ab und zu überraschte ich mich dabei, wie ich um ihn herum nach dem Ausschau hielt, das ihn bedrohen könnte. Eine typische Katzenreaktion, immer auf dem Sprung. Er gab zu viel, und die Antwort, die er erhielt, war schwach, aber es gab Antworten. Abel, der immer bis an die Grenzen seiner Kräfte vorstieß, war mir brüderlicher Begleiter, und vielleicht hatte er sich mir gegeben, immer die gleiche Annahme eines wiederkehrenden Lebens, einer Wiederkehr in das Königreich der Menschen, das, was ich gelebt hatte, zu betrachten und noch einmal zu leben, die Unschuld und die Tyrannei des Wartens, Zartheit, die verdächtig wird, und der Wunsch zu teilen, zusätzlicher Sarkasmus. Abel war eine niederträchtige Persönlichkeit, eine wahre Person mit Fehlern so groß wie Herzschläge. Tiffany sagte:

»Mit mir funktioniert das nicht.«

Sicher war sie eine Halbmondäne gewesen. Oder des Mordes angeklagt. Mord aus Leidenschaft? Wer hatte nach einem laut vorgelesenen Kapitel des Romans oder beim Vorlegen einer Illustration zu dem sogenannten Kinderbuch gesagt, dies sei wohl zu schön und ob man es nicht etwas »ramponieren« wolle, Barbara oder Abel? Als ich mit Tiffany über diese Bemerkung sprach und sie um ihre Meinung bat, antwortete sie:

»Keine mildernden Umstände; sie hätten, falls das nötig

war, das Häßliche gleich auf Anhieb machen können. Warum halten sie sich für besser? Gerade sie?«

Angesichts einer solchen Dreistigkeit blieb mir nichts anderes übrig, als zu schweigen, meine Wünsche und Erinnerungen zu zügeln, sie zu lecken und auf den großen Tag zu warten, an dem ich sie endlich in meine Pfoten schließen und sie wirklich befriedigen konnte. Mit einer dieser vergänglichen Befriedigungen, die anscheinend die Welt lenken und leiten.

»Und außerdem hast du noch Mitleid mit ihnen«, warf Tiffany mir vor. Ich antwortete nicht. Ich kümmerte mich um sie, das ist alles. Soviel gezwungenes Schweigen in mir umzingelte mich. Ich fühlte mich Abel näher denn je zuvor.

Je weiter ich mit diesen Zeilen vorankomme, desto stärker weiche ich zurück. Hat man je einen Kater zurückweichen sehen? Ja, vor einer Beute. Er schätzt in diesem Fall die Entfernung, die ihn von der Heldentat und dem Kampf trennt, sehr genau ab, falls dies möglich ist. Er schätzt die Gefahr ein, wenn das Gewebe des Textes gefährlich ist, gewollter Pleonasmus, so viele Kommas wie Dornen, so viele Wörter wie Ranken, so viele Sätze wie sinnlose Träume, verlorenes Paradies. Man sollte sich an die unreine und einfache Erzählung halten, die Feigheit besitzen, keinen Kommentar abzugeben und zu schweigen, so wie ich mit Tiffany geschwiegen habe. Schweigen kann allerdings auch Vergnügen bereiten, wie ich einräumen muß. Man paßt sich dem anderen an. Glaubt, ihn zu besitzen. Abels Vision von der Galgenvogelmenschheit. Nicht der Zufall hat mich zu ihm geführt.

»Und du verteidigst ihn!« hatte Tiffany mir bei jeder Gelegenheit vorgeworfen. Diese Verzweiflung sprach zu mir.

Unverhofft. Schluß des Kapitels. Ich bin Tiffauges. Ich schreibe. Es gibt keine Fiktion. Ich spiele nicht mehr. Ich schreibe mich. Wenn man sich schreibt, schreit man. Für die anderen. Nicht einmal eine Frage von Mut, denn man hat keine andere Wahl.

16

Während wir im Katzenkoffer unter dem vergitterten und gepolsterten Deckel in der Nacht die abstrakte Reise hinter uns brachten, die uns zu der Wohnung am Kai mit dem pfotengeeigneten Teppichboden führen sollte, träumte ich, Tiffany in der einen Ecke und ich in der diagonal gegenüberliegenden, von einem perfekten Verbrechen, wobei ich Täter und Opfer zugleich war; dieses Verbrechen sollte mit meinem Tod abschließen, beim Aufwachen. Doch als ich im Bahnhof durch den Lärm geweckt wurde, war ich unversehrt, und obwohl ich mich anstrengte und versuchte, mich an den Mechanismus des Traumes und an die dort angewendete Strategie zu erinnern, kam nichts. Tiffany begann, unruhig zu werden. Wir stießen auf einen griesgrämigen Taxichauffeur, der uns im Kofferraum seines Wagens verstaute. In der Wohnung endlich befreit, ließen mich die Verlockungen der Nahrung und die Notwendigkeit, ein gewisses Bedürfnis zu befriedigen, nach Tiffany, immer schön der Reihe nach – mich zurückhaltend, mich vor allem nicht zeigend, um sie nicht zu verletzen –, das tragische Versprechen des Traumes und den genauen Ablauf des Mordrituals vergessen. Ich war noch einmal mit heiler Haut davongekommen. Tiffany profitierte von meiner Unachtsamkeit, stürzte sich auf meinen Teller und schlang meinen Teil hinunter.

»Du bist selbst daran schuld; warum hast du nicht aufgepaßt!«

Dabei war ich ein dicker Kater. Viel dicker als sie, ich hätte ihr Angst einjagen müssen, Sohn eines Menschenfressers und Bruder eines Riesen. Abel behauptete gerne von mir, ich sei der einzige Kater, der *Das Sein und das Nichts* von Anfang bis Ende gelesen habe.

Düstere Ironie. Das Leben, äußerster Mißbrauch. Man kann das Register oder das Instrument ändern, die Stimme ändert sich deshalb nicht, da ist nirgendwo etwas Universelles spürbar. Alles beruht auf dem Individuellen in der Resignation, im Feststellen von Umständen, in der Beschwichtigung. Mein einziger Trost: Solange ich auf dieser Welt weilen würde, in diesem oder einem anderen Leben, wird die Erinnerung an Augen-Blicke im Leben, an Raserei, heftige Erregung, Besitzergreifung anderer und Kontemplation immer über das Unglück und die Ironie derer triumphieren, die, ob männlich oder weiblich, katzbuckeln, so tun als ob, weiter das Spiel der Tabus spielen und die auf die Seite schieben oder mit ihnen brechen, die so arrogant sind, an einen Austausch zu glauben. Ich liebte Tiffany für ihre rebellische und Abel für seine melancholische Seite. Ich war gepolstert, vollgestopft, enorm und in hohem Maße schweigsam, eine verblüffende, verinnerlichte Emotion. Ich wollte mein eigenes Grab sein, Stätte des Schweigens und der Verweigerung allen Mißbrauchs.

»Du siehst doch«, sagte Tiffany, »daß er niemals fähig sein wird, sein Leben mit einem anderen zu teilen. Wir sind seine Hampelmänner. Und du, zu allem Übel spielst du sein Spiel noch mit! Hauen wir ab!«

Ich fragte sie, wohin. Sie verstummte. Ich fragte nach

und wollte wissen, wie wir fliehen sollten. Enthusiasmus ist ja schön, doch man sollte ihn nicht übertreiben, denn sonst läuft man Gefahr, lächerlich zu werden oder, auf einer anderen Stufe, melancholisch, Abels Zeichen, Fehler und Stärke. Auch Katzen sind melancholisch. Wenn ich mir recht überlege: Nichts erinnert so stark an eine Verweigerung Abels wie eine Verweigerung Tiffanys. Die gleiche Gehässigkeit?

Dann wurde Tiffany Frau. Sie bekam ihre ersten Wallungen. Sosolala verspottete sie:

»Die Stunde der Wahrheit, meine Kleine, aber du riskierst nicht viel.«

Klare Mondnacht über den Kais. Tiffany näherte sich mir, mit steifem, zitterndem Schwanz. Sie fauchte mich an, als ob ich ein Feind oder ein Unbekannter wäre, rollte sich auf dem Boden, obszöne Purzelbäume, und floh dann augenblicklich, um kurz darauf wieder aufzutauchen, taumelnd, trunken von einem Versprechen, das ich nur zu gut kenne, und das kleine Spiel begann von vorne. Bis endlich Vollmond war; ich konnte meine Begierde nicht mehr unterdrücken und stürzte mich auf sie. Die Teuflin wehrte sich, aber das war genau das, was sie wollte. Ich machte mit ihr das, was Abel mit seinen Geliebten machte. Nur, es gelang mir zwar, in sie einzudringen, doch ich empfand dabei überhaupt keine Befriedigung. Tiffany war indiskret, und der alarmierte Abel ertappte uns auf frischer Tat, sie spielte das Opfer, und ich war verlegen. Abel kam zu mir und streichelte mich:

»Mach dir nichts draus, Alter.«

War ich sein »Alter« geworden? Tiffany begriff auf Anhieb und machte sich über mich lustig. Abel nahm sie mit zum Tierarzt. Man operierte sie. Sie wird niemals Kinder bekommen. Mein erster Gedanke war, daß wir jetzt auf einer Stufe standen, das ist subtil, die eigentliche Natur der Grausamkeit, in welchem Zusammenhang auch immer, und dann stellte ich mir beinahe gleichzeitig die Frage, ob Abel uns die Sterilität seiner eigenen Liebe auferlegen wollte. Thema des Balletts: Pierrot, wütend auf den Mond, einzige Vorstellung für ein ganzes Leben, leerer Zuschauerraum.

Köstliches, immer neues Vergnügen an einer sinnlosen Aufgabe: Ich hatte mich um eine Rekonvaleszentin zu kümmern, die im Grunde nicht so genau wußte, was ihr widerfahren war. Sosolala sagte, Tiffany sei jetzt festgelegt; Tiffany verstand das nicht. Wer würde in ihrer Gegenwart schulmeisterlich sagen:

»Ihr hättet sie zumindest einmal ihre Jungen austragen lassen müssen. Jetzt wird sie für immer auf dich böse sein. Vor allem eine getigerte!«

In diesem Falle würde Tiffany sehr wohl verstehen und böse auf mich sein, da ich ›der Lage nicht gewachsen gewesen war‹, ihr Lieblingsausdruck. Sie litt. Wie ihr erklären, daß ich ebenfalls litt und daß in dieser Fatalität auch so etwas wie Wärme, Nähe verborgen war? Wärme oder Schmerz, die Wörter kneifen. Ein einziges Mal, sie trug noch ihren Verband, sagte sie zu mir:

»Ich hätte so gerne Kinder von dir bekommen.«

Wie das köstliche und immer neue Vergnügen an einer sinnlosen Aufgabe definieren? Hier das Gefühl im Rohzustand, nichts Sentimentales oder Nichtssagendes, wobei das Gefühlte nicht unbedingt lügt. Es ist gelebt. So habe ich sie angelogen, durch die Idee bestärkt, daß lügen nur eine andere Art ist, die Wahrheit zu sagen, und ich tröste mich, sie tröstend. Ich erzählte ihr, wir würden auf dem Lago Maggiore spazierenfahren, ich würde rudern, sie würde einen Ruderer haben und viele Kätzchen mit Rettungsringen um sich herum. Doch sie fragte mich, ob diese Kätzchen getigert seien wie sie oder schwarz-weiß wie ich.

»Alle wie du, mein Liebling.«

Sie glaubte nicht an meine Geschichten. Hart war es, wenn Sosolala sich morgens über sie und ihren Verband lustig machte:

»Er ist schmutzig, kannst du nicht besser aufpassen?«

Ich erzählte ihr, wir würden eines Tages Büsche haben, ganz für uns allein, doch sie glaubte mir nicht.

»Erzähl mir wahre Geschichten«, sagte sie, »du hättest damals wenigstens das machen können, was du hättest machen sollen. Vorher. Und jetzt?«

Man nahm ihren Verband ab und zog die Fäden. Der Tierarzt hatte an der Stelle, wo jetzt die Narbe war, das Fell rasiert, rosa Haut.

»Igitt, wie häßlich sie ist!« kommentierte Sosolala.

Ich versuchte, mich Tiffany zu nähern:

»Nimm's nicht so tragisch, das wächst wieder nach.«

»Laß mich in Ruhe.«

Wir teilten das Territorium, die Wohnung, auf, sie nahm daß Eßzimmer, den Salon und das Gästezimmer und ich das Arbeitszimmer. Ich schaute auf die vorbeifließende Scine. Die Tauben kamen nicht mehr auf den Balkon. Abel verreiste. Lange. Die Post stapelte sich auf dem Schreibtisch. Das Telephon läutete häufig. Ich sah Tiffany nur bei den Mahlzeiten. Jedesmal ein Rennen um die Zeit. Sie warf mir einmal hastig zu:

»Hoffentlich kommt dein verdammter Riese niemals zurück!«

Ich sterbe nicht, denn ich schreibe. In Wirklichkeit bin ich tot. Peng! Einer hat eines Tages abgezogen, auf mich, aus Freude am Schießen, ein Jäger, aus Mangel an Wild. Es wird berichtet werden. Später. Weiter hinten. Natürlich wird das dann das Ende sein. Dann werde ich überhaupt nicht mehr leben, weil ich nicht mehr schreiben werde.

Ich empfand ein gewisses Vergnügen, Tiffany nicht mehr zur Hilfe zu kommen und ihr Schmollen nicht mehr aushalten zu müssen. Ich wußte, Abel würde zurückkommen, und wollte ihn nicht verlieren. Er kam zurück. Tiffany raste los, als er sie bei seiner Rückkehr begrüßte, und rächte sich an den Pflanzen, kletterte auf den Baum im Arbeitszimmer und richtete innerhalb von wenigen Minuten in der Wohnung alle möglichen Verwüstungen an, als ob sie einen lange gereiften Plan in die Tat umsetze. Abel schimpfte sie nicht.

»Sie freut sich«, sagte er zu mir, während er das Staubsauger-Ungeheuer vorbeischob. Erst anschließend war ich an der Reihe, in seinen Armen gestreichelt zu werden, meine kühle Schnauze auf seiner Nasenspitze, ein richtiges Gegenüber:

»Wie ist es dir ergangen?«

Er erriet an meinem Blick, daß es Probleme gegeben hatte, und setzte mich neben seinem Koffer und seinen Taschen auf den Boden; ich rieb an ihnen zuerst meine eine Flanke, dann die andere und boxte sie mit meinem Kopf, das amüsierte ihn. Er war glücklich, mich wiederzusehen. Er spielte mit mir das große Spiel, beinahe auf meinem Niveau, auf allen vieren kniend, heftiges Streicheln, direkt hinter den

Ohren beginnend und erst auf der Kruppe mit leichten, immer stärker werdenden Schlägen endend. Ich, mit steifem, fast vertikalem Schwanz ihn immer wieder auffordernd, mehr verlangend. Dann klopfte er mir die Flanke, wie einem Hund oder einem Pferd: er war wiedergekommen. Er packte seinen Koffer aus. Im Gang zur Küche begegnete ich Tiffany, die ihren Schwanz hängenließ. Sie warf mir ein verächtliches »Verräter!« zu und versteckte sich dann im Bettrost ihres Bettes im Gästezimmer. Wir würden wohl nie Frieden schließen. Das also war das Leben, das Leben eines Paares?

17

Wie schön sie war, die Schlafende. Die Ironie sollte die Poesie nicht verbergen. Die Güte läßt die anderen bösartig werden, die Rechtschaffenheit wütend, sie haben so viele Probleme mit sich selbst zu regeln. Ich hatte nichts anderes mehr zu tun, als die Zeit totzuschlagen und mich den Vergnügen nicht enden wollender Toiletten hinzugeben, mich leckend, von neuem leckend, allerdings nicht mehr die Lippen, denn das Essen war immer gleich, Tiffany in ihrer Ekke, ich in meiner, das ging über Jahre so, und Abel immer die Beute der gleichen Träume und der gleichen Ent-Täuschungen. Valentinas hämmernde Tasten wiegten mich in Sicherheit: er arbeitete, ich schlief. Ich dachte nur noch daran, damit zu Ende zu kommen. Doch die kleinen Nichtigkeiten des Alltags banden mich ans Leben, auch der Sturz Abels, unnachgiebig und folglich verloren, in das Leben verliebt und Geliebter des Todes, düster, offensichtlich arrogant. Um mich wieder zu versöhnen, die langen Wartezeiten auszuhalten, ging ich meine Geliebte, meine Tiffany, anschauen, wie schön sie war, die Schlafende.

Ich hatte, Abel gegenüber, eine Aufgabe zu erfüllen, ohne Achtung rufen, warnen zu können, so daß alles schwieriger und packender wurde. Abel hörte nie Musik, während er arbeitete. Entweder er arbeitete, oder er hörte Musik. Ich ging zu ihm, ließ mich packen und sowohl von der Musik wie auch den Zärtlichkeiten tragen. Tiffany näherte sich. Doch hartnäckig hielt sie Distanz; schon beim ersten Blick stob sie davon. Ich beobachtete sie verstohlen mit einem Auge; sie stand fest auf ihren Vorderpfoten, das Fell war nachgewachsen, sie verkörperte ein Ideal und spielte ihre Rolle ausgezeichnet, träumend von den Zärtlichkeiten, die ich erhielt, manchmal schwankend, als ob sie gefügiger würde, aufrecht, war das auf die Wirkung der Musik oder auf die Eifersucht zurückzuführen? Ein Paar bleibt das, was es beim Aufbruch war, ein Versprechen, Benommenheit, Mißverständnis. Die Jahre können verstreichen, doch es sind die immer gleichen Kämpfe um Territorien, das immer gleiche, turbulente Schweigen, das eint, entzweit und wieder eint, jahraus, jahrein. Tiffany warf mir ab und zu vor, ich ergriffe die Partei des Riesen. Ich habe mich niemals erkühnt, ihr erklären zu wollen, dies sei auch auf ihre Haltung, ihren Willen und ihre Inszenierung zurückzuführen. Die Jahre verstrichen. Nichts änderte sich. Ich profitierte davon, nicht beachtet zu werden, eine Möglichkeit, sich auszuruhen, und beschäftigte mich mit nichts anderem als der Beobachtung meines Herrn, der sich ebenfalls nicht änderte, der keine Kompromisse schließen wollte, an seinen Schreibtisch gefesselt, an der Seite klebend und im Grunde mir gleichgültig gegenüberstehend. Wenn er mich brauchte, war ich da. Wenn Tiffany, trotz allem, sich nach einem bestimmten Pläsier sehnte, erfüllte ich fröhlich ihren Wunsch. Ich tat, als ob. Wir taten, als ob. Das ist keine Niedergeschlagenheit, die mich so reden läßt, sondern Tatsachenfeststellung. Die Wälder in meinem Kopf wurden außerordentlich ruhig. Ab und zu versetzte ein Traum meine innere Welt in Angst und Schrecken. Doch das waren Alpträume, in denen jeder den Tod des anderen wollte. Der Kampf um das Leben? Der Instinkt? Andere Augenscheinlichkeiten?

Von Barbara keine Neuigkeiten. Das Frühjahr ging zu Ende. Der Sommer dann im Haus im Süden. Die Beziehungen zu Citronnelle waren unverändert. Die Verachtung hat mit der Zuneigung eines gemeinsam: die Dauer. Den ganzen Sommer über beklagte sich Tiffany über die Hitze und verbrachte ihre Tage im Ausguß. Ich selbst fand, ohne etwas zu sagen, in der leeren Badewanne etwas Erfrischung. Wenn Abel ein Bad nahm, spielte ich auf dem Rand der Wanne den Seiltänzer und schlabberte von dort aus Wasser. Er war stolz auf mich. Tiffany ging nur selten auf die Dächer, ein harmloses Tier hatte sie gestochen. Sie hatte beschlossen: ›ein Wespenjahr!‹ Eines abends spielte ich mit einem schwarzen Skorpion. Ich fraß sogar eine Libelle, wobei mir schlecht wurde, vorquellende Augen, durchsichtige, geäderte Flügel, roh, wo ich doch nur Gekochtes mochte. Ich wäre beinahe erstickt. Abels Kommentar:

»Möge dir das eine heilsame Lehre sein!«

Und der Tiffanys:

»Du bist nicht grausam genug!«

Was für ein lächerliches Festmahl! Sie fraß Eidechsen. Kleine.

»Siehst du, bei mir bleibt nichts stecken!«

Das Schild ›*Vorsicht, streunender Kater*‹ blieb weiterhin in der Einzahl. Eines Tages, als Abel vom Markt zurückkam, mit guten Büchsen und mehreren Einkaufstaschen, riß ich aus, zwischen zwei Gängen vom Auto zum Haus und wieder zurück war aus Unachtsamkeit die Tür offengeblieben, und Tiffany hatte zu mir gesagt:

»Hau ab, wenn du ein Kerl bist.«

Ich haute ab. Die Straße. Die Scheunen. Die Spinnweben. Abel, mich rufend. Ein schwarzer Hund, der mich tödlich haßte, in panischer Angst floh ich von Versteck zu Versteck, um mich endlich von Abel einfangen zu lassen. Keine Vorhaltungen. Für ihn zählte nur die Freude des Wiedersehens. Die Tür hinter uns geschlossen, bekam ich eine Mahlzeit, ganz für mich allein. Wasser, ein schnelles Pipi, flüchtige Toilette; nachdem Ruhe wieder eingekehrt war, kam Tiffany:

»Nun, erzähl.«

Ich erzählte Schauergeschichten. Vor allem vom Hund. Sie zitterte. Die Angst weckte in ihr eine bestimmte Lust:

»Nimm mich.«

Ich nahm sie. Als Kerl, denn ich war abgehauen. Sie nicht. Ich hatte genau hingeschaut. Sie nicht.

»Gab es Büsche?«

»Nein.«

»Du hast also Mounette und die Rotfelligen nicht gesehen?«

Ich biß etwas heftiger in ihren Nacken als sonst. Sie stieß einen Kampfesschrei aus, machte sich frei und schmollte woanders. Ich kann Weiber nicht ertragen, die dabei reden. Ich zog mich auf Abels Schreibtisch zurück. Er fragte mich, ohne mir etwas vorzuwerfen:

»Was hast du ihr wieder getan?«

Ich fühlte mich beleidigt und ging ganz weit weg, auf die Dächer, sehr viel weiter als nur bis zu den Nachbarn, bis ans andere Ende meiner Welt. Von dort aus sah ich, wie der schwarze Hund eine alte Dame angriff, die genauso schwarz war wie er und ihren Regenschirm schwenkte, um sich zu verteidigen. Dieser Posten wurde zu meinem Wachturm. So lernte ich das Dorfleben ein wenig kennen, wer mit wem ging, wer wen nicht mochte und vor allem wer vor was Angst hatte. Abel stellte seinen weißen Wagen etwas weiter unten ab, zwischen den Platanen. An meinem sublimen Punkt, ein Schritt weiter begann das Nichts, wartete ich auf ihn, die Nacht hindurch, manchmal bis zum Morgengrauen. Wohin ging er? Suchte er, wie Mounette, die ›verrückte Liebe‹? Ich war auf meinem Posten, wenn er zurückkam. Er murmelte:

»Willst du wohl ins Haus gehen!«

Galopp über die Dachziegel, ohne mich um die Nachbarin zu kümmern, die rechts von uns wohnte, sie war die engstirnigste, und ich wog inzwischen eine ganze Menge, flip, flap, Tiffany aus dem Schlaf reißend, und schon war ich da, hinter der Tür, sobald er hereinkam. Eine Glanzleistung.

Tag für Tag jeden Tag besiegen und in sich die Fragen zum Schweigen bringen oder aber die Gefahr eines Zusammenstoßes zwischen Sein und Zeit eingehen. In diesem Sommer schwor ich mir, nur noch ich selbst zu sein, ein ganzer Kater, meinen hohen, stummen Überwachungsaufgaben nachzugehen und mich ansonsten um mein Fressen, meine Bequemlichkeit und meinen Schlaf zu kümmern. Um dies verwirklichen zu können, nahm ich mir an Tiffany ein Beispiel, denn sie verfügte über Gehässigkeit und über keinen Haß, über die Erinnerung an ein verlorenes Paradies, nicht an das Verlorene Paradies mit dem großen V einer bestimmten Religion, denn wir besitzen keinen Glauben, selbst wenn wir einmal einen gehabt haben sollten, selbst wenn wir einmal verehrt worden waren, ein einziges Kater-Dogma, *ich selbst sein.* Ich wurde der schmachtende, schläfrige, dabei wachsame, angenehm in seinem Fell verlorene Kater, immer an der Schwelle meiner wilden und grausam tierischen Träume, immer so einer zur Verfügung stehend, meiner Geliebten, meiner Getigerten, für künstliche, dabei relativ angenehme Umarmungen, und dem anderen, der auf Valentina einhämmerte, meinem Riesen, der nackt für Zeitschriften Modell gestanden hatte und hinter Fiktionen herlief, die zu mir nicht näher bekannten Familien gehörten, Fiktionen des Blutes oder des Geschlechtes, für nicht enden wollende Gespräche, seine Monologe, ich konnte nicht antworten, er wußte es, er fuhr fort. Er sagte mir alles. Alles, was unwichtig war und was wichtig hätte sein können, hier, innerhalb dieser Zeilen, als ob Schreiben nicht nur das Geschriebene umfassen würde, verblüffende Reproduktion. Auch ich verfalle dem Schreiben, dieser Wunde. Je mehr ich mich mit dem Thema beschäftige, mit mir, Tiffauges, dem Ich, desto weiter entferne ich mich. Je tiefer ich in den Wald gehe, desto mehr halte ich mich an seiner Schwelle auf.

Ich war fest entschlossen, nur noch für den kommenden Tag zu leben, das Morgen. Ein einziges Mal sagte Tiffany zu mir:

»Was ist denn eigentlich mit dir los? Du bist nicht mehr so wie früher.«

Auch Abel fand mich desillusioniert. Er murmelte:

»Der Menschenfresser hat sich getäuscht; Tiffany ist nicht die reine Freude.«

Doch als er dies sagte, sprach er mit sich selbst. Dieses Geständnis war nicht an mich gerichtet und in dem Ton geäußert, in dem das rituelle ›Abel hat sich getötet‹ geäußert wurde.

Am Abend, beim Sonnenuntergang, drehten die Mauersegler ihre Runden um die Dächer, und ihre schrillen Schreie hatten die gleiche Wirkung auf mich wie ein Walzer, so, als ob ich eines Tages mit einem geliebten Wesen unter den Augen eines eifersüchtigen Wesens getanzt hätte. Die Schwalben hielten ihre erste Konferenz vor ihrer Abreise ab, auf den Stromleitungen entlang der Straße unten in der Ebene ordentlich aufgereiht. Der Sommer ging zu Ende. Citronnelle zerbrach beim Abtrocknen einen Teller. Sie wünschte sich zumindest ein Drama. Es fand keines statt. Es wird keines stattfinden. Riskant, auf diese Weise zu leben.

18

Dies alles sollte uns eigentlich helfen, sowohl Dinge wie Wesen zu beschreiben, sie dem Leben abzulauschen, das bringt nichts. Oder es wird zu einem Schauspiel, Pailletten und Straß. Ich schreibe sehr langsam, unter großen Mühen. Es kann nicht alles gesagt werden, oder aber, man tut so, als ob, man gibt sich den Anschein, man spielt dem Publikum etwas vor. Es war schön, im Herbst meinen Platz auf der Bank im Arbeitszimmer wiederzufinden, vor der Glastür, unverbaubarer Blick auf Balkon und Kais. Tiffany lebte ihr Leben in ihrem Winkel. Ich lebte meines, tagaus, tagein, frei, mit Träumen, die von niemandem mehr gestört wurden, Totenstille. Warum muß man eigentlich das Substantiv Plural *Toten* hinzufügen, wenn man sagen will, daß die Stille wirklich still ist? Die Stille, die ich genoß, war eher lebendig denn tot. Und der Sturm würde kommen; der Sturm kam. Abel machte eine lange Reise, Ferien für uns, nachdem er das Manuskript seines neuen Romans einem anderen Verleger gebracht hatte, aber ich habe die Beziehungen niemals verstanden, die er mit dieser anderen menschlichen Familie unterhielt, sie waren schwankend, das ist alles. Ich möchte keinen Kommentar dazu abgeben. Das war das ›Jahr der Frau‹. Sosolala hatte die unglückliche Idee gehabt, in Tiffanys Anwesenheit davon zu sprechen, die, was noch schlimmer war, anfing, sich wie eine Militante zu verhalten, wenn ich ihr ausnahmsweise einmal im Gang zur Küche den Vortritt ließ. Dann kam Abel von seiner Reise zurück; ein großes Fest wurde gegeben, an einem Sonntag, Türen knallten, Gäste ärgerten sich, schrien sich an, die *Bedingung des Schriftstellers* wurde zur Diskussion gestellt, und am darauffolgenden Sonntag, um den runden Tisch im Eßzimmer und um die runde, lose Platte herum Campingstühle, Papier, Bleistifte, Aschenbecher, eine erste Reihe, dahinter eine zweite, und überall Menschen, sitzend, stehend, jeder versuchte lauter als die anderen zu sprechen, Reden, Launen, Glaubensbekenntnisse, das alles hatte ich bereits einmal erlebt, doch wo und wann und warum, diese schöne erste Begeisterung, man beschließt, daß…, man vereint sich, um…, man wird sich zu respektieren wissen, ich wurde zum *Ehrenkater der Schriftsteller französischer Sprache* ernannt, einstimmig, nur eine Stimme fehlte, die Abels, der gerade in die Küche gegangen war, um Wasser zu holen. Um diese Zeit herum, in dieser Woche vor dem Treffen der Redaktion eines *Kollektivs für eine Gewerkschaft*, war eines Abends ein Geliebter aufgetaucht, war am nächsten Tag wiedergekommen und auch am übernächsten. Wir waren nicht mehr zu dritt, sondern zu viert. Er hieß Sam. Abel bezeichnete ihn später als Bruch Nr. 2. Nr. 2 nahm wie durch einen Zufall mein Bett im Gästezimmer in Beschlag und verstand sich beinahe ausgezeichnet mit Tiffany. Er hat das Recht, sie zu fangen. Ein Medizinstudent. Er begeisterte sich für die Psychiatrie und breitete seine gescheiten Theorien über die sadistischen Beziehungen zwischen den Herrchen und ihren Haustieren lang und breit aus. Er hatte beschlossen, »Tiffany zu heilen«. Jetzt bekommt der Bericht

Leben, es gibt Handlung. Betrüblich, an diesem Punkt anzulangen, meine Totenstille war lebendig, ich hatte Dschungel zu berichten und ungeschändete Wälder zu erforschen. Auch eine heiter gestimmte Sphinx mit einem Pulsus capricans, einem Bocksprungpuls, bleibt eine Sphinx. Capricans? Ein Wort mit einem gewissen Rhythmus: ungleiche Betonung, abgehackt, hüpfend.

Das Lebendige im Leben war mir entzogen worden. Die Einsamkeit tat mir inzwischen gut. Genau wie die rituelle Durchführung so vieler kleiner Nichts, Fakten und Gesten des Alltags, die durch das Sakrale und die Kraft geprägt sind. Doch Ängste zeichneten sich ab. Man kann niemals das Ende leben, an das man gedacht hat. Erkennt man die Gefahr, ist es zu spät, auch und vor allem dann, wenn dabei ein schönes Gesicht vorkommt, das sich mit Geschichten aus dem Orient und einem lächelnden, einnehmenden Blick schmückt. Von Nr. 1 wußte ich nur wenig, bruchstückweise, Geständnisse, die ich hier und dort aufgeschnappt hatte, vor allem an dem Tag, an dem der Menschenfresser mit Mister Verzweiflung gekommen war; Abel hatte sich gefragt, ob er sich eines Tages wieder erheben würde, nachdem er in die Falle eines anderen gegangen war, mit seinem Körper, diesem Sammelbecken, nachdem er gestrauchelt war und sich der Länge nach ausgestreckt hatte. Als ihm dies widerfuhr, war er einunddreißig Jahre alt und befand sich bereits in vorgerückten Jahren.

»Um so besser«, sagte er sich, »wenn diese Art Liebe, der Wahnsinn einer Hofschranze, erst spät oder, besser noch, niemals eintritt.«

Folgendes Zitat von Guy de Pourtalès hatte er auf ein kleines Stück festes Papier geschrieben und gut sichtbar in seiner Bibliothek aufgestellt: *Von einer verwelkten Liebe erholt man sich nie.* Das Verschwinden des kleinen, festen Papiers kennzeichnete die Ankunft von Nr. 2, der sich als strebsam und jung entpuppte, viel zu jung, beinahe ein Vorwurf:

»Was willst du, ich bin fünfzehn Jahre jünger als du«, oder: »Wieso soll ich das so schnell begreifen, du bist schließlich fünfzehn Jahre älter als ich.«

Von Anfang an ein Mißton; trotzdem spielten sich zwischen den beiden Augenblicke ab, in denen sie hingerissen waren, die mich dazu brachten, meine Augen zu senken, und die Tiffany, die vielleicht eifersüchtig war, »unschicklich« fand, aber ich kenne die Kompositionsregeln für Quartette nicht.

Während der Gewerkschaftsversammlungen – Sosolala war auf dem Posten in ihrer Loge und hatte, wie bei den Sonntagseinladungen, das Schild aufgehängt, auf dem Abels Stockwerk angegeben war; manchmal hob sie aus Spaß ihre Faust und sang, wenn an ihr Bekannte vorbeigingen, die *Internationale* – arbeitete Nr. 2 im Gästezimmer. Er lernte den Vorlesungsstoff und bereitete sich auf die Prüfungen vor, die er spielend, eine nach der anderen, ablegte. Tiffany überwachte ihn von ihrem Bett aus. Ab und zu streckte er sich neben ihr aus und streichelte sie; das Luder ließ es zu. Sie hatten gemeinsame Rachegelüste: Sie konnten sich nicht so akzeptieren, wie sie waren. Die Versammlungen, zweimal die Woche, endeten in der Küche. Die Präsidentin der Gewerkschaft, natürlich eine Frau im Jahr der Frau, sprach psychoanalytisch und bestätigte mit spöttischer Stimme:

»Diese Gewerkschaft, mein Macker.«

In ihrer Gegenwart hielt Nr. 2 mit vor Bewunderung aufgerissenem Mund Maulaffen feil. Sie beeindruckte ihn. Oder spielte sie die blutende Rolle der Mutter? Abel dagegen kochte, nachdem er sich um den Haushalt gekümmert hatte. Ich hatte Hunger. In der Wohnung lag ein Aufstand in der Luft. Abel verbrachte Nächte mit dem Schreiben von Adressen und Zukleben von Briefumschlägen. Nr. 2 und er benutzten, eine Zeitlang, dasselbe Zimmer, bei geschlossener Tür. Dann benutzten sie getrennte Zimmer; Nr. 2 begann wieder mit dem Saustall dreckiger Kleidungsstücke um sein Bett herum. Abel ging wieder ins Arbeitszimmer. Wenn er sich anschickte, seinen Füller zu füllen oder seine Bleistifte zu spitzen, dann immer am Ende; alles war aufgeräumt, tadellos, wie vor dem Orkan, ich hatte dann Anspruch auf einen Kuß oben auf den Kopf, genau zwischen die Ohren. Sehr angenehm. Und nicht zum Verstehen. Rührend. Versaut.

Ist das Leben folglich nichts anderes als eine Todesstrafe, der Anfang vom Ende von Anfang an? Existiert verbindliche, versöhnende, verbindende Liebe nur im verborgenen? Ich liebte ihn mehr als das Leben, ich liebte ihn leidenschaftlich. Diese immer den Tod streifende Leidenschaft, Tüll, Mousseline und Taft, das Kleid, das dieser große Herr zum letzten Tanz überzieht, wenn man keinen einzigen Blick mehr tauschen kann. Ich muß einräumen, daß ich mich plötzlich am Rand des Abgrundes gefühlt habe. Eines Tages wird Abel schreiben: *Liebe existiert nur aufgrund von Unterschlagungen zu Lasten von Wörtern.* Dann wird es zu spät sein. Es ist immer zu spät, wenn man beginnt zu begreifen: die Gitter sind geschlossen, man muß sie überklettern und das Risiko der Spieße und Hallebarden auf sich nehmen. Als er mir diesen Satz laut vorlas, in ein Kapitel eingekleidet, dachte ich nicht einmal daran, daß er von mir stammte, sondern von einem anderen, noch einem anderen, immer ein anderer, vorne, vor mir und vor allen Lebenden, ewige Wiederholung des identischen menschlichen Themas. Jede und jeder kam zu den Versammlungen einzig aus persönlichen Gründen. Bei der Tafelrunde fanden eigentlich keine Essen und keine Gespräche statt, auch wenn es Anlässe gegeben hätte; jedes Mitglied berichtete von seinen persönlichen Erfahrungen, ging von seinem persönlichen Groll und von seinen verlorenen Illusionen aus. Und ich, der Ehrenkater, wohnte unbewegt in der Mitte des Tisches diesen Turnieren bei, wobei jeder versuchte, die Macht aus Lust an der Macht an sich zu reißen, um dabei die erste Begeisterung zu vergessen und sich bereits mehr um Gegner und erklärte Feinde zu sorgen, unter ihnen so viele andere Schriftsteller, die an gemütliche Opposition gewohnt waren, an das systematische und bequeme »Nein« zu jeder Initiative. In der Tafelrunde träumte jeder von jedem. Eines abends hatte sich die Präsidentin zu einer beherzten Richtigstellung aufgerafft, als einer, ein alter Dichter mit ultramarinblauen Augen, einen Bleistift auf meinen Kopf legte, genau in die Mitte, in die Achse, und ich die Augen schloß, um mich zu konzentrieren, denn alle Blicke waren auf mich gerichtet. Der Bleistift fiel nicht. Niemand hörte mehr der Präsidentin zu. Das Ganze endete mit einem Heiterkeitsausbruch. Die Präsidentin war beleidigt:

»Tiffauges, hau ab!«

Sosolala zählte die Stunden zusammen, die sie putzend in der Wohnung verbracht hatte. Sie mochte Nr. 2 nicht, aufgrund der Unordnung. Nr. 2 mochte sie nicht, denn sie bevormundete alle. Tiffany machte kaum Fortschritte. Die Präsidentin der Gewerkschaft behauptete, Abel sei grausam mit ihr und führe Kugelschreiberspitzen in ihren Anus ein. Nr. 2 kam, ging, kam wieder, ging wieder. Die Lüge:

»Ich esse heute abend bei meinen Eltern.«

Abel hatte Angst, zweifache. Er war nicht dumm, aber er glaubte ihm, merkwürdige Mischung aus Zweifel und leidenschaftlicher Erregung. Sobald er sprach, lächelten die anderen. Selbst Nr. 2 lächelte. Jeder in seinem Winkel. Jeder für sich. Der Winter kam, ein kurzer Aufenthalt im Haus im Süden, zusammen mit Nr. 2, der eine Prüfung vorbereitete, was für ein Heißhunger auf Prüfungen, er wollte alle, sofort, wollte aufgenommen sein. Abel schrieb, eher schlecht als recht, einen Roman, den er als »Roman für nichts« oder als »totgeborenen Roman« ankündigte. Die Versammlungen fanden anschließend woanders statt. Eines abends kam Nr. 2 sehr spät nach Hause. Abel hatte auf das Kopfkissen seines Bettes im Gästezimmer einen kleinen Zettel gelegt, auf dem ganz einfach stand:

Bist du mit sanften Lippen nach Hause gekommen?

Der neue Roman bei dem neuen Verleger wurde zu einem Fiasko. Das war das Ende von allem und der Anfang des Frühjahrs. Keine Nr. 2 mehr.

»Es gab hier keinen Platz für ihn«, sollte Sosolala sagen. Keine Gewerkschaftsversammlungen mehr.

»Unsere Sache war von vornherein verloren«, sagte ein Gast. Kein Verleger mehr. Und ein Abel, der zum zweiten Mal gestolpert war. Wir fuhren in das Haus im Süden. Die Reise verlief besonders still, und Citronnelle war bei der Ankunft besonders parfümiert. Abel hatte Ausfälle, Herzklopfen, ähnlich wie Ohnmachten. Ich glaube, daß er nachts weinte, die Stirn an Valentina gedrückt. Niemals in meiner Gegenwart. Aber hat man je einen Schriftsteller weinen sehen? Ich, König der Dächer, nahm meinen Posten wieder ein. Der schwarze Hund biß Vorübergehende. Die Schwalben waren wiedergekommen. Zu einem Kreis zusammengerollt, wie ein Garnknäuel zusammengekugelt, mit eingezogenen Pfoten und der kühlen Schnauze im Fell vergraben, träumte ich, Reißaus zu nehmen, unmöglich, großartig. Seit dem Wegbleiben von Nr. 2 war Tiffany noch etwas grindiger geworden:

»Dies möge dem Riesen eine Lehre sein!«

19

Was ihn häufig schwanken ließ, ließ mich einmal schwanken. Ich litt an Schwindelanfällen auf den Dächern und wagte mich nicht mehr weit nach vorn, unfähig zu Blicken in die Tiefe, auf die Straße, ich konnte meinen Kopf nicht mehr zum Himmel und den Vögeln heben, ein Gefühl von Leere ließ mich schwanken und auf der Stelle zusammenbrechen. Ich hatte kaum Hunger. Das Geräusch der sich öffnenden und wieder schließenden Kühlschranktür löste nichts mehr in mir aus. Tiffany spielte in ihrem Winkel die schöne Rebellin, wilder als je zuvor, so als ob sie als einzige darunter litte, daß die Geschichte Nr. 2 genau am Frühlingsanfang zu Ende gegangen war. Beim Himmelanschauen krallte ich mich auf den Dachziegeln fest. Was waren wir eigentlich, alles in allem, kleine wimmelnde Völker mit Sonnenaufgang, Sonnenuntergang, Zenit und Sternenzelt? Was waren wir im Vergleich zu alldem, kleine Völker, mit Sorgen und Fragen rivalisierend? Ich hatte mir zu diesem Thema bereits einmal Fragen gestellt, vor langer, sehr langer Zeit. Die Fragen tauchten wieder auf, unberührt, ohne mögliche Antwort. Ich war sprachlos. Ich war auf Tiffany eifersüchtig, die zur Gleichgültigkeit fähig war, abhängig, erbärmlich und vielleicht ein geeignetes Spottobjekt, wie Abel, der den Sinn und die Kraft für alle Leiden hatte.

Ich litt wie er, gegen meinen Willen. Wer hat, in meinem Beisein und wann, gesagt:

»Laßt uns einen Strich unter die Zukunft ziehen«?

Abel litt, und wie er, in ihm, spürte ich, wie mich etwas im Bauch packte, geplagt, voller Un-Ruhe, in zwei Wörtern geschrieben, wie er es gerne tat, wie etwas meinen Kopf preßte, so daß ich ihn weder heben noch senken konnte, aus Angst vor den Abgründen, und all dies, wie ein anderer gesagt hat, aber welcher andere und wann?, aufgrund *eines Menschen, der der Mühe nicht wert war,* oder soviel Mühe nicht. Ein Geliebter, der etwas länger geblieben war als die anderen und fünfzehn Jahre jünger war. Er und seine Theorien waren daran schuld, daß Tiffany mir einmal sagte:

»Ich bin deine Schwester, und unter uns schickt sich das nicht.« Der Gipfel!

Die Vereinsamung spielte Abel einen zusätzlichen Streich. Dieses Haus im Süden war sein bester Zufluchtsort und sein schlimmster Feind. Nichts setzte ihn hier lustvollen oder zornigen Begegnungen, künstlichen oder nichtkünstlichen Ablenkungen aus. Die Umstände zwangen ihn hier, sich mit sich selbst zu beschäftigen. Ein verlassener Liebhaber aber fängt sich in der Falle, die er selbst aufgestellt hat, der Wilderer des Herzens weiß nicht mehr, wo er die aufgestellt hat, die sein Untergang sein wird. Das alles ist frei von boshaftem Vergnügen, das kann ich bezeugen, ich, Tiffauges, Tier in der Truppe des Zirkus Abel, Ältester der Menagerie, ein Hund folgt seinem Herrn, eine Katze lebt ihn. Ein Hund, der sein Leben erzählt, könnte vielleicht das Gegenteil behaupten. Die Katze, in mir, war darüber hinaus verschwiegen. Ich war und ich bleibe, zärtliche Illusion der Linien, Trugbild und Spiegel der Wörter, ein

Wachkater. *Vorsicht, bissiger Hund! Vorsicht, streunender Kater.* Je mehr der Text sich verwebt, verknotet, sich ausarbeitet und sich schreibt, desto mehr wird er zu einem *Privatbesitz, Betreten verboten.* So wie er nicht schreiben und gleichzeitig Musik hören konnte, so konnte er auch keine frischen, offenen Wunden ertragen und gleichzeitig schreiben. Alles lief schleppend, er drehte sich im Kreis herum, fluchte vor sich hin, wählte eine Telephonnummer und legte wieder auf, ohne etwas zu sagen, murmelte sein ewiges ›Abel hat sich getötet‹, setzte sich an seinen Schreibtisch, schlug mit der Faust darauf, stand abrupt auf und verließ das Haus, um einen großen Spaziergang durch das Dorf zu machen. Ängstlich beobachtete ich ihn von der Terrasse aus; er kam wieder zurück, trank ein Glas Wasser, die Sommerhitze lastete auf uns wie Blei, das kühle Haus wurde tagsüber glühend heiß und in der Nacht erstickend. Abel schlief nicht mehr oder erst im Morgengrauen. Eine unbedeutende Geschichte hatte sich abgespielt, und das war das Leben gewesen. Abel mißtraute großen Absichten. Viele, männlich oder weiblich, mit intakter oder von der Liebe zerstörter Visage, hatten ihm in bezug auf Nr. 2 gesagt, es sei seine Schuld, wenn er ihn verloren habe, oder in bezug auf die Gewerkschaft, wie er nur auf die Idee gekommen sei, sich in ein solches Abenteuer zu stürzen. Abel mißtraute auch den Ideen. Er behauptete, am Anfang immer nur Gefühle zu haben und sich schnell, sehr schnell allein wiederzufinden, jedes Mal. Dann ereignete sich der Zwischenfall. Im Unglück und unter seiner Wirkung kann man nicht mehr heucheln.

Ich hatte auf dem kleinen Bett im Hängeboden geschlafen und einen merkwürdig starren, bewegungslosen, stagnierenden Traum geträumt; mein Kopf war voller Tinte, und jemand, nicht Abel, *jemand* schwang einen Füller, um ihn zu füllen. Nachdem ich aufgewacht war, erkannte ich nichts mehr, weder das Bett meiner ersten Liebesgefühle noch das Flip-Flap der Katzentür noch das Haus noch weniger meinen Herrn und vor allem Tiffany nicht, die mir Angst einjagte, als ob sie ein fremdes Tier wäre, mit gesträubten Haaren fauchte ich sie an. Ich glaube, ich habe sie sogar an der Backe gekratzt. Nun, vor meinen Augen war alles verschwommen, ich fauchte bösartig und schlug mit meinen Krallen um mich. Ein gedämpftes Durcheinander, darunter ein Telephonanruf Abels, der diesmal etwas sagte:

»Wir kommen sofort, Herr Doktor, ich bringe ihn mit.«

Ein kurzer Transport im Katzenkoffer, auf der Vorderbank des Wagens, offenes Verdeck, Luft, Luft eines Sommermorgens, und Abel, der mit der Faust auf das Steuerrad einschlug. Die Rettungsaktion hatte mich nach und nach wieder zur Besinnung kommen lassen. Der Schwindelzustand hielt an. Wir fanden uns bei einem Landtierarzt wieder, nicht die schicke Veterinärpraxis in Paris mit Stereomusik im Wartezimmer, dafür ein alter Mann, der mich sanft streichelte und Abel befahl, mich auf dem Operationstisch festzuhalten, und mir eine Spritze in den Rücken gab, zuerst der Schmerz, dann die Beruhigung. Er hörte mich ab. Als Abel mich auf dem weißen Tisch festgehalten hatte, hatte er gezittert.

»Diesem Kater fehlt nichts«, versicherte der Tierarzt, »niemand hat auf ihn geschossen, niemand einen Stein auf ihn geworfen, alles funktioniert, ein kräftiger Kerl.«

Schweigen. Der Tierarzt schaute Abel an:

»Und Sie, wie fühlen Sie sich?«

»Schlecht«, antwortete Abel.

»Dann sollten Sie sich pflegen.«

Sie sprachen von der Gegend, den Leuten, dem stickigheißen Sommer, von allem und nichts, folglich in der Hauptsache vom wirklichen Leben.

»Lassen Sie mich Ihnen eine Geschichte erzählen. Sie spielt hier in der Gegend. Vielleicht kann sie Ihnen helfen.«

Der Großvater des Tierarztes hatte Weinberge besessen. Jedes Jahr kamen spanische Tagelöhner zur Weinlese. Jeder hatte eine Nummer. Am Zahltag bereitete der Großvater Stapel aus Scheinen und Münzen vor, alle gleich groß, und stieß sein Messer in den Holztisch, in die Mitte. Die Tagelöhner stellten sich in einer Reihe auf und tauschten, einer nach dem anderen, ihre Nummer gegen einen Stapel. Es herrschte Ordnung.

»Sie verstehen«, sagte der Tierarzt. »Das Menschliche richtet sich nach Leistung und Gegenleistung, und dazwischen das in den Tisch gehauene Messer. Ich war damals ein Dreikäsehoch. Ich verstand nichts. Ich habe bis heute nichts verstanden. Strengen Sie sich an. Für den Kater verschreibe ich nichts. Wenn Sie wollen, können Sie in einer Woche wieder vorbeischauen. Doch wohin man auch geht, für irgend jemand ist man immer ein Fremdling. Was immer man auch tut. Machen Sie einen Spaziergang in der Strauchheide. Atmen Sie die Luft tief ein.«

Er hatte »Fremdling« gesagt. Er sprach mit dem südfranzösischen Akzent und klopfte mir mit seinen riesigen Händen beim Abschiednehmen auf den Bauch. Ich hätte diesen Tierarzt gerne noch einmal wiedergesehen.

Die Strecke nach Hause war nur kurz. Abel hielt. Am Rande eines Feldwegs. Er befreite mich, nahm mich in seine Arme, setzte sich unter eine Eiche und streichelte mich. Er wußte, daß ich nicht fliehen würde.

»Eines Tages werden wir eine Eiche haben«, sagte er, »deine Eiche.«

Ich wurde verhätschelt, döste noch köstlich aufgrund der Spritze, sah wieder ausgezeichnet und hatte vor allem Hunger. Sobald wir zu Hause waren, bereitete Abel für mich ein Festessen. Tiffany wagte sich nicht in meine Nähe. Abel selbst nahm ein pantagruelisches Frühstück zu sich. Ein gutes Zeichen. Ich sah, wie er lächelte.

»Was hast du mit ihm angestellt?« fragte mich Tiffany aus der Ferne. Ich antwortete:

»Nichts. Aber ich habe Büsche gesehen, unter einer Eiche.«

Sie floh auf die Treppe, göttlich, den Hintern in die Luft gestreckt und mit hoch aufgerichtetem Schwanz. Abel saß bereits an seinem Schreibtisch. Er füllte seinen Füller. Seine blaue Tinte. Sein Füller. Seufzer von Valentina. Während ich mir die Pfoten leckte und versuchte, auf dem Rücken die Stelle zu erreichen, an der ich gespritzt worden war, nahm er ein Heft und schrieb auf die erste Seite *Körper an Körper, Roman*. Er war anscheinend glücklich. Ich schlief ein.

20

Alles wird durch die Tinte geprägt, die schwarze Tinte von Valentinas Schreibmaschinenbändern oder die blaue des dicken, schönen Füllers. Es gibt so etwas wie Leistung und Gegenleistung in der Tinte, die fließt, wie das Blut, Ruf ohne Hoffnung auf Antwort, doch Überlegenheit des handgeschriebenen über das maschinengeschriebene Manuskript, langer, an den anderen gerichteter Brief, jedem seine Nr. 2, eine bestimmte Art, eine Telephonnummer zu wählen und zu antworten, ohne argumentieren zu müssen, du bist, ich hätte dich, du hättest wenigstens, doch direkt auf den Kern, das Wesentliche. *Körper an Körper, Roman,* war zuerst von Abels ursprünglichem Verleger zusammen mit dem »Roman für nichts« oder »totgeborenen Roman« vom Winter abgelehnt worden. Einziger Kommentar:

»Das ist nicht der Roman, den wir von dir erwarten.«

Später sollte er dann von einem anderen Verleger unter dem merkwürdigen Titel »*Der kleine Lausbub unserer Körper*« veröffentlicht werden. Ich weiß nur, daß Abel diesen Roman in einem Zug schrieb, sogar ohne sich dessen bewußt zu werden, zu seinem Heil und zu meinem, mit Tinte und Füller, Fetzen des blauen Himmels auf dem Papier. Ich wagte mich nicht zu häufig und zu weit auf die Dächer, wo darüber hinaus Tiffany ihren täglichen Aufenthaltsort, im

Schatten, und ihren nächtlichen, im Dunkeln und manchmal auch im Mondschein, gewählt hatte:

»Wo sind die Büsche, die unter deiner Eiche stehen?«

Schreiben vertreibt das Entsetzen und schöpft aus ihm Novellen.

Immer auf dem Posten, an Valentina geschmiegt, die endlich Ferien machen konnte, war ich der peinlich genaue Überwacher des Schreibers Abel geworden, der mir abschnittsweise das vorlas, was er schrieb, auch wenn er es nur laut vorlas, um besser korrigieren, entschlacken, die Zeiten und die Zeichen setzen zu können, der Bildhauer einer Geschichte, der er geworden war, einer im Prinzip anderen, in die seine eigene hineinfloß, wage ich zu sagen: unsere? Alles schreibt sich. Alles überwältigte. Das Entsetzen des Frühlingsanfangs verblaßte. Das Denken war auf Sorgfalt und Bekenntnis gerichtet. Wenn er seinen Füller auffüllte, erinnerte mich dies auf beinahe angenehme Art an den starren und bewegungslosen Traum, der mich terrorisiert hatte:

Wir waren dabei, uns in Sicherheit zu bringen. Wir würden noch einmal davonkommen. Auf der Stelle tretend liefen wir davon. Von Seite zu Seite, von Kapitel zu Kapitel, wuchs das Vergnügen, genau wie die Angst vor einer Ablehnung. Das war zu einfach. Alles war von der Geschichte eines bestimmten Messers eines bestimmten Alten bei bestimmten Abrechnungen ausgegangen, Leistung und Gegenleistung. Abel las mir eine Szene vor, in der eine Katze auf einem Tisch erdolcht wird. Kaltes Entsetzen lief mir über den Rücken, doch die Leidenschaft siegte. Was haben wir nur, wir alle, daß wir etwas anderes leben wollen als unseren Tod, jedes Leben diese Agonie, die durch einige Augenblicke der Inbrunst und des augenblicklichen Vergessens geschmückt wird? Heißt das zuviel behaupten? Die Geschichte dieses Romans war zu einfach, um Gewicht zu haben, er schreibe mit ›nichts‹, hatte Abel seiner Freundin aus dem oberen Dorf erklärt, Céleste, die ihm köstliche Kuchen brachte, aus einem Ei, einem Joghurt und einer Schale Mehl hergestellt, wie sie behauptete, und das stimmte. Die Aussagen beider stimmten. Der Roman war harmlos und erschreckend, banal und ging einem nicht aus dem Sinn, die Liebe zweier Geliebten, ein ganzes Leben lang, einer stirbt vor dem anderen. Der andere schreibt. Das, was ich jetzt mache.

In diesem Sommer ging Abel jeden Tag gegen zwölf Uhr in das Freibad eines benachbarten Dorfes. Bleich kam er nach Hause, die Haut aufgeweicht, die Haare naß, frisiert wie ein Erstkommuniant. In diesem Sommer ließ sich Tiffany zwei- oder dreimal von Abel einfangen und streicheln. In diesem Sommer sang Citronnelle weder ihre *Schneesterne* noch ihre *Rosa Kirsch- und weiße Apfelblüten*. In diesem Sommer pflegte, schnitt und richtete Abel den wilden Wein und das Efeu aus, die am Haus hochwuchsen, sein vertikaler Garten, wie er sagte. Der wilde Wein drang bis zur kleinen Terrasse vor und überwucherte sie innerhalb von zwei, drei Jahren, von Abel gezähmt und dirigiert. In diesem Jahr, in diesem Sommer reiste Abel ins Ausland und ließ uns in der Obhut von Citronnelle zurück, die im Gegensatz zu Sosolala eher drei- denn zweimal täglich kam und darüber wachte, daß wir ordentlich fraßen. Abel war allein verreist, zu einem Festival, eine Woche, fünf Opern, darunter der Ring. Er hatte im Winter zwei Plätze reserviert, doch jedesmal, wenn Nr. 2 einen Plan gemacht hatte, hatte er geantwortet:

»Wir werden am Frühlingsanfang darüber sprechen.«

Der Tag des Bruchs. Abel, bleich. Und Nr. 2 schluchzend, wie ein Kind, fünfzehn Jahre jünger, alle Prüfungen glänzend bestanden. Beide waren unentschuldbar, stolz, durch diesen Stolz aneinander gefesselt, unfähig, den geringsten Riß in ihrer Freundschaft zuzulassen. Sie waren mir vertraut, mir, der nur ein Domestik war, Belastungs- und Entlastungszeuge, verliebt wie sie.

Die Moral ist die Quecke des Textes, je gründlicher man sie jätet, desto heftiger wächst sie nach, stößt in Neuland vor und wuchert. Sobald die Verbindung, die Beziehung, das Abenteuer, die Vorstellung in das kleine Theater der Lügen und in Anstrengungen wie *Bist du mit sanften Lippen nach Hause gekommen?* umgeschlagen war, völlig unnütze Anstrengungen übrigens, wo man leicht durchschaubar und belanglos hätte sein müssen, brach der Stärkere mit dem Schwächeren, gleichgültig und folglich entsetzlich eifersüchtig, geriet Abel außer sich, ohne Vorwarnung, spontan, heftig und gemein. Er stellte alles auf den Kopf. Nr. 2 hatte, genau wie ich, im Moment nicht begriffen, warum die Lüge eines Abends, dieser kleine Verrat, der sich in der Wiederholung als schüchterne Aufforderung zu größerer Zuneigung hätte entpuppen können, einen solchen Zorn mit endgültigen Maßnahmen, darunter der sofortige Hinauswurf, hatte auslösen können. Heute verstehe ich es besser, es ist mitten in der Nacht, ich schreibe. Alles ist auf den Kopf gestellt. Noch das unbedeutendste Gefühl erscheint mir verdächtig, kapriziös, erpresserisch und ohne Bürgerrecht innerhalb dieser Zeilen. Man lehnte Abel ab, weil dieser den verlogenen Anstand, sittenloses Verhalten ablehnte. Er würde niemals den Roman schreiben, den man von ihm erwartete. Ich wollte ihn eigentlich hier schreiben. In extremis. Post extremis. Post mortem, wie man sagt. Die Liebe fürs Einwandfreie hat für ihn Ewigkeitswert. Wir haben *Körper an Körper, Roman,* in einem Zustand triumphierender Freude und des Glücks geschrieben, in dem weder die Stunden noch die Nächte zählten. Tagsüber summte und brummte es im wilden Wein, und nachts zogen Sternschnuppen ihre Bahn am Himmel:

»Hast du sie gesehen, Tiffauges? Wünsch dir was!«

Es war immer zu spät. Er hatte mich aus einem meiner kriegerischen Träume gerissen, und ich mußte schnell wieder zur nie enden wollenden Belagerung der Wälder in meinem Kopf zurückkehren, vom Rand aus lauern und beobachten, denn der Feind konnte jederzeit auftauchen und von einer Sekunde Unaufmerksamkeit profitieren. Ich wußte, daß ich eine Eiche bekommen würde, und dafür mußte ich die Schlacht gewinnen. Es ist soviel einfacher, den anderen der Fehler anzuklagen, die man selbst begangen hat. Abel war sehr viel sensibler, als man glaubte, zurückgezogen auf seine Ufer, wo man ihn für sarkastisch und berechnend hielt. Ich hatte königliche, elfenbeinfarbene, lange und feine Barthaare, Schwerter, in meine Lefzen gepflanzt. Und immer im Smoking, am Tag wie in der Nacht, trat ich auf wie ein unwiderstehlicher Verführer, was mich vor meiner wahren Natur beschützte, wenig mondän, ausschließlich an Abels Schicksal gebunden. Die Geschichte des einen ist immer auch die Geschichte des anderen. Wäre Abel ein Kater gewesen, wären wir vielleicht keine Freunde geworden, er mit seinen Geliebten, ich mit meinen Geliebten.

Der darauffolgende Herbst war ruhiger. Auch der Winter. Ich schickte mich an, die Jahreszeiten nicht mehr zu zählen. Ich stand Tiffany immer zur Verfügung, der arroganten, beharrlichen, überaus sanften, wenn sie sich »stärker«, »besser« lecken ließ. Ich traf Abels Eltern wieder, an einem Sonntag, gleiches Ritual und gleiches Schweigen. Sie blieben nicht so lange. Abels Mutter lächelte nicht mehr. Sie machte den Eindruck, als sei sie beiseite geschoben, in die Ferne gerückt, abgeschnitten. Der Gag mit dem Sahnekännchen amüsierte nicht mehr. Tiffany hatte sich etwas genähert, um sie zu sehen und anschließend sagen zu können:

»Ich habe sie gesehen.«

Ich war nicht nur schwarz und weiß, sondern elfenbeinfarben und schwarz, ein Schwarz, das in der Sonne kastanienbraun schimmerte. Und wenn ein Kater nur ein Vorwand war? In noch stärkerem Maße selbst zu sein?

21

Ich liebte die Stille, wenn Tiffany schlief, wenn Abel die Wohnung verlassen hatte, um auf seinem Moped zu reiten und Werbearbeiten abzuliefern, zum Broterwerb dienende Arbeit, er nannte sie »Friskies-Arbeiten«, oder um zu verreisen und vor allem wenn der Orkan Sosolala vorbei war. Ich liebte die Stille und horchte sie aus. Sie vermehrte sich, wurde größer, kündete an. Dieser Lärm gehörte mir. Je häufiger meine Fragen ohne Antwort blieben, desto prägender, bewohnter wurde die Stille und forderte mich zu allen möglichen Arten von Geduld und Heftigkeit auf. Die Zeit hatte alle Unebenheiten verloren. Ich hatte allen Grund zum Zweifeln, folglich zum Handeln, indem ich nichts Offensichtliches machte, dicker Kater, braver Kater, würdiger Sohn so vieler unbekannter Väter. Ich liebte die Stille aufgrund ihrer Unordnung und ihrer Versprechen. Ich hörte dem anderen Lärm der Stadt zu, dem, den man nicht hört. Und ich wußte, von weitem, im voraus, ob Abel sich auf dem Rückweg befand oder Tiffany mich um Liebe bitten würde. Es kam sogar vor, daß ich am hellichten Tag die Metro fahren und die Millionen Ratten unter den Millionen Bürgern wimmeln oder ein Blatt fallen hörte, das an der Platane vor dem Balkon bis in den Winter hinein hängengeblieben war. Auch für mich selbst war ich ganz Gehör. Abel hatte mir eine Eiche in den Kopf gepflanzt. Sie liebend, stellte ich mir Tiffany mitten in den Büschen vor. Ich mochte die Stille. Sie entrinnt der Chronologie. Wenn ich hier, von einem Kapitel zum anderen, gezwungen bin, dem Lauf eines Berichts zu folgen, mit einem Anfang und einem Ende, meinem Anfang und meinem Ende, dann nur unter Mißachtung dessen, was mich immer getragen und geleitet hat, Hören ohne Absicht, Geschichten ohne Geschichten, eine Tat, die durch nichts gerechtfertigt oder verurteilt wird, das spirituelle Ich und meine Gefühle, Bach unter dem Mond und rustikaler Tanz. Es finden sich Bronze, Jade, Blaßgrün und Cloisonné in der Stille. Es finden sich Dynastien in den Wäldern meines Kopfes und Höhlen, in denen in den geheimsten Geheimkammern Schätze verborgen sind. Dort kann man das Staunen kennenlernen. An jedem Objekt kann eine Philosophie abgelesen werden. Ich komme aus einem vergessenen Paradies, um mit Hilfe der unzählbaren Tragödien und Zufälle einer Geschichte, die so vielschichtig ist, daß man leicht den Faden verliert, dessen Beständigkeit zu bezeugen. Ich halte diesen Faden, hielt diesen Faden, werde diesen Faden wieder halten, werde wiederkommen. Die Stille ist lärmend, und die Melancholie wäre nur die Fröhlichkeit, traurig zu sein. Die Stille ist kostbar, sie läßt euch präzise werden und demaskiert die Vergeßlichen.

So ist der Text hier wenig mondän. Es wird kaum von Einladungen gesprochen. Abel sollte lange brauchen, bis er endlich begriff, daß ich für manche, männlichen wie weiblichen Geschlechts, nicht erschien, mich nicht zeigte. Ich blieb in meinem Winkel. Ich wußte aufgrund des Geruchs, der ersten Worte der Ankommenden, ob dieser von woanders, von draußen Gekommene Leben oder Tod mit sich brachte, Aufmerksamkeit oder Schmeichelei, diese Barbarei, die zum guten Benimm gehört. Abel begriff endlich in diesem Winter – wie alt war ich, ich hatte nie die Jahre gezählt, Katzen zählen keine Jahre, sondern Leben –, daß ich mich immer dann nicht zeigte, wenn die Besucherin oder der Besucher, tagsüber, wenig geneigt waren, die Dringlichkeit und Präsenz seiner Melancholie wie auch meiner zu begreifen. Muß ich hier präzisieren, daß man an der Klangfarbe einer Stimme, Stimme, die aus dem Bauch kommt oder nur aus der Kehle, erkennen kann, ob der andere zu Mitgefühl, folglich zu Aufmerksamkeit und zum Dialog befähigt ist? Wenn Abel, bevor er einen Teil meiner Dispositionen, die ich für den Fall eines Besuches ergriffen hatte, begriffen hatte, darauf bestand, daß ich mich kurz blicken ließ, dann war ich mit den Eindringlingen, egal, welchen Geschlechts, diesen verdammten Schnüfflern, gerade so höflich, wie ich höflich sein mußte, und benutzte die erste Zehntelsekunde Unaufmerksamkeit zur Flucht. Abel lieferte sich leicht aus, er sprach zuviel, sagte alles und entblößte seine Flanken für alle möglichen ironischen Angriffe. Er besaß eine unwiderstehliche Art, sich leichtsinnig in Gefahr zu bringen. Er glaubte, Ehrlichkeit müsse gefahrlos sein, welch großartige Illusion! Er schuf Unbehagen. Doch wenn er begriffen hatte, warum ich bei einem Teil der Besucher bestimmte Dispositionen ergriffen hatte, sagte er:

»Jetzt ist es zu spät; danke, daß du mich gewarnt hast, aber ich kann mir nicht entkommen. Oder ich will nicht.«

Wir haben zusammen gefeiert, er tat so, als ob er mich angreife, ich setzte eine beleidigte Miene auf, Fell gesträubt, Schwanz zerzaust, diesen Schwanz, an dem er mich packen, hochheben und quälen würde. Unser Spiel. Wenn Tiffany meinte, mir geschehe ganz recht, dann antwortete ich nur, sie habe nichts verstanden, das, was sich Liebende sagen, die alles trennt und die sich nicht verlassen.

Ich liebte die Stille. Ich hielt mich auf dem Kai auf. Etwas benommen. Ich war auf den Docks eingeschlafen, und das Schiff war ohne mich abgefahren. Ich werde folglich niemals um die Welt reisen. Genau das war die Stille, eine Reise ohne die Reise. Wenn ich auf Abels Knien Musik hörte, doch das war unbequem, oder in seinen Armen, das war weicher, spürte ich sein Herz schlagen; es war wie aufkommender Wind, zitternder Himmel, sich suchende Stimmen, sich biegende Bäume, sanftes Rauschen. Die Wälder in meinem Kopf setzten sich in Bewegung. Ich glaubte an das Ende aller Schlachten. Und wenn ich Abel verließ, dann nur aus Angst, hitzig zu werden. Ich sah die Pforten des Wahnsinns, die sich auf eine geradlinige Allee öffneten, eine brave, gezähmte Natur. Die Musik, die Abel hörte, wenn er seine Arbeit beiseite gelegt hatte, war zu abgemessen komponiert. Genau wie auf Barbaras Zeichnung gab es immer eine Wasserfläche, ich der Souverän und mein Spiegelbild, das des Herrn des Hauses, hochgezwirbelte Schnurrbartenden, in die Ferne gerichteter Blick, der Blick seiner Mutter, Schweigen in dem Blick und Abgespanntheit in den Gesten des Vaters, der ein weiteres Stück seines Lieblingskuchens ablehnte, ein Gugelhupf über und über mit Mandeln bestickt. Ich liebte die Stille. Sie stattete mich aus. Die Tage können kommen, die Zeit kann verstreichen, ich werde immer die Kraft finden, eines Tages, zu sprechen, ohne zu verfälschen, und zu bezeugen, ohne anzuklagen. Katzen haben einen Sinn für Kriegslisten. Ich liebte die Stille, denn sie brachte mich mir und allen näher. Abel lief auf seinen Untergang zu. Wer von beiden war der Vasall des anderen? Ich liebte die Stille. Ich wußte, daß ich das Inventar nie abschließen würde. Die Musik verwirrte mich, da war zuviel Stille auf einmal. Tiffany näherte sich. Sie hätte alles unternommen, nur um von mir zerstreut zu werden. Sie fragte:

»Wann beginnt der Ball?«

Ich liebte die Stille. Sie hatte mich sprechen und schreiben gelehrt. Beim Haupt Mounettes! Ein heiliger Eid! Ich liebte die Stille. Sie sprach zu mir. In der Sandschale drehte ich mich um mich selbst, konzentrierte mich, jubilierte und genoß sowohl den Akt, die Ausscheidungen meines Körpers einzugraben, wie auch die immense Stille in dieser kreisförmigen Wüste, von hohen, weißen Festungsanlagen umgeben, Wind und Gischt, das Meer war noch weit und trotzdem ringsherum. Das war die Stille der weißen Schale, ein genauso abgeschlossener Ort wie die Glocke über dieser Stadt, von dem aus ich die unüberwindbaren Wände des Himmels erforschte, hinter denen ein Gefühl mir sagte, es gäbe nur Leere und Nacht, eine tief bewegte Nacht ohne irgendeinen Mond, um den Sturz und die Jahreszeiten zu gliedern. Ich liebte die Stille, denn sie gab mir das Bewußtsein meines Körpers wieder, meines Fells, der notwendigen Leckungen, peinlich genau, meiner Schnauze, meiner Ohren und meiner Pfoten. Ich liebte die Stille, denn sie führte mich vom rechten Weg ab, indem sie mich zum körperlichen Ritus zurückführte. Ihretwegen reiste ich. Die Stille, das ist auch das Gedächtnis. Ich glaube, Abel hätte alles, was er geschrieben hatte, hergegeben im Austausch mit einem Satz, von einem jungen Mann, der als Zwanzigjähriger gestorben war, als Botschaft mitgeteilt, an seine Mutter adressiert und von seiner Tante ihm insgeheim übermittelt:

Man muß sich haben, bevor man haben kann. Diesen Satz hatte Abel auf ein Stück Papier geschrieben und vor die Bücher in seiner Bibliothek gestellt; er konnte ihn von seinem Schreibtisch aus sehen. Ich erinnere mich an diesen Satz. Ich las ihn ebenfalls. Schweigend.

22

Niemand ist so begabt, Unbehagen zu schaffen, wie Abel. Aus Trauer über eine verlorene Kindheit? Wollte er Zärtlichkeiten auslösen, als Subjekt und Objekt in einer Person? Lassen sich die Kunst, Unbehagen zu schaffen, alle möglichen Konfrontationen, Demaskierungen, Auslösefaktoren, Verhöre und die Art, der Kindheit bis zum Zerreißen treu zu bleiben, auf die gleiche Quelle zurückführen? In Abels Blick ließ sich in der Ferne eine Waise entdecken, die ihre Eltern nicht verloren hatte und sie noch um zuviel bat. Wenn Tiffany besonders großen Hunger hatte, sagte sie zu mir:

»Geh, frag ihn! Du bist stärker als ich! Das ist deine Aufgabe!«

Ich führte ihre Bitte aus. Nachdem er unser Fressen serviert hatte, beobachtete Abel uns, Tiffany schlang und ich, keinen großen Appetit, denn ich hatte ja nur eine erbetene Mission ausgeführt, war mürrisch, schmollte dem Fressen, das zu oft das gleiche war, und fühlte mich ein wenig lächerlich, wie ich einräumen muß; er blieb da, gekreuzte Arme, lächelnde Lippen, um mir verständlich zu machen, er sei nicht auf den Kopf gefallen, dabei hätte er sehr wohl diesem Spiel, indem er es spielte, keine Bedeutung zumessen müssen. An solchen kleinen Details erkennt man sich, verbindet man sich, in der Ablehnung der Äußerlichkeiten. Abel lehnte Anstandsregeln ab, vor allem, wenn sie nach Selbstgefälligkeit, Schmeichelei oder Gleichgültigkeit rochen. Mit einem unerwarteten Wort, einer ungewohnten Geste oder unerträglichem Schweigen schuf er Unbehagen und verjagte so aufgeblasene Affen, Heulsusen, die ewig ihr Leid demonstrieren, Beckmesser und Halsabschneider, gewissermaßen die ganze Welt. Zu meinem größten Vergnügen stopfte er den Raubvögeln das Maul und auch zu meiner größten Besorgnis, denn er schuf eine Leere um sich, eine Nacht jenseits des Himmels, hinter dem Himmel, wo es nichts mehr gibt, keine Atmosphäre mehr, wie man sagt. Abel wurde auch nachgesagt, er sei bösartig. Man behauptete, er bekomme das, was er verdiene, oder:

»Der Kerl ist unmöglich!«

Mit den Delikatesten, die häufig am besten gepanzert sind, war er hilflos, albern und sogar grob oder unflätig. In diesem Punkt war er Kater, Bruder und Kumpel, mehr als ein Freund, ein wenig ich und ich ein wenig er. Ich weiß, welches Risiko ich bei der Formulierung solcher Sätze auf mich nehme, doch *sich selbst leben* ist die eigentliche Definition der Katzen-Natur, Meiner Natur, Meines Ichs. Ich war sein König, ich herrschte, ich tat mehr als nur beobachten. Wenn ich von ihm spreche, spreche ich in Wirklichkeit von mir. Mir fehlten nur die Worte. Aber stellten diese Worte nicht die Mauer zwischen ihm und den anderen dar? Waren diese Worte nicht immer schneidend? Und wachte Abel nicht darüber, daß die Worte nicht leichtfertig angewendet, für Wichtigtuerei mißbraucht werden? Daher dieses Unbehagen, vitales Unbehagen, das mir so gut gefiel, zumal es von dem anderen eine besondere Präsenz innerhalb der Beziehung verlangte. Abel schrieb häufig:

Man dringt niemals bis in das Bewußtsein anderer vor.

Schauen Sie einer Katze in die Augen. Vergessen Sie nicht, daß Sie bereits gelebt hat. Sie ist voll bewußt. Sie ist nicht nur servil. Auch wenn sie abhängig ist. Auch wenn sie die Kühlschranktür nicht allein öffnen kann. Auch wenn sie die Konservendosen nicht allein aufmachen kann. Überhaupt müssen erst einmal Konservendosen im Kühlschrank sein. In diesem Buch soll nicht von Katzen die Rede sein, die verhungern. Die finden sich allein zurecht oder sterben eben, räudig, rotzig. Jede für sich. Ich bin bei Abel gelandet, so wie man sich verliebt. Nicht aus Zufall und sehr wohl für das Unmögliche.

Abel verspürte die Notwendigkeit, mir tief in die Augen zu schauen, um ein bißchen Hoffnung wiederzufinden, arme Menschenwesen, tapfere Zweibeiner, die an ihre Ratio geschmiedet sind wie früher Sträflinge an ihre Eisenkugeln, die meinen, alles über alles zu wissen, und die sich einen Dschungel rekonstruiert haben und Gesetze, die Gerechtigkeit schaffen sollen und dabei noch mehr Ungerechtigkeiten verursachen. Abel wollte nichts anderes sein als Abel, daher dieses Unbehagen, das er hartnäckig aufrechterhielt, notfalls setzte er sich dafür selbst in Szene. Er schaute mich an, um diese *Kneife* nicht kennenlernen zu müssen, ein von Sosolala erfundenes Wort, sie litt ständig unter der *Kneife*, die Arme. Auf meine Art munterte ich Abel dann auf:

»Mach weiter! Halte durch!«

Wenn wir Blicke tauschten, dann immer unverhofft. Abel erhoffte Zärtlichkeiten, wie ich. Gefühle. Wie ich. Unglücklicherweise war er mit dem Wort bewaffnet. Und schrieb darüber hinaus. Wie ich, jetzt, nachher, nach meinem Tod. Peng! Ein Jäger würde auf mich schießen, aus

Freude am Knall. Ich werde wiederkommen. Ich komme wieder. Ich schreibe. Schneidendes Gras, auf die Pfoten achtgeben.

Wer hatte eines Tages gesagt – die Konversation war etwas lang geworden –, als ich mich vor Vergnügen streckte und gähnte, daß mein Kiefer auszurenken drohte:

»Er hat keine Krallen, dieser Kater, sondern Klauen!«

Der Zufall wollte, daß am nächsten Tag, als ich mehr schlecht als recht auf Abels Knien installiert war und Musik hörte, jemand an der Wohnungstür schellte und ich, aus Angst, beim Hinunterspringen Abel mit den Krallen meiner Hinterpfote kratzte. Das Resultat: eine dieser Pediküre-Sitzungen, denen Tiffany immer entfloh, deren Terror ich aber bis zum Ende meiner Tage alle drei bis vier Monate, dann alle zwei bis drei Monate ertragen mußte, denn meine Krallen wuchsen immer stärker und gekrümmter, wie Abels Schnurrbart. Ich ließ die Sitzungen über mich ergehen, zuerst die Vorderpfoten, dann die Hinterpfoten. Auch in diesem Punkt schuf Abel Unbehagen. Das war zwar keine Tortur, denn er hatte zuviel Angst, mir Schmerzen zuzufügen, aber es mißfiel mir aufs höchste, und anschließend hatte ich keinen Halt mehr auf dem Teppichboden; Tiffany profitierte von dieser Gelegenheit und machte sich über mich lustig, was sie ausgezeichnet verstand, zu ihrem größten Vergnügen. Ich liebte sie. Ich liebte die ganze Welt. Auch diejenigen, männlichen oder weiblichen Geschlechtes, vor denen ich floh, wobei ich mich als Pferd, Zicklein oder Löwe aufführte. Abel schuf dieses Unbehagen einmal, um es zu leben, und dann, um sich darin zu läutern. Denn er wollte keine Vergleiche schließen und bei diesem Rennen auf den Tod zu, das Leben heißt, wissen, wenn auch nur dunkel, unbewußt, wie lange er durchhalten würde. Ich beobachtete ihn dabei aufmerksam und wünschte mir, er möge so lange wie nur möglich durchhalten, so wie ich mir wünschte, als erster abzureisen, denn die Zeit, die ich mit ihm leben sollte, relativ kurz, war von vornherein zumindest ungefähr festgelegt. Nur wenn er mich, nachdem er mir die Krallen geschnitten hatte, wieder freiließ, senkte ich die Augen vor ihm, sonst nie. Der Teppichboden hatte sich in ein Eislaufstadion verwandelt, Sosolala drückte mich noch lieber an sich, was nicht unbedingt und automatisch angenehm war, kleine Hände, große Arme, und Tiffany spielte, im Austausch mit meinen Leckereien, mit mir Krankenschwester und leckte mit ihrer rauhen Zunge, ohne Umstände zu machen, meine im Prinzip waffenlosen Pfoten.

»Verstümmelt«, sagte sie, »hat der Riese dir das angetan? Und du läßt dir das gefallen?«

Werden gewisse Katzen aus sehr guten Häusern im Prinzip nicht Operationen unterworfen, bei denen sie aller Krallen beraubt werden? Nr. 2 hatte den Sadismus gewisser Herrchen richtig gesehen.

Der Winter kam, der Sommer, ein weiterer Winter. Abel war verletzt, und die Erinnerung an Nr. 2 verließ ihn nicht. So schuf er stärker noch als zuvor alle möglichen Arten von Unbehagen, um daraus lebendige Kraft zu schöpfen, ohne die er sich von neuem eines bestimmten Blendens schuldig gefühlt hätte: Es ging hier um unsere Gesundheit. Tiffany war rührend in ihrer Rolle als Krankenschwester. Sie hoffte wohl, mich wieder zu erobern. Ich wußte, daß stärkere, schönere Krallen nachwachsen würden und daß ich, ohne schwul zu sein, für Abel mehr als Freund und Geliebter war, oder beides gleichzeitig, auch Bruder, dieser Gefährte, der schweigt, um alles zu sagen.

In Wirklichkeit schreibt man nur, um sich frei zu fühlen. Der Raum der Seiten kennt keine Grenzen. Doch sobald man die Augen hebt, ist es besser, eine Katze denn ein menschliches Wesen zu sein, ein Tier und nicht mit Ratio begabt. Abel schnitt mir mit äußerster Aufmerksamkeit die Krallen, und ich ließ es mit noch größerer Aufmerksamkeit geschehen. Nichts Beleidigendes, diese Offensive. Nichts Entwaffnendes oder Verstümmelndes. Gerader, schnörkelloser Schnitt, mit dem Rebmesser, in den Wäldern in meinem Kopf, um sich einen Weg zu bahnen und, für Abel, im Leben voranzukommen, Linien wie Lianen. Nichts Erschreckendes. Niemand ist so wie Abel begabt, Unbehagen zu schaffen. Auf diesem Gebiet verfügte er über Instinkt. Er gehörte zu den Ausdauernden. Ich ebenfalls.

23

Ich heiße Tiffauges. Ich bin Abels Kater. Ich kannte keinen Haß, aber Verachtung, genau wie Zuneigung. Wenn man erzählt, sich erzählt, wo fängt dann die Zuneigung an, und wo hört die Verachtung auf, und umgekehrt? Merkwürdige Träume von verfehlten Rendezvous. War das Leben nicht einzig solchen Verfehlungen, ewiger Wiederkehr und ständigem Wiederbeginn gewidmet? Ein Winter kam, ein Sommer und wieder ein Winter: Ich hatte aufgegeben, kapituliert, ohne mich deswegen einzunisten. Warum den anderen ändern wollen? Tiffany war die, die sie war, ich lernte, ihr mit meiner rechten Vorderpfote Ohrfeigen zu geben, wenn sie mich nicht in Ruhe fressen lassen wollte, sie hatte ihren Teil, ich hatte meinen. Abel blieb, im Innern, immer der gleiche, einer, der wartet, ohne zu warten, und dabei nichts anderes tut als warten. Und ich wurde zum Pascha der Geschichte, dick, faul, stiller als je zuvor und auf subtilere Art aufmerksam auf das Kommen und Gehen, den Zorn des Herrn, auf die laut vorgetragene Lektüre der Romane, an denen gerade gearbeitet wurde. Selbst wenn er mitleiderheischend meinte, ich sei eingeschlafen, blieb ich wachsam. Seine Zeichensetzung hatte etwas »Stacheliges« an sich, etwas Synkopisches, sich Überschneidendes. Ich bewunderte ihn nicht kritiklos. Was Abel schrieb, sang er.

Oder sang er es, wenn er es las? Ich verstand, nach und nach, während ich immer dicker wurde, in wie hohem Maße die Musik für ihn bedeutend war, und auch das Risiko und den mangelnden Seelenfrieden des Troubadours, der niemals weiß, ob sein Lied gefällt. Die Romane, die er bei dem neuen Verleger veröffentlichte, erregten kein Aufsehen und waren eher totgeborene Publikationen. Abel hatte Angst, mir Angst einzujagen, und sprach nicht mit mir darüber. Doch ich wußte aufgrund unserer Blickwechsel, aufgrund seiner Stimme und des Tastsinns, des Kontaktes mit seinen Fingern, wenn er mich, großartiger Augenblick, streichelte, daß nichts gesichert war, daß er dies wußte und trotzdem weitermachte und dabei an jeder Zeile, an jedem Wort, an jeder Seite zweifelte. Das war alltäglich, riß einen aus den Gewohnheiten heraus, wie eine Inbrunst. Tiffany zeigte sich ein wenig öfter im Arbeitszimmer. Auch sie brauchte Wärme.

»Ich hätte mir so sehr gewünscht«, hatte sie mir während des Sommers einmal gesagt, »daß ich Kinder von dir bekomme. Wenigstens einmal.«

Die Realität kann niemand aussprechen. Folglich muß sie ein Mythos sein. Ich antwortete:

»Weißt du, selbst wenn ...« – Und sie: »... Selbst wenn was?« »Das heißt, wenn man ...« – »Wenn man was?«

Ein Drama, sofort. Sie hatte ihren Anteil nicht bekommen.

»Mit dem Riesen bist du geschwätziger.« – »Vielleicht, aber ...« – Und sie: »Aber was?«

Und so weiter. Sie brachte mich zum Stottern. Die Realität kann niemand aussprechen. Sie ist ein Mythos. In sich. Jetzt schon.

Kurz bevor dieser Sommer anbrach, kurz vor unserer Abreise, spannte sich mehrere Tage lang blauer Himmel über der Stadt und verkündete unseren baldigen Aufenthalt in dem Haus im Süden; Abel lernte Bruch Nr. 3 auf einer Caféterrasse kennen. Unmittelbare Verzückung und die Katastrophe. Nr. 3 erinnerte stärker an ein pausbäckiges Baby als Nr. 2. Er lächelte unablässig und schief, ein Lächeln, das auf einer Seite der Lippen aufgehängt war, kein richtiges Lächeln, und selbst wenn es schwungvoll, aufrichtig zu sein schien, glücklich, mit Abel sein zu dürfen, beunruhigte mich dieses Lächeln: Es war nicht gleichmäßig. Nr. 2, feingliedriger, hatte in Abels Armen exakt seinen Platz gefunden, stand fester auf seinen Beinen und machte eine besorgte, in sich ruhende, dabei belebte Miene. Er hatte seine Familie nie aufgegeben und würde sie nie aufgeben, wie alle Welt, auch wenn er nur seiner Mutter seine dreckige Wäsche brachte, die sie ihm sauber und ordentlich gebügelt zurückgab. Nr. 3, genauso jung, sogar noch jünger, etwas kindlich, wollte ein Prolet sein, an nichts gebunden, Genre völlig verrückt, und verfolgte ein Projekt, er wollte ein anderes Leben leben als das, das er in seiner Familie gelebt hatte. Er hatte ein Adreßbuch in seinem Kopf, auch wenn er mit Abel Lust und Befriedigung empfand, und war immer beeindruckt, welche Persönlichkeiten er bei ihm kennenlernte. Er lachte nicht, er quiekte. Ein Kind; Abel imponierte ihm. Ich verstand jetzt, was Abel hatte sagen wollen, als er behauptet hatte, Nr. 1 sei nichts anderes als ein Katzbuckler und ein Intrigant gewesen. Nr. 3, lange, gekräuselte Haare, blies ewig eine Strähne aus dem Gesicht nach oben, gab an, man nenne ihn einen »verrückten Hund«, kniete sich vor mich auf den Boden, bellte, so daß Tiffany entsetzliche Angst bekam, und wollte mich umstoßen, was mich dazu brachte, ihn böse am Unterarm zu kratzen, eine schöne, lang verlaufende Wunde, das Blut perlte dank einer Kralle, die nachgewachsen und von mir mit meinen Zähnen sorgfältig geschärft worden war. Ein Kater muß immer zum Angriff bereit sein. Nr. 3 wollte mit mir spielen? Ich konnte ihn nicht ertragen: er war ein Feind. Sein schiefes Lachen mochte charmant und entwaffnend sein, deswegen war es nicht weniger lasterhaft: Abel würde von neuem fallen. Er fiel dann auch. Nr. 3 hatte schöne Augen und den Blick eines Gründlings. Er war ein falscher Dummkopf, ein falscher »von der Krippe Begeisterter«, wie Céleste bemerkte, als sie einen Schokoladekuchen vorbeibrachte. Nr. 3 war ehrgeizig. Bis zum Überdruß. Er hatte geschickt Abels Mißtrauen überwunden, gerade als wir zu einem dritten ruhigen Sommer aufbrechen wollten. Drei Sommer hintereinander, das wäre zu schön gewesen. Das einzig wirklich perfekte Verbrechen, das ist Schreiben. Man liefert die belastendsten Beweise, nichts als Beweise, Königreich der Indizien, der Vermutungen, in dem man nichts anderes tun kann als auf das Geheimnis des einzelgängerischen Ichs zurückzukommen. Ich träumte davon, in der Badewanne zu schwimmen, und dort bekam ich nirgendwo Boden unter die Pfoten, auf Anhieb das große Spiel. Ich wollte Abel verblüffen.

Die Idylle dauerte einige Tage, bis zu unserer Abreise. Das schöne Wetter spielte mit. Abel war in den Bann geschlagen und gleichzeitig mißtrauisch. Er lebte diese Affäre, ohne an den nächsten Tag zu denken. Der junge Mann war pfiffiger, und ein Pfiffikus gewinnt das, was zu einer Partie wird, wenn er sich einem außer der Fassung Gebrachten gegenüber befindet. Abel hätte so gerne an diesem Punkt haltgemacht. Sofort. Er versuchte es. Vergebens. Der junge Mann war zu schön, um wahrhaftig zu sein. Nichts änderte sich. Nr. 3 würde einige Tage im Haus im Süden verbringen. Abel wollte ihn in der Nähe von Sète abholen, unterhalb eines *Marinefriedhofs,* doch war ich je ein Dichter gewesen, hatte ich die Poesie geliebt? Anschließend wollte Nr. 3 »eine Reise um das Mittelmeer« machen, »ganz allein«, »ohne Geld«. Er erzählte von den ausgefallensten Reisen. Je stärker Abel den zu jungen Mann zurückstieß, desto näher rückte dieser. Den ganzen Sommer über überwachte Abel den Posteingang, auf krankhafte Art. Eine Verbindung ohne wirkliche Verbindung, und, für Abel, war die Nr. 3 schlimmer als die Nr. 2, abwesend, quälend mit seinem vagen Versprechen einer Rückkehr. Diesen Augenblick wählte Tiffany, um mir noch heftiger als früher vorzuwerfen, daß ich sie nicht geschwängert hatte. Abel hörte, wie jemand an die Tür klopfte? Niemand. Bei jedem Telephonanruf kannte ich seine Hoffnung und lebte seine Enttäuschung mit. Abel schrieb nicht mehr. Er war, holterdiepolter, noch einmal gefallen. Ich diesmal nicht, das war nun wirklich nicht notwendig, ich konnte ab jetzt befehlen. Ein glühendheißer Sommer. Nr. 3 kam in dem Augenblick zurück, in dem Abel, des Wartens überdrüssig und erschöpft, wieder zu sich kam und begann, nicht mehr nach dem Briefträger Ausschau zu halten oder am Telephon, zu den anderen, mit tonloser, zittriger Stimme zu sprechen. Alles sollte sehr schlecht zu Ende gehen. Wieder in Paris, gab Tiffany folgenden Kommentar ab:

»Sie heirateten nicht, wurden nicht glücklich und bekamen keine Kinder.«

Boshafte Tiffany! Ich räume ein, daß ihre Ironie von

Zorn und von Charme geprägt war, ihr Charme vom Verhängnis und ihr Zorn von Sanftmut. Wie gut ihr dieser weibliche Satz stand! Ich liebte sie. Sie liebte mich. Wir bildeten ein schönes Junggesellenpärchen. Ihre kleinen Eigenheiten aller Art hatten etwas an sich, was mir gefiel und mich gleichzeitig aufs äußerste reizte, Zwangsheirat, sie in ihrem Winkel, ich in meinem. Mit wunderbaren Augenblicken während der nächtlichen Transporte im Katzenkoffer, wenn sie sich der Länge nach an mich schmiegte, ihr Kopf unter meinem Kinn, so daß sie mich mit ihren Barthaaren kitzelte. Wir warteten auf den sublimen Augenblick, in dem der Fahrkartenkontrolleur unsere Fahrkarte lochte, ich muß hier einfügen, daß wir eine für uns beide hatten, und fragte:

»Aber wo ist denn Ihre Katze?«

»Es sind zwei, und sie sind da«, antwortete Abel dann immer stolz.

Sosolala sagte in bezug auf Nr. 3:

»Schade, er war niedlich.«

Citronnelle hatte gesagt:

»Er paßt zu Ihnen, Monsieur Abel, aber er könnte unser Sohn sein.«

Als Abel sie lachend darauf hingewiesen hatte, er lachte selten in dieser Zeit, das sie *unser* und nicht *Ihr* Sohn gesagt hatte, war Citronnelle böse geworden, hatte den Teller fallen lassen, den sie gerade abgetrocknet hatte, er zerbrach, und, die Scherben zusammenkehrend, zu heulen begonnen. Tiffany hatte mir nach dem Drama gesagt – wir hatten uns auf die Terrasse geflüchtet:

»Ihr Parfüm benimmt mir den Atem! Ihr Büstenhalter ist ein Harnisch. Wenn sie mich fängt, dann kratze ich sie, aber er ist aus Metall, und sie wirft mich auf den Boden und sagt, ich sei niederträchtig. Und du, du sagst nichts. Du frißt. Kannst du dir mich in einem solchen Büstenhalter vorstellen?«

Ich setzte meine gescheite Miene auf und ging auf den glühenden Dachziegeln spazieren, ohne zu antworten, Bienen, Wespen, Hornissen, Heuschrecken, Libellen, manchmal ein schwarzer Skorpion, der blaue Himmel. Keinerlei Nachricht von Barbara. Und kaum Besuch. Wenn, dann Freunde, die zu Abel sagten:

»Du siehst schlecht aus.« »Ich mochte deinen letzten Roman nicht so recht.« »Du solltest deine Feder in den Dienst einer anderen Sache stellen.« »Du hättest Sam nie verlassen sollen.«

Sam, das war die Nr. 2. Freunde bringen immer alles durcheinander.

Der Freund, der behauptet, man könne ihn anrufen, wann immer man wolle, verbietet plötzlich Anrufe, ein anderer, der meint, man könne immer auf ihn zählen, ist nie da, wenn man ihn braucht. Menschlichkeiten, lächerlich und gleichzeitig verachtenswert, zuviel für eine Katze. Tiffany allein war schon ein Harem. Ich stellte sie mir jedesmal verschieden vor, was es mir ermöglichte, sie zufriedenzustellen.

Kurz vor der Abreise in die Winterferien, kurz vor Weihnachten, die Zeit, in der häufig geklingelt wird, auch wenn der Hausherr niemanden erwartet, der Briefträger, die Müllabfuhr, Kalender in der Hand, ein Trinkgeld erwartend, neuerliches unerwartetes Klingeln, wir Katzen liefen aus Neugier in die Diele, Abel öffnete und sah Nr. 3 auf dem Treppenabsatz, mit strahlendem Lächeln, als ob nichts, als ob. Mit der gleichen Geste, mit der Abel die Tür geöffnet hatte, ruhig, mit einem Phlegma, das nur durch sein sprachloses Erstaunen übertroffen wurde, schloß er die Tür wieder und sagte dabei:

»Danke, ich habe bereits gegeben.«

Das war ihr letzter Blickkontakt und das letzte Mal, daß wir Nr. 3 sahen. Tiffany meinte, dies sei grausam. Am selben Abend stellte Abel Valentina vor sich auf seinen Schreibtisch und begann einen Roman, in dem er, einmal ist keinmal, die Geschichte von Nr. 3 erzählen wollte, so, wie sie abgelaufen war, um damit zu Ende zu kommen. Mißtrauen ist die Verwundung verliebter Gefühle. Betrogen, wütend forderte Abel nacheinander die Liebe heraus, unfähig, wie er war, ein Territorium zu teilen, so wie Tiffany und ich es machten. Je mehr er die Phantome verjagte, desto häufiger kamen diese zurück. Das alles war mir vertraut.

24

In diesem von Nr. 3 inspirierten Notstandsmaßnahme-Roman sollte wieder eine entsetzliche Episode mit einer Katze vorkommen; sie fällt aus einem Fenster auf darunter vorbeiführende Eisenbahngeleise, auf denen Vorortzüge verkehren. Ich fragte mich schon, ob Abel böse auf mich war, da meine bloße Anwesenheit und die Verpflichtung, für mich und Tiffany zu sorgen, ihn am Leben hielten. Ich bewahrte Abel vor dieser Verzweiflung, bestimmt von dem Willen, das zu sein, was man ist, nicht mehr, nicht weniger, eher mehr denn weniger, ohne je Kompromisse zu schließen und außerdem zu versuchen, mit Hilfe des Textes den anderen ihr oder ihm selbst auszuliefern. Ab und zu ein Wunder: Es hat den Anschein, als ob sie, mit äußerster Lebensintensität den verstecktesten Teil ihres Wesens begriffen, als ob sie ihn verstanden hätten. Beruhigt, wieder sicher geworden, lebten sie die großartige Erfahrung, von einem anderen gesehen zu werden, einer anderen, dem Autor, hier von mir, Tiffauges, dem Kater, Abel, oder von dieser oder diesem, Visionär der Wesen, Grundlagenforscher auf der Suche nach dem Verborgenen und Namenlosen, nach dem in jedem von uns kauernden Kind, Kätzchen, den Kindern, Babys, Wiegen- und Busengeschichten. Würden sie es in solchen Fällen wagen, von dem zu sprechen, was verschwiegen wurde? Der Autor, er oder sie, Abel oder ich, hier ich, Tiffauges, bleibt ebenso allein vor der Seite wie die Leserin oder der Leser. Jeder in seinem Winkel. Wie ich und Tiffany. Jede und jeder seinen eigenen Roman lesend. Ich brauchte Jahre, um dies zu verstehen, zumindest ein wenig: ein Text befreit nicht, sondern liefert noch stärker aus. Ich, in der Falle gefangen.

Ich schnurrte nicht oder nur im verborgenen, nach dem Essen, für mich allein, ich miaute nicht, und Abel hätte glauben können, ich sei stumm, wo ich doch nur sprachlos war angesichts dieser Verbissenheit bei der unmöglichen Benennung der Wesen, eine Erfahrung, die ich jetzt meinerseits mache. Indem er die Geschichte von Nr. 3 aufschrieb, so wie sie abgelaufen war, nur die Vornamen änderte, schrieb Abel einen anderen Roman, wieder einmal, eine andere Geschichte. Die Realität entging ihm, wieder einmal. Die Persönlichkeiten wurden zu Personen, die ihn mitzogen, und er fühlte sich immer stärker eingebunden und nicht bereit, unzufrieden mit diesem Gefühl ewiger Unvollkommenheit, des ewig Unfertigen, das hier, bei diesen Zeilen, in mir wächst.

Abel lernte einen Geliebten kennen, der noch mißtrauischer und sturer war als er selbst. Sie trafen sich regelmäßig, nicht zu oft. Ihre Begegnungen verliefen immer außerordentlich gequält, der eine brauchte den anderen, die Gesten und Umarmungen waren nicht koordiniert, und sie fielen einander schwankend in die Arme, wie ein Tanz. Diese Verbindung war, wenn man recht überlegt, die einzig dauerhafte und ernst zu nehmende, die ich erlebte. Tiffany nannte diesen Geliebten den »Regelmäßigen«. Diese Regelmäßigkeit, die für beide überraschend war, jedesmal wie eine Premiere, verlieh Abel die Kraft, von Nr. 3 mit der Inbrunst und Leidenschaftlichkeit zu sprechen, die er wirklich empfand, obwohl Nr. 3 nur eine vorübergehende Erscheinung gewesen war, ein »verrückter Hund« vielleicht, wenn er sich selbst so bezeichnen wollte, vor allem aber ein herumirrender Hund und, alles in allem, von ich weiß nicht so recht welchem Ruhm und welchen weltläufigen Beziehungen angezogen, die er Abel zuschrieb. Nichts als das Übliche. Der Regelmäßige hatte fünf Jahre ohne Unterbrechung mit einem Schwulen zusammengelebt, um dann, eines Abends, seinen Koffer auf dem Treppenabsatz vor der Wohnung zu finden; zu Abel, der sich bereit erklärt hatte, ihn aufzunehmen, sagte er noch am selben Abend:

»Ich glaubte, es wäre unsere Wohnung gewesen, inzwischen bin ich mir bewußt geworden, das es immer seine geblieben war.«

Um den Hals trug er eine Medaille, die ich oft auf dem Boden liegen sah, im Salon, während sie sich in Abels Zimmer zurückgezogen hatten, und auf der geschrieben stand:

Man möge mich nicht zwingen, aber auch nicht daran hindern.

Wenn der Regelmäßige doch nur zu dem Ständigen geworden wäre! Nun, eine gewisse Beständigkeit lag in der Regelmäßigkeit ihrer Begegnungen, der Feste ihrer Körper an Körper, Festmähler, die wie eine Gefräßigkeit und das Einverständnis stillschweigender Verlängerung waren. Die Wochen verstrichen. Wir hatten das Jahresende und die ersten Tage des neuen Jahres im Haus im Süden verbracht. Wie üblich, hatte Abel Girlanden an die Tür gehängt; Tiffany beklagte sich, ebenfalls wie üblich, über die Zugluft an ihren Pfoten. Citronnelle hatte ihr Geschenk erhalten und Sosolala ihres, nach unserer Rückkehr, an dem Tag, an dem Abel beschloß, das Eßzimmer in das Arbeitszimmer zu verlegen und sein Arbeitszimmer mitsamt der Bibliothek ins Eßzimmer. Er stellte seinen Roman im größten Zimmer fertig, im Salon, ganz für sich allein, der Schreibtisch gegenüber vom Kamin, einem schäbigen Pariser Kamin, in dem er wie im Haus im Süden regelmäßig, nur zum Vergnügen, Feuer machte und so – Zigarette zwischen den Lippen –, den Kopf von Valentina lösend, die spontane Geschichten abhaspelte, endlich ein Feuer betrachten konnte. Ich liebte den Auvergnaten, der die Holzscheite in Säcken lieferte, sein Geruch nach Holz und Rinde stieg mir in den Kopf, für mich reinstes alkoholisches Vergnügen. Der Winter war streng. Die Nase des Regelmäßigen war bei seiner Ankunft regelmäßig durchgefroren; er rieb sich die Hände, überprüfte die Zahl der Seite, an der Abel gerade arbeitete. Der Rest war ihre Angelegenheit.

Auf dem Gehweg des Kais war in einer Kurve eine Reklametafel aufgestellt worden, die die ganze Nacht hindurch angestrahlt wurde. Auf dem ersten Plakat wurde ein Kater gezeigt, der sich vor einer Büchse der Marke *Supramatou* die Lefzen leckte; der Slogan: *Für die Feinschmecker unter den Katzen.* Tiffany und ich traten in den Hungerstreik, zwei, drei Tage lang, bis Abel endlich begriff, daß wir auf diesen Büchsen bestanden. Das Vergnügen an dieser Neuheit hielt nur wenige Mahlzeiten an. Der Geschmack war leicht verschieden. Aber es war auch nichts anderes als Wal oder Affe. Abel hatte über die Geschichte gelacht. Als er die erste Büchse *Supramatou* öffnete, leckte ich mir wie der Kater auf dem Plakat die Lefzen, was sogar Tiffany amüsierte. Das Leben war damals recht angenehm. Um gegen meinen Embonpoint, meine Korpulenz, meine leicht rundliche Figur anzukämpfen, vervielfachte ich meine Gymnastikübungen, rannte von einem Ende zum anderen durch die Wohnung, sprang auf Kaminsimse und Schreibtische.

»Was ist nur mit dir los?« fragte Tiffany. »Willst du spielen oder was? Diesem Alter sind wir doch entwachsen!«

Ich genoß es vor allem, mich auszustrecken, die Vorderpfoten weit nach vorne gestreckt, die Kruppe so hoch wie möglich in die Luft gereckt, das Kinn energisch ausgerichtet, meine Barthaare wie Spieße, einmal, zweimal, zehnmal hintereinander. Wie Abel sagte, war ich nicht dick, sondern muskulös. Ich konnte ihn schließlich nicht ins Unrecht setzen.

An einem extrem kalten Sonntag kam der Regelmäßige ausnahmsweise einmal tagsüber, zum Mittagessen; anschließend verließen sie die Wohnung:

»Du mußt unbedingt einmal an die frische Luft.«

Abels Art, sich auf einen Roman zu stürzen, fasziniert; wie er sich immer bohrend in die Seite, an der er gerade arbeitete, verkrallte, hatte wirklich etwas Erstickendes. Wieder nach Hause gekommen, hatte Abel, entsetzlich durchgefroren, ein zu großes Feuer im Kamin gemacht; der Abzug geriet in Brand. Ein Vulkan, im Nu. Die Mauern begannen zu krachen wie meine Wirbel, wenn ich mich morgens zum ersten Mal streckte, ein dumpfes, klagendes Geräusch in den darüberliegenden Stockwerken, das Haus zitterte. Tiffany versteckte sich in ihrem Bettrost. Die Stiefel der Feuerwehrleute faszinierten mich; ich ließ mir nichts von dem Schauspiel entgehen. Die Polizei kam, ein Protokoll wurde aufgenommen, und der bleiche Abel hatte die

Bestätigung geholt, daß der Kaminschacht ordnungsgemäß gekehrt worden war.

»Das will nichts sagen, Monsieur, in einem Kaminschacht gibt es immer schlecht erreichbare Winkel, in denen sich Staub ansammelt. Das Feuer kann dort schwelen.«

Der Regelmäßige ging. Die Nacht war hereingebrochen. Ein Feuerwehrmann blieb bis Mitternacht in der Wohnung, um stehend Wache zu halten:

»Während des Dienstes dürfen wir uns nicht setzen.«

Ich roch an seinen Stiefeln, berauschend. Abel schrieb. Der Brand wurde in dem Kapitel festgehalten, als Metapher, Fabel.

»Wollen Sie wirklich nichts trinken?«

»Nein, danke, Monsieur, nie während der Dienstzeit.«

25

Abel hatte Vertraute, Freunde. Ich habe und werde hier nicht von ihnen sprechen, oder nur sehr selten. Sie hatten zweifellos weniger Bedeutung, als sie sich zumaßen, genauso unfähig wie Abel, irgend etwas auch völlig Unbedeutendes mit anderen zu teilen, vor allem, wenn sie Meister in der Kunst waren, in sich die Notwendigkeit zu sein zu entdekken, das Nicht-Gesagte, das Unter-Sagte, die Un-Ruhe, alles beängstigende Dinge, an denen sie sich begeisterten, Zeichen der Zeit oder Zeichen aller Zeiten. Sie hatten, wie Abel, ein zu hoch entwickeltes Bewußtsein bei zu geringem Egoismus.

Sonntags fanden keine Feste mehr statt. Und keine Versammlungen mehr, an denen ich zum Ehrenkater von etwas, was ich nie so recht verstanden habe, ernannt wurde. Abels Eltern kamen nicht mehr zu Besuch. Der Notstandsmaßnahme-Roman wurde abgeschlossen. Abel machte sich sofort daran, einen neuen zu schreiben, der mit einer Szene begann, in der ein Mann seinen zu alt gewordenen Hund zum Tierarzt begleitete, um ihn einschläfern zu lassen, Todesspritze, und anschließend mit der Leine und dem Halsband in seine Wohnung zurückkehrte. Alle sechs Monate nahm Abel uns mit zum Tierarzt. Nicht zu dem, der in dem damals gerade angefangenen Roman auftaucht, Gott sei

Dank. Tiffany und ich hatten unsere Impfpässe mit Photo und ungefährem Geburtsdatum; in der Spalte *Stammbaum* war vermerkt: *fehlt.* Es gab keine weiteren Brände im Kaminschacht. Sosolala machte ihre Arbeit immer unordentlicher. Vor dem Wohnblock fand eine Demonstration statt, eine buntgescheckte Menge, die Slogans rief. Mit der Demonstration verschwand auch das Moped. Gestohlen, obwohl es mit Kette und Vorhängeschloß gesichert gewesen war. Abel beschloß, auf den Kauf eines neuen zu verzichten, und räumte den Helm weg, in den ersten Schrank, links im Gang zu seinem Zimmer, neben den Totenkopf, der immer noch treu Posten bezogen hatte auf seinem Sockel. Ich verfügte über eine Vergangenheit, überstandene Ängste und so etwas wie ein Gedächtnis.

Ich habe Abel selten auf einem der Kanapees im Salon sitzen sehen. Entweder saß er an seinem Schreibtisch oder er lag in seinem Bett. »Broterwerbsarbeiten« wurden von ihm nicht mehr angenommen. Ohne Übergang war er von dem Roman über die Nr. 3 zu einem Roman gewechselt, der »ihm die Finger verbrannte« und von dem er mir gegenüber behauptete, diesmal würde ich schon sehen, sein Erfolg, ganz leise – er streichelte mich –, denn ich war auf dem Schreibtisch neben ihm und Valentina eingeschlafen. Der Roman über die Nr. 3 war von seinem derzeitigen Verleger abgelehnt worden, zu schwul, hatte man gemeint. Der betreffende Verleger hatte gesagt, es sei schade, daß Pierre nicht Martine hieß, und Abel hatte den Weg zurück zu seinem ursprünglichen Verleger gefunden. Um die *Supramatou*-Büchsen bezahlen zu können, Sosolala, die Miete und das Recht zu schreiben, ohne sich um etwas anderes kümmern zu müssen als das weiße Blatt, hatte Abel das letzte wertvolle Bild verkauft, wie durch Zufall ein Porträt von ihm, von einem sehr bekannten Maler, so daß er bis zum Sommer durchhalten konnte. Die Wände der Wohnung waren nun nackt.

Man schreibt immer etwas anderes, das ist alles. Man verirrt sich. Und findet sich wieder, niemals der gleiche, immer der gleiche, noch etwas mehr allein, das ist alles. Ist der Autor oder die Autorin eines Romans die- oder derjenige, der die Uhren ohne Unterlaß stellt, mit dem Gefühl, es schriebe sich immer eine andere Geschichte und nicht die ihre? Es gibt keine ›Einschiffungen nach Kythera‹ mehr. Durch Liebe geschaffene Verwirrung, Unordnung, hat mit anarchistischem Bericht, der flieht, unter Zischen abbrennt und sich weigert, gestärkt zu werden wie die Schürze einer klassischen Dienerin, der Hauptvertrauten der Schicksale, eines gemeinsam: sie werden niemals gezügelt, durch nichts, oder aber, immer verschieden aufgrund aller möglicher Arten von Zeugen und Zeugnissen, durch eine Menge von Demonstranten. Man schreibt immer etwas anderes als das, was man schreiben will.

Jetzt ist es an mir, die Uhr zu stellen. Die Zeiger drehen sich ein wenig schnell, und alles wird sich überstürzen, falsch gehen. Ich plädiere: nicht schuldig. Ich werde keinerlei mildernde Umstände ins Feld führen. Ich bin mit einem Fellkleid geboren worden, das das einzige Kleid meines Lebens gewesen war, ist und sein wird. Ich trug einen Smoking. Tiffany hätte gerne ihren Pelz häufiger gewechselt. Damals wurde sie etwas drall, schön und noch rebellischer. Sie hätte es so gerne gesehen, daß Flammen zwischen uns aufloderten, nicht nur einmal, sich ausbreiteten. Doch die Tatsache, daß Abel die beiden großen Zimmer in Beschlag genommen und ihr als Aufenthaltsort, zwangsweise, wie sie meinte, das Gästezimmer zugewiesen hatte, machte sie wütend, denn sie konnte sich nicht in die Küche begeben, ohne von ihrem Riesen und Herrn durch die Glastüren gesehen zu werden. Ihre Reden wurden in immer stärkerem Maße zusammenhanglos. So kam sie wieder auf Büsche, auf lockere Erde und ihre rotfelligen Brüder zu sprechen, die sie nicht einmal verteidigt hatten. Oder sie schwieg, ohne lange zu fackeln, ein Schweigen, das andere als Abel, Sosolala und ich für hochmütig hätten halten können, auch wenn sie in Wirklichkeit nur den Kopf verloren hatte. Ich behielt meinen voller Wälder, ich kannte inzwischen den Geruch von gefälltem, kleingehacktem und geliefertem Holz und das Versprechen, eines Tages, eine Eiche. Die Uhr ging kaputt. Die Aufmerksamkeit, die Abel seinem neuen Roman widmete, war nicht berechnend; er war nur streng und wünschte sich, ein für allemal mit den Geschichten all dieser erfundenen Familien, Kusinen, Nachbarinnen fertig zu werden. Dabei handelte es sich immer noch nicht um seine eigentliche Geschichte, so, als ob ich hier meine liefern könnte, ohne Trennungsschmerz. Es handelt sich unvermeidbar um die Invasion anderer, um ein Abziehbild, eine gewisse Familie, die gleichzeitig nahestand und in dem Sinn, in dem man dies gewöhnlich behauptet, erfunden war, offensichtlich unbeteiligt, anders, verschieden. Nur die Namen, Vornamen, die Namen der Straßen und Orte werden geändert. Abel verzichtete auf Valentina. Er machte sich von neuem an den Roman, mit der Hand, Füller und Tinte, in große, linierte Hefte mit schwarzem Umschlag, als ob er diesen Kontakt, diesen Erguß brauche. Nackt in der Badewanne liegend, hielt er mich auf dem Wannenrand für einen Clown. Dabei beobachtete ich ihn, seinem eigenen Körper ausgeliefert, den er rieb und reinigte, er hatte so wenig Haare, daß es schon lächerlich war, das verpflichtete ihn, saubere Wäsche anzuziehen, denn er war unfähig, seine Hemden, um einmal nur davon zu reden, so zu lecken, daß sie so weiß wurden wie mein Plastron, und vor allem war er gezwungen, sich Schuhe und Strümpfe anzuziehen, um auf diese Weise den Kontakt mit dem Boden, Makadam, Erde oder Stein zu verlieren. Ich ging auf nackten Pfoten und war dabei immer wie aus dem Ei gepellt gekleidet.

Während des Sommers im Haus im Süden sollte eine Nr. 4 auftauchen, ein ehemaliger Seemann, der von der Musik träumte. Er kam immer dann zurück, wenn man nicht mehr auf ihn wartete, und er mochte den Roman nicht, an dem Abel arbeitete. Er kannte die Sterne. Er erzählte von wirklich gereisten Reisen, Er war, das ist wahr!, der sympathischste, den ich kennengelernt hatte, von dem Regelmäßigen einmal abgesehen. Abel hatte einen kleinen Schreibtisch auf die Terrasse gestellt. Hier schrieb er tagsüber, mit Blick auf das Tal und dem Gekreische der Vögel in den Ohren. Doch mit Nr. 4 spielte sich noch einmal die gleiche Geschichte ab. Der eine hatte Vertrauen, wenn der andere argwöhnisch geworden war, und umgekehrt. Die Verwirrung kam Abel zu Hilfe. Aus dem Gleis geworfen, schöpfte er noch einmal in ihr, Zweifel, Kraft, Erregung. Ich glaube, daß die Verachtung, die Nr. 4 dem entstehenden Roman gegenüber an den Tag legte, die blaue Tinte des Manuskripts noch blauer und himmlischer werden ließ und ihr eine Intensität verlieh, die niemals in Schwarz oder in die Nacht würde umschlagen können. Tiffany suchte mich nicht mehr, ging nicht mehr aus ihrem Versteck. Citronnelle wechselte ihr Parfüm; das neue war noch stechender. Mit Nr. 4 ging es auf dramatische Weise zu Ende. Wie ist es eigentlich, wenn es einmal gut ausgeht? Ein Freund Abels begleitete uns auf der Rückreise nach Paris. Abel blieb noch eine Woche im Haus im Süden. Es lag Theater in der Luft. Ich rechnete mit allem, nur nicht mit Tityre.

26

Abel stellte seine Tasche und seinen Koffer ab und öffnete einen kleinen Weidenkorb.

»Darf ich euch mit Tityre bekanntmachen?«

Tiffany floh besonders schnell. Eine Rivalin? Dieser neue Tybalt war folglich wiederum ein Mädchen, doch sie sollte ihren Jungennamen behalten.

»Wir konnten das nie so richtig unterscheiden«, sagte Abel, bevor er, in lateinischer Sprache, ein Gedicht rezitierte, die Geschichte eines Schäfers, der vom Wind in den Bäumen unterhalten wird. Auf dem Boden des Weidenkorbs ein kleines Etwas, eine ganz kleine Kugel, ein zukünftiges Wunder, eine Gefährtin. Mein ganzes Leben war nichts anderes als das Zögern zwischen dem Wunsch, den anderen zu besitzen, mit Haut und Haar, und dem Wunsch, von den anderen in Zweifel gezogen, in Frage gestellt und geändert zu werden. Indem er einen Wunsch erfüllte, den ich nicht mehr auszusprechen gewagt hatte, machte auch Abel eine Eroberung und ging sich selbst ein Stück entgegen. In dem Halb-Traum des Lebens kommt es zuweilen vor, daß man das Gefühl hat, Reales zu empfinden, Sonne nach dem Regen, ein kühles Waschbecken mitten in drückender Hitze oder einen weichen, auf einem Stuhl liegengebliebenen Pullover, reine Wolle, mitten im Winter. Genau diesen seltenen Eindruck hatte ich, als ich Tityre zum erstenmal sah. Alles fing von vorne an.

Tityre, halb Siam-, halb Perserkatze, war ein Mädchen, bei dem der Zufall seine Hand im Spiel gehabt hatte; ihre Mutter war schwarz, ihre Großmutter Siamkatze, ihr Vater grau, ein Kartäusermönch, ihr Großvater ein Perserkater, so also die Kreuzung, eine Chromosomengeschichte, ein häßliches Wort, Überraschungen dieser Art, eine Generation überspringend, bei uns Katzen wie bei den menschlichen Wesen. Abel hatte sich selten Fragen zum Leben seines Großvaters gestellt, den man als »seltsam, unberechenbar« abqualifizierte und dessen Photos aus den Familienalben verschwunden waren, zumindest diese. Das Gedächtnis schreibt hier die strikte Wahrheit, schlägt sie vor; sie schreibt sie, wenn die Realität auf gefährliche Weise romanhafter ist als der Roman, sie schlägt das vor, was wir über den anderen erfahren, später, bruchstückweise, durch Anspielungen, aufgrund von vertraulichen Mitteilungen. Tityre war im Juli auf die Welt gekommen, bei befreundeten Nachbarn, im Süden, am Abend einer Freiluftvorstellung von *Werther*, am Abend, an dem Abel Nr. 4 kennenlernte, den Seemann, der die Namen der Sterne kannte und träumte, Musik zu machen. Als Nachbarn und Freunde nach Hause gegangen waren, hatte Mina, ihre Katze, sieben Kätzchen in einem Schlafsack auf die Welt gebracht, der in dem Garten ausgebreitet worden war, wo sie nach der Vorstellung eigentlich hatten den Rest der Nacht verbringen wollen, denn die Dämmerung zeichnete sich bereits ab.

Tityre in dem Korb war so klein, daß ich sie auf einmal hätte verschlucken können. Sie entsprach eher dem Genre Mina, kinderreiche Familie, als dem Genre Mounette, jedesmal nur ein überlebendes Kind. Sie war vornehm, distinguiert, das sah man sofort an ihrem Fell. Ihr erster Blick war so sanft, daß er mir direkt ins Herz drang und ich erst einmal tief Luft holen mußte, bevor ich es wagte, in den Weidenkorb zu springen, sie zu lecken und ihr guten Tag zu wünschen. Sie war nicht geraubt worden. Ganz im Gegenteil. Als letzte von sieben Brüdern und Schwestern hatte sie den Wäschekorb verlassen, in dem Mina ihre Kinder mit abgöttischer Liebe pflegte, und war schnurstracks auf Abel zugekrochen, der an diesem Abend bei seinen Nachbarn und Freunden zum Essen eingeladen gewesen war. Abel hatte bemerkt:

»Sie hat mich gewählt, ich adoptiere sie. Tiffauges braucht einen Gefährten. Einverstanden?«

Seine Freunde zögerten, ein junges Paar, ein richtiges, kein Schwulenpärchen, doch was soll's, angesichts der Liebe gibt es nur ein Geschlecht, das Gefühl ist gleichgültig. Sie war die schönste. Doch sie hatte zum erstenmal den Wäschekorb verlassen, riesige Ringmauer, und war, ohne sich um ihre Brüder und Schwestern zu kümmern, die auf dem gekachelten Fußboden spielten, unter dem Küchentisch hervorgekrochen direkt bis ins Wohnzimmer zu Abels Füßen. Am Ende des Diners hatte die Hausherrin gesagt:

»Einverstanden, aber wenn es eine Katze ist, muß sie zumindest einmal Junge bekommen dürfen. Versprochen?«

»Versprochen.«

Sie war ein Mädchen. Was für eine Augenweide! Am Tag der ersten Impfung bestätigte dies der Tierarzt, der noch hinzufügte:

»Eine Balineserkatze, sehr selten, denn bei ihrer Fortpflanzung hat der Zufall seine Hand mit ihm Spiel.«

In bezug auf den Nachwuchs sagte der Tierarzt:

»Erst in zwölf bis achtzehn Monaten, sie ist zu zart. Wir werden sie mit meinem Biest von Birmaneserkater verheiraten!«

Freude für den einen, Terror für die andere. Tiffany sollte dieses andere Weibchen, das nicht wirklich schöner war als sie, niemals akzeptieren. Tityre war weniger getigert und ganz weich und sanft, eine Delikate mit einem gebauschten Schwanz, eine Siamkatze mit langem Fell und unendlich blauen Augen. Meine Balinesin.

Hier behaupten zu wollen, ich hätte Tiffanys Eifersucht und Leid bei Tityres Ankunft eingeschätzt, wäre verlogen. Ich habe mir zuerst gesagt, Tiffany habe Angst, so wie Katzen voreinander Angst haben, wechselseitig, auf den ersten Blick, eine Frage des Territoriums und der Privilegien. Ich sagte mir auch, daß Tityre, kaum abgestillt, in Tiffany frustrierte Muttergefühle aufweckte. Ich erfand viele Gründe, die mir ein gutes Gewissen bescherten und es zuließen, daß ich mich um die Neuangekommene kümmerte. Ich war ein Kater, ein Kerl, ein Typ, Macho, grausam, und ich sagte mir, daß ich die Kleine schließlich nicht so einfach im Stich lassen konnte. Die groß werden würde. Sehr schnell. Wie Tiffany. Mit grazilem Benehmen, ganz zu Gefallen des nicht mehr ganz jungen, aber auch noch nicht alten Katers, der ich war. Ich spielte wieder, begann von neuem zu galoppieren, Fallen zu stellen und ihr komplette, heftige Leckungen zu verabreichen.

Tiffany ging vor uns her und tat so, als ob sie uns nicht sähe. Oder sie fauchte uns an. Ich habe mir sogar gesagt, aus Zärtlichkeit ihr gegenüber, und Zärtlichkeit kann grausam werden, daß sie ihre neue Rolle schätzte. Sie hätte immerhin die Anstandsregeln einhalten und Tityre zumindest begrüßen können. Sie sollte sie nie ansprechen. Zu mir sagte sie:

»Du bist doch viel zu alt dafür«, oder: »Wirklich, lohnt es sich, das gelebt zu haben, was wir gelebt haben, wenn man sich dann so aufführt!«

Und dann ihre Art, mir zu sagen, sie würde unser Treiben dulden, aber sich nichtsdestoweniger etwas dabei denken. Abel schloß den Roman ab, der ihn seit Monaten beschäftigte. Tityre ließ sich von ihm fangen. Er küßte sie stürmisch und begeistert, als ob er sie verschlingen würde. Auch ich kannte so etwas wie Eifersucht, stechenden Schmerz in diesen Augenblicken. Tityre fragte mich darüber hinaus oft vor Tiffany, der schönen Gleichgültigen:

»Wer ist denn diese Dame da?«

Wenn doch alle Welt sich gleichzeitig freuen könnte, zum vereinbarten Zeitpunkt, im gleichen Moment, wenn ein Fest möglich sein sollte, wenn das Wunder geschieht. Ich bin überzeugt, daß Abel geglaubt hatte, Tiffany würde den Kleinen bemuttern. Nur, es war eben die Kleine. »Ganz«, wie die Tierärzte sagen und dabei alle möglichen künftigen Abenteuer verheißen, und Tiffany sollte eher die Rolle der Ausgeschlossenen als die der Verbündeten wählen. Als ob das Drama, in der Art von Komödien in den Gängen der Wohnung, zur Intrige unabdingbar wäre. Abel hatte uns mit seinen aufeinanderfolgenden Brüchen den Geschmack am Scheitern eingeflößt, ein tragisches Gefühl à la fin de siècle, die Unfähigkeit, sich zu freuen und Feste zu feiern, während überall Unglück und Krise verkündet wurden, zu heftig, zu häufig. Ich hätte Tityre bevatern, mich mit der Rolle des Erziehers zufriedengeben können. Doch Tiffanys

Haltung zwang mich, die Rolle des alten Schönlings, des Alten mit dem ewig jungen Herzen zu übernehmen. Auch jetzt suche ich noch nach Entschuldigungen! Dabei war ich ganz einfach hingerissen. Und Tiffany in der Rolle der Alleingelassenen, der Bösartigen bemerkenswert, manchmal sublim, ergreifend, pathetisch. Und Tityre wiederholte während der Mahlzeiten naiv:

»Wer ist denn diese Dame da?«

»Pssst, das ist Tiffany, und sie wird dich lieben, so wie ich dich liebe.«

Tiffany fraß ihren Teller leer und verduftete, großartig. Dabei war ich aufrichtig, doch im Drama wendet sich alles gegen einen, die Rollen waren verteilt, und Tityres Frage, ein Leitmotiv, wurde immer schuldhafter.

»Der Riese, was schreibt er?«

»Einen Roman für einen Garten.«

Ich weiß nicht, warum ich diese Antwort gegeben hatte. Katzen verfügen über den Blick in die Zukunft. Tiffany lag ein Reich zu Füßen.

Die erste Reise in den Süden fand in getrennten Gepäckstücken statt. Tiffany und ich im Katzenkoffer, Tityre in ihrem Weidenkorb. Citronnelle sagte, als sie sie zum erstenmal sah:

»Zumindest ist diese da schön. Und freundlich.«

Der Schnitzer, den man nicht hätte begehen dürfen. In der darauffolgenden Nacht schlief ich mit Tiffany. Tityre erkältete sich. Abel schloß seinen Roman ab. Wir warteten auf das neue Jahr. Ich machte eine Abmagerungskur.

27

Tityre gurrte, wenn man sie rief. Das war weder ein mißglücktes Miauen noch ein gebändigtes Wort noch ein beginnendes Schnurren, denn auch sie schnurrte nicht, sondern eher der Auftakt eines Liedes, ein Gefühl, das aus ihrem Bauch kam und das von Wohlbehagen und Betroffenheit in ihrer Kehle blockiert wurde, anschließend strauchelte sie, ein Kreuzsprung, sie schwankte während eines sehr kurzen Moments, als ob sie in Ohnmacht fallen würde, wurde wieder Herr ihrer selbst und kam dann gerade auf uns zu. Auf Abel, der darüber jedesmal lächeln oder lachen mußte. Oder auf mich, der anfing, sie nicht mehr nur mit meinen Blicken zu verschlingen. Sie liebte unsere Kämpfe. Bei jedem Ruf eine Ohnmacht. Ein richtiger Star. Schaute man sie fest an, bekam sie schmachtende Augen. Sie hatte wunderbar gezeichnete Augen, war *ad vitam aeternam* geschminkt, Latein stand ihr ausgezeichnet. Ich brachte ihr sehr gewissenhaft alle Dummheiten bei, die sie nicht anstellen sollte. Sie stellte sie an. In Abels Gegenwart. Zum größten Mißfallen Tiffanys, die genau überwachte, ob sie auch bestraft würde. Abel schrieb regelmäßig an seine Freunde im Süden Karten und Briefe, mit Tityre unterzeichnet, in denen er ihnen sowie Mina berichtete, wie es der »nach Paris Gezogenen« so ging. Sicher fühlte er sich etwas schuldig, von der Schönsten des »Werther« genannten Wurfs umgarnt worden zu sein und diese entführt zu haben. Bei einem Brief war ich sprachlos. Abel erklärte in ihm, daß Tityre Kleine haben würde, aber daß man damit noch einige Monde, zwei oder drei Sonnenwenden zu warten habe. Kleine? Von wem?

»An was denkst du, Patapou?« fragte Tityre nach unseren Kämpfen, im Augenblick unserer gegenseitigen Toilette. Ich antwortete:

»An nichts. Ich erzähle es dir später.«

»Dann denkst du ja wirklich an etwas.«

Die Schlaubergerin! Sie nannte mich Patapou, liebenswürdigerweise. Tiffany mußte darüber schallend lachen, und sie raste wie eine Verrückte auf der Seite des Waldes in meinem Kopf los, auf der es nur Nacht gab. Ich biß Tityre gern. Sie schrie und flehte mich an, weiterzumachen. Wo endet das unschuldige Mädchen, und wo fängt die Femme fatale an? Tityre war ein Vamp. Eine Saga in sich.

Tiffany sagte einmal zu mir:

»Was nützt es, eine Szene zu machen, wenn man keine Zeugen hat?«

Auch wenn ich mich mit großem Interesse und einem bestimmten Begehren, das ich nicht abstreiten kann, um Tityres Erziehung kümmerte, verstand sie es, sich einen Platz zu schaffen, und bewies, daß sie äußerst kaltblütig war. In diesem entsetzlichen Fall, der berühmten »Dreiecksgeschichte«, Gelegenheit für die beiden älteren, das Schauspiel von einer mir nicht ganz klaren ›Dynamik des Paares‹ abzuziehen, reichen Affektiertheit und Arroganz nicht mehr aus. Die Kleine, die sehr schnell groß und begehrenswert werden sollte, hatte sich fest zu Eroberungen entschlossen. Sie machte nicht auf Star, sie spielte nicht den Vamp, sie war Star, Vamp und fest entschlossen. Ihr »Wer ist denn diese Dame da?« war nicht mehr tugendhaft, auch wenn es dies beim erstenmal vielleicht gewesen war, und ihr »Patapou« hielt mich auf Distanz und verlieh meiner Rolle und meiner Korpulenz ein bestimmtes Alter. Abel wurde am stärksten umworben. Tityre hatte begriffen, daß die Eroberung des Territoriums zuerst über ihn geschah. So überprüfte sie gewissenhaft, ob all das, was ich ihr empfohlen hatte, nicht zu tun, auch wirklich verboten war, und empfand bei jeder Bestrafung ein offensichtliches Vergnügen, triumphierende Freude. Sie existierte noch etwas mehr. Sie schuf sich ihren Platz. Ihre Art, übertrieben freundlich zu sein, leicht zu schwanken, wenn man sie rief, mit den Wimpern zu klappern, wenn man sie anschaute, und den Kopf an Valentina anzustoßen, wenn sie weitere Galanterien erbettelte, war nicht ohne Ernst und Würde. Vor allem ihr Gang. Diese glückliche und aufgeweckte Art, ihren Schwanz mit den langen Haaren vertikal oder als Fragezeichen zu tragen und so ihre Anatomie zu enthüllen, zwei kleine, rosa Münder, köstlich gefaßt von zwei ein wenig helleren Pelzbäckchen, eine echte Nackttänzerin. Sie war überaus vergnügt.

»Das ist obszön!« bemerkte Tiffany.

»Was bedeutet obszön, Patapou?«

Tityre fand die Szenen zwischen Abel und dessen Geliebten sehr amüsant und instruktiv und wohnte ihnen immer vom besten Platz aus bei, von der Glastür zum Salon. Kein einziges Mal sprach sie ein Urteil über Abel aus, und wenn er sie an sich drückte, leckte sie ihm ein- oder zweimal die Barthaare und mußte dann nießen.

»Das ist kein Fell, sondern Roßhaar«, sagte sie zu mir.

»Warum machst du es dann?«

»Ich träume«, antwortete sie, »das kitzelt ihn, und er läßt mich dann schneller los, schneller als du, Patapou.«

»Woher kommt das Wort Patapou?«

»Hättest du lieber Patapouf?«

Mit meinen Frauen, der einen wie der anderen, Faszination für die eine und abgöttische Verehrung für die andere, war ich genauso allein wie zuvor. Aus Stolz untersagte ich mir, dies Abel zu signalisieren, der seinen Gartenroman fertiggestellt hatte, den Roman mit der versprochenen Eiche, und sofort einen neuen begann, auf dem alle anderen basierten, seinem Roman, sein Leben, seine Biographie, nichts mehr von Vettern, nichts mehr von Nachbarn. Es war bereits Frühling geworden. Tityre hatte ihre ersten Wallungen. Ich muß zugeben, daß ich von ihnen profitierte, in allen Ehren, ohne jedes Risiko, um sie zu beruhigen und mich zu befriedigen. Aber ich ging nie aufs Ganze. Tiffany, auf den Boden gedrückt, forderte mich auf:

»Ich träume, weißt du, ich auch.«

»Bist du mir böse?«

»Rühr dich nicht. Sag nichts. Ich schließe die Augen.«

In den Vollmondnächten schlief auch Abel nicht. Die menschlichen Wesen, die Zweibeiner, sind nur zu Grausamkeit fähig, als ob dies ihre einzige Art wäre, ihre Menschlichkeit zu messen. Regelmäßig, zyklisch glauben sie sich zu befreien und brüsten sich mit den verschiedenartigsten Revolutionen. Eine Katze, das sind sehr viele Leben in einem Leben. Die Grausamkeit beginnt mit dem gezähmten Tier. Ich kann folglich Zeugnis ablegen. Ungehemmt, befreit, wie sie behaupten, entdeckten die mit der Vernunft

Begabten den Zynismus. In diesem Fall muß man sie, Privileg der Katzen und vieler anderer Wesen aus dem tierischen Bereich, ihrer eigenen Karikatur überlassen, ob sie nun verachtenswert, aufrichtig oder gebrochen sind wie Abel oder Betrüger und Triumphierende wie die anderen, wenn sie Galle mögen.

»An was denkst du?« fragte Tiffany.

Wenn ich wenigstens hätte rauchen, eine Zigarette anzünden können und nicht gezwungen wäre zu antworten!

»Du bist ganz schön nachdenklich, Patapouf«, bemerkte Tityre, »was soll's, Alter«, fuhr sie fort, »grübel halt.«

Ich hätte mich so gerne über das alles amüsiert. Ich hätte so gerne abgenommen. Ich nahm zu. Das Leben, das ist entweder ganz Honig oder ganz Galle.

Das Fernsehen kam zu Besuch. Vom Dachrand des Hauses im Süden hatte ich diese merkwürdige, immer laufende Bilderkiste bei der Nachbarin von gegenüber, die uns als »kleines Raubtier« oder als »kleine Fanny« anredete, gesehen und den Lärm gehört, der von dieser Kiste verursacht wurde, vor allem die Western nachmittags und die Krimis abends, ewig Schüsse. Am Ende meines Romans wird es nur ein einziges Peng! geben. Das Fernsehen besuchte uns, was für ein Durcheinander in der Wohnung, Kabel, Scheinwerfer und viele Menschen, um Abels Schreibtisch herum arbeitend. Die Sendung hieß *Katzen und Musik*. Wie uns drei zusammen aufnehmen, mit Abel? Zuviel Lärm, zuviel Aufregung. Selbst die Schreibtischobjekte hatten den Platz gewechselt. Abel hatte die Tür zum Gästezimmer geschlossen, so daß sich Tiffany nicht in den Bettrost ihres Bettes flüchten konnte. Sobald Abel mit ihr zurückkam, sie fest in seine Arme drückte, floh sie wie eine Teufelin, krümmte und wand sich, alle Krallen ausgestreckt. Tityre wollte allein im Vordergrund aufgenommen werden, das war ihre Bedingung, dies oder gar nichts. Sie sprang vom Schreibtisch, die Kabel und das Durcheinander waren unterhaltsamer. Mir war das nur recht, denn so machte ich die Sendung allein mit Abel. Klappe. Fragen. Antworten. Abel räumte ein, daß er nicht an unserer Stelle antworten konnte.

»Ich glaube, sie hören zu. Vor allem die Stimmen. Oper. Kammermusik.«

Was war denn Kammermusik? Es war entsetzlich heiß. Alle waren sehr nervös. Klappe. Fragen. Antworten. Nach den Dreharbeiten, während des Aufräumens, war Abel wütend, daß er bereit gewesen war, sich für dieses Spiel herzugeben. Man gratulierte uns. Selbst Tiffany, Abel streckte seinen Arm in ihre Richtung aus, ins Leere. Was zählt, ist der Ansatz der Geste, genauso wertvoll wie die Geste selbst. Soviel ich weiß, hatte Abel während meines ganzen Katzenlebens nur einmal seine Einwilligung gegeben, über uns zu sprechen, und das auch nur, ohne uns namentlich aufzuführen. Der Titel des Textes lautete *Zwei, drei Dinge über sie, die ich nie erfahren werde.* Häufig gab es Sitzungen mit Photographen. Abel fühlte sich unbehaglich. Ich nicht. Immer präsent. Ich hatte keine Angst vor dem Objektiv. Er schon.

28

Es gab heftige Streikwellen. Wir lehnten die Büchsen der Marke *Supramatou* ab, aber auch die *Kaninchen Minouchettes*, das *Geflügel Matou* und die *Rindfleischklößchen Katmandu.* Tiffany war die Rädelsführerin. Eine wahre Königin der Barrikaden. Es fehlte nur wenig, und sie wäre in den Gängen mit Schildern wie »Ändern wir das Leben, ändern wir die Mahlzeiten« oder »Alle Macht der Phantasie« auf und ab marschiert. Was Sosolala uns morgens servierte, blieb unberührt in den Näpfen. Gleiche Forderung, den Sand in der weißen Plastikschale betreffend, dessen Qualität erheblich nachgelassen hatte. Wir wurden nicht mehr mit dem *Katzenglück* verwöhnt, sondern mit *Sahara chatounon* abgespeist, was fester und schmerzhafter für die Pfoten war. Sosolala denunzierte uns:

»Sie haben in die Diele gemacht. Ich glaube, es war Tiffany.«

Natürlich war es Tiffany. Tityre und ich, wir folgten nur der Rädelsführerin. Abel war gezwungen, *Feinschmeckerrindfleisch* zu kaufen und *Rinderleber drei Sterne.* Die gleiche Zusammensetzung wie in den anderen Büchsen, vom selben Fabrikanten, nur teurer als die anderen Büchsen.

»Wir haben gewonnen«, sagte Tiffany.

»Madame, Sie haben Ihren Teil nicht aufgefressen«, wies

Tityre sie bei einem der sehr wenigen Male, bei denen Tiffany sie angesprochen hatte, zurecht. Als Sand bekamen wir jetzt *Katzenstolz*, leicht mit Farnöl parfümiert und, was den Boden der Schale anbelangte, im Prinzip selbstreinigend. Ein doppelter Sieg, wirklich?

Der Garten-Roman war von Abels erstem Verleger ohne großen Enthusiasmus angenommen worden, noch ein Abel-Roman, eine Folge und niemals das Ende, wieder ohne Abschluß, Unzufriedenheit und die immer dringender werdende Aufforderung, endlich *den* Roman zu schreiben. Abel unterdrückte seine Enttäuschung angesichts des ausdrucksvollen Schweigens, »so viele Bücher, in Leichenwagen publiziert«. Der Roman, an dem er arbeitete, nahm ihn gefangen, der Roman über die Ursprünge, und der Aufstand wegen der Büchsen und des Sandes störte ihn bei seiner Arbeit nicht. Dabei schrieb er in diesem Roman das Tagebuch des Romans, der sich gerade schrieb, und notierte die alltäglich vorkommenden Dinge.

»Wie«, fragte mich Tiffany, »er spricht in seinem Roman nicht von unseren Demonstrationen?«

»Du hörst also doch zu, wenn er seinen Text laut vorliest.«

»Idiot.«

»Wer das sagt, der ist es selber.«

Tityre stolzierte wichtigtuerisch herum, während sie unserem Katzengeplänkel zuhörte. Ich stellte mir Tiffany in einem strengen Kostüm vor, strengen Dutt, einer Tasche aus falschem Krokodilleder und in geknotetem Schal. Ich stellte mir Tityre in einem weißen, locker fallenden Kleid aus Seide vor, auf einer Terrasse am Ufer des Lago Maggiore, mit einer mit echten Diamanten verzierten Zigarettenspitze, das Geschenk eines entfernten Vetters, eines Sultans, der in Wirklichkeit ihr Geliebter gewesen war: ich stellte mir das so vor. Die Eifersucht.

Ich, Kater, der kommt und wiederkommt, der lebt, nicht nur ein Leben, der, als er ein menschliches Wesen gewesen war, sich nicht die Zeit genommen hatte, den anderen zuzuhören, ich wurde mir jetzt erst bewußt, auf einfache, aber auch schmerzhafte Weise, daß die Gewohnheit auch eine Form des Zynismus war. Als Abel Tityre zwischen Tiffany und mich stellte, hatte er mit einer Gewohnheit gebrochen, denn er war verführt, erwählt worden. Tityre sagte mir sogar:

»Ich bin auf ihn zugegangen, weil ich seinen Schnurrbart gesehen habe, obwohl es keinen Kater gibt, der raucht.«

Wir mußten, alle drei, sie eingeschlossen, alles von vorne anfangen, in Frage stellen, wir mußten uns von neuem aufteilen, zusammenschließen, umtreiben lassen und, warum nicht, uns vergöttern. Denn Tityre war entzückend, ohne dabei belanglos zu sein, ihr Fell, braun auf dem Rücken, pfirsich- bis sandfarben mit etwas Rosa vermischt unter dem Bauch, war makellos, die Sohlenballen ihrer Pfoten waren elfenbein und ihre Schnauze schwarz wie ein Schönheitsfleck. Sie zwang Tiffany in ihrem Zorn, mich in meiner Verblüffung und Abel in seinem Stolz in uns alles von Grund auf neu zu überdenken und unsere verschiedenen Schweigen zu brechen, die keinen richtigen Sinn mehr hatten. Wir waren wie aufgemuntert durch das Eindringen dieses schönen Weibchens mit dem Namen des träumenden Hirten. Bei Musik, doch das Fernsehen war nicht mehr da, legte sie sich immer ganz vorne hin, mit eingezogenen Pfoten. Sie hatte beobachtet, wie ich auf diese Weise die Sphinx gespielt hatte, und hörte zu. Überwältigt. Als ob sie selbst einmal gesungen hätte. Tityre stammte aus einer anderen Epoche. Eine Rarität. Alles, was von mir kommt, taucht aus einer anderen Zeit auf, in der die Träume noch gültig und in der Reisen noch möglich waren. Ich träumte eines Tages, daß ich mich in den Wäldern in meinem Kopf verirrt hatte und es dort dunkel war. Tiffany folgte mir und murmelte, ich solle bitte nicht so schnell gehen. Tityre hatte sich ebenfalls verirrt. Wir riefen sie. Oder war sie gerade dabei, sich vor uns zu verstecken? Abel warf einen Schatten auf uns. In diesem Wald gab es keine Lichtungen, die menschlichen Wesen waren noch nicht in ihn eingedrungen, ein ungeschändeter Wald, ein Katzenrätsel.

In Abel war ein Kind versteckt, das klein geblieben war, noch fähig, sich zu begeistern, und von allem in panische Angst versetzt. Wenn Sosolala oder während der schönen Jahreszeit Citronnelle den Sand in der weißen Schale wechselte, dann sprang immer Tiffany als erste hinein, um zu kratzen und ihre Bedürfnisse zu befriedigen. Sie benutzte sie übrigens nur in diesen Augenblicken, das Recht der Älteren, wie sie meinte, eine Intimität, die sie nicht mehr mit uns anderen zu teilen wünschte. Mit mir, zur Not, früher einmal. Doch jetzt war die andere da. In ihr wie in mir existierte noch das Gefühl, ein Paar zu sein, ein Gefühl, das nie hatte wachsen können; wie eine tiefe Trauer. Schade.

Ab sofort reisten wir zu dritt. Abel suchte zuerst Tiffany und packte mich dann beim Vorbeigehen; er drückte mich gegen sie, stopfte uns in den Koffer und schlug heftig den Deckel zu. Erst anschließend warf er Tityre zwischen uns. Sie war die dünnste, feinste. Klapp, klapp. Keine Zeit zum Reagieren. Dramen mit eingeklemmten Schwänzen kamen vor, doch kein wütendes Miauen, eher sprachloses Erstaunen, denn Tiffany hatte die Angewohnheit, Tityre, sobald sie dieser begegnete, systematisch anzufauchen, und hier, im Koffer eingesperrt, dicht bei dicht, konnte sie das ein-, zweimal machen, aber nicht während der ganzen Reise. Wer beschreibt Tiffauges' Einsamkeit, in der Mitte des Koffers, damit das Gleichgewicht gewahrt blieb, und vor allem die nicht wirklich bösartige, eher ergreifende Geliebte von der absolut begehrenswerten, dabei bauernschlauen Liebenswerten zu trennen, wobei die beiden so taten, als ob sie schliefen, sich aber unablässig gegenseitig beobachteten, und ich dazwischen als Festungswall? Nicht Tiffauges, nicht ich. Abel brauchte die andere Hand, um seinen Koffer mit seinen Kleidern, seinen Unterlagen und seinen Texten zu tragen. Und uns drei. Alle drei. Zusammen. Trotz allem. Unvermutet taucht Süß-Saures in meiner Geschichte auf. In Tiffanys Anwesenheit wagte ich es nicht, Tityre anzuschauen. Wenn Tityre mit mir sprach, antwortete ich immer mit gedämpfter Stimme, auch wenn Tiffany sich nicht in unserer Nähe aufhielt. Sie bat mich oft, meine Antwort zu wiederholen, denn sie hatte nicht verstanden, was ich gesagt hatte. Warum senkte ich die Augen, wenn Tiffany, wie vorher, zu mir kam und mit mir schmusen wollte? »Sag vor allem nichts«, murmelte sie, »die Kleine schläft.« Und ich mußte darüber hinaus schweigen?

Im wilden Wein, der die Mauern des Hauses im Süden bedeckte, summte und brummte es. Es war Sommer, die Frauen schmachteten, und unser Autor mühte sich mit dem Tagebuch des Romans seines Lebens ab. Er rannte gegen die Scheibe der Seiten, wie ein Junge das tun kann, wenn ihn die Landschaft draußen ruft; Abel an seinen Schreibtisch gefesselt, hartnäckig. Sollte alles Ende September abgeschlossen sein, an seinem vierzigsten Geburtstag? Würden sich an diesem Tag sein Tagebuch und der Bericht seines Lebens vereinen? Je länger ich den Passagen zuhörte, die er mit lauter Stimme vorlas, desto stärker wurde mein Gefühl, in den in der Gegenwart geschriebenen Teil einzutauchen und zu ertrinken, während der Sommer verstrich, und desto stärker vermittelten mir die rückblickenden Kapitel, die sich mit seinem vergangenen Leben beschäftigten, den Eindruck, an die Oberfläche zu kommen, endlich atmen zu können, Luft zu holen in einem Zustand, der an Erstickung gegrenzt hatte: die Vergangenheit wie eine Gegenwart. Ein Fischbecken. Tityre näherte sich mir, den Schwanz als Helmbusch aufrecht tragend, zitternd, sobald ich sie beobachtete, und sagte zu mir:

»Leck mich, Patapou, wir werden Besuch bekommen.«

Es kam niemals Besuch. Oder nur sehr selten. Ich machte mir Vorwürfe, wegen Tiffany. In unserem Leben gab es Süßes und Bitteres. Ich konnte keinen Orgasmus erleben. Tiffany warf es mir eines Abends, als Abel sich mit der Zubereitung unseres Fressens verspätete, an den Kopf, in Gegenwart von Tityre. Ich konnte Tityres Anwesenheit nicht immer voll genießen. Eine Präsenz, die nicht nur zum Genuß, sondern zum Orgasmus aufforderte. Als Tityre versuchte, einen Vogel zu fangen, fiel sie vom Dach. Eine Katze fällt immer auf ihre Pfoten. Sie kannte die Straße nicht, und der schwarze Hund stellte sie, gegen eine Mauer gepreßt. Als Abel sie befreite, wurde sein Unterarm aufgerissen; der Hund biß ihn in die Hand. Ein Finger war ganz offen, der Zeigefinger der rechten Hand, mit dem er den Füller über das Papier dirigierte. Dick verbunden, arbeitete Abel an seinem Roman weiter. Romane muß man immer fortführen, denn sie gehen vor. Tityre sagte mir:

»Ich wollte nicht den Vogel fangen, ich wollte fliegen.«

Am Abend gestand sie mir dann:

»Ich hatte furchtbare Angst. Ich rief nach dir. Ich liebe dich, Patapou.«

29

Oder es wird die Rede sein von dem Morgen der Katzen. Wenn man den Eindruck hat, alles sei möglich. Ist verliebtes Sehnen wichtiger als der Liebesakt selbst, der Endpunkt der Umarmung? Das Sehnen und seine Beständigkeit, seine Dauer? Zwischen zwei begehrenden Katzen war ich unaufhörlich zerrissen, bestürzt, was schwierig und schmerzhaft war, mir aber auch nicht wenig Lust und Vergnügen bereitete. Eine nie vollzogene Lust. Als Abel mich hatte kastrieren lassen, hatte er vielleicht auch im Sinn gehabt, ich solle leiden und mich an einer Lust aufgeilen können, die nie befriedigt und erfüllt werden würde, so wie es ihm geschah, vor einem Blatt Papier. In der Nacht sehen sich Katzen so, wie sie sind. Sie leben.

Oder es wäre die Rede gewesen von unseren Morgen und der Dämmerung, Signal eines Vogelschreis, vom Hahnenschrei, von der ersten Metro, die unter dem Haus durchfährt, der ersten Person, die den Aufzug nimmt oder zu Fuß die Treppe hinuntergeht, dem Lärm erster Stimmen in der Straße vor dem Haus im Süden, dem schwarzen Hund, der gerade an der Tür gerochen hatte, ich war der einzige von uns drei, der es wagte, sich zu nähern, der Mann voraus, die Frauen hinterher; die Rivalität zwischen Tiffany und Tityre begeisterte mich, und ich setzte alles daran, meiner Rolle gerecht zu werden. Oder es wäre die Rede gewesen von dem anbrechenden Tag, von den Menschen, die aufwachen, Menschen, die ihre Sprachen, Gesetze, ihren Lärm und ihre Melancholie zur obersten Richtschnur machen. Die Nächte waren meine Tage, ich konnte dann besser überlegen. Ich sah in der Nacht alles sehr klar und sie ebenfalls, meine beiden, meine T & T, meine Unbefriedigten. Ich regierte. Die Wälder in meinem Kopf wurden heller, die Sonne spielte um die Wipfel der Bäume, die riesigen Farne rochen gut, und ich leckte mich in Moosbetten, Schlangen und Kröten, Ameisen und Mauswiesel belauernd. Ich machte alle möglichen Eroberungen. In meinem Königreich war noch alles zu erobern.

Oder es wäre die Rede gewesen von der Möglichkeit, von sich und dabei nur von den anderen zu erzählen und von der triumphierenden Freude über das ergriffene Wort, trotz allem hier. Alles ist Fabel. Alles spricht. Alles Menschliche schreit. Diesmal war es wirklich ein entsetzliches und tragisches Fin de siècle. Das Kind Abel wird dies nie zulassen. Oder es wäre die Rede gewesen von der Unabhängigkeit, dieser aufmerksamen Abhängigkeit, wenn man beim Hören und in der Stille das Gefühl einzuschätzen versteht, das einen an die anderen bindet und gleichzeitig von ihnen trennt, man bittet so schnell um eine zusätzliche Zärtlichkeit, um eine Zärtlichkeit zuviel.

Oder es wäre die Rede gewesen von dem lauernden Zorn und einladenden Morgen, man glaubt, alles sei möglich, alles habe von neuem einen unterschiedlichen Geruch, Geschmack oder Umriß, man sagt sich, daß möglicherweise alles von vorne beginnt, ohne übertriebene Rivalitäten, kleine oder große Kriege, ganz ohne Haß oder Grauen, doch dann verschlechtert sich alles, verkommt, alles vollzieht sich von neuem, wie am Vorabend. Beinahe hätte man Angst vor dem nächsten Tag bekommen. Doch es kommt eine Nacht und von neuem ein Morgen. Und so weiter. Was ist das eigentlich, dieser Zeitbegriff? Tag für Tag, zusammen ergibt das die Geschichte mit ihren Festen und Dramen, ihren vermischten Nachrichten, das Leben eines einzelnen, auch einer Katze oder einer Ziege oder eines Hundes und das Leben aller, was gibt es Alltäglicheres und Subtileres? Unser Leben zu viert zwischen vier Wänden, das war nicht mehr und nicht weniger als das Leben der ganzen Welt, das ganze Leben, das Leben.

Oder es wäre für jeden von uns die Rede gewesen, daran zu glauben, trotz allem, hartnäckig, ohne Zusammenstöße und Reibereien. Oder es wäre die Rede gewesen von Tiffauges, nur zum Vergnügen zu schnurren, zu rivalisieren, fressen, ficken und, warum nicht, zu sterben, um wiederkommen zu können und zu sehen, wie sich die Welt inzwischen entwickelt hat. Abel war der Passagier der Geschichte, nicht ich, nicht wir, nicht Tiffany, Tityre und Tiffauges. Wenn ich das von Anfang an gewußt hätte, dann hätte ich nichts geschrieben, niemals. Ich habe sogar davon geträumt, daß Valentina ihren eigenen Roman tippte. Jetzt wird alles sehr schnell gehen. Das ist das Ende. Es wird nicht mehr gespielt. Aus welchem Grund sollte man mit der Logik einer Geschichte betrügen, der Chronologie, auch der Zeit? Und trotzdem halte ich mich daran.

»Bist du nicht etwas übergeschnappt, Patapou?« fragte mich Tityre.

»Du wirst immer dicker, das ist der Untergang, und ich verstehe nicht mehr, was du mir sagst«, murmelte Tiffany in einer Nacht, in der der Wind in den Wäldern meines Kopfes heftig bließ und ich mich bedrückt und niedergeschlagen ihr näherte, um mein Herz auszuschütten und mich auszuruhen. Oder es wäre die Rede gewesen, ein Kater zu sein wie die anderen.

Es war einmal ein Kater, der sagte:

»Die blaue Tinte sollte ein wenig singen.«

In den Zeitungen stand geschrieben: *Die Tollwut ist inzwischen an den Grenzen des Königreiches angelangt*, und, in Großbuchstaben, *Ein tollwütiger Kater biß seine Herrin*, und anschließend, *Es handelt sich um den zweitausendsten Fall, der seit Jahresbeginn registriert wurde. Es ist absolut notwendig, alle Haustiere zu impfen und zu tätowieren.* Folgender Text schloß sich an: *Zu Beginn des letzten Monats ein organisiertes Massaker; das Königreich war von dem Landwirtschaftsminister offiziell als ›verseucht‹ erklärt worden: beim nächsten registrierten Fall, gleichgültig, ob es sich dabei um ein Haustier oder ein wildes Tier handelt, wird die Entscheidung getroffen. Es ist für jeden verständlich, daß Maßnahmen ergriffen werden müssen, die verhindern, daß die Geißel des 19. Jahrhunderts nicht von neuem Menschen tötet, doch man darf dies nicht als Vorwand für die systematische Ausrottung der Katzen nehmen, für das organisierte Massaker an den Wiesenfuchsschwänzen, beides Methoden, die seit dem Wiederauftauchen der Tollwut im Königreich es nicht erlaubt haben, das Übel an der Wurzel auszurotten, das aufgrund vorschriftsmäßig durchgeführter Vorbeugungsmaßnahmen die menschlichen Wesen bis heute verschont hat.* Es war einmal ein Kater, der sich nach seinem Tod an die Arbeit gemacht hatte, sein Leben aufzuschreiben, ich, Tiffauges, und die blaue Tinte färbte sich schwarz aufgrund der Zwänge, aber auch aufgrund der Schwäche der Wesen. Auch er hatte, wie sein schwuler Herr, das Unmögliche versucht: zu erzählen, sich zu erzählen, zu schreiben, letztlich sich zu schreiben. Kein Gesang, nicht einmal eine kleine Beschönigung im Zweifelsfall. Eine andere Pest, von der niemand sprach, bedrohte das Königreich; die Aufrichtigkeit galt als verdächtig, auf Hilferufe reagierte niemand mehr, weder Passanten noch Junggesellen, alle gleichgültig. Jeder für sich, alles war gesagt, alles war gewußt, ausgelotet, analysiert. Zu was diente dies alles?

Es war einmal ein Kater, der lebte gut, umhätschelt, geimpft, nicht tätowiert, der auf seinen Untergang zurannte und der nichts unternehmen konnte, um seinen Meister Abel daran zu hindern, auf seinen Untergang zuzurennen, ganz einfach, da er nicht über die gebräuchlichen Wörter verfügte. Diese Wörter lernte er erst später, zu spät. Die blaue Tinte hatte sich in der Druckerei schwarz gefärbt und untersagte den Gesang. Es war einmal ein Kater, der so gerne die Musik direkt gehört hätte, wie sein Meister Abel, in einem Konzertsaal, live, und nicht nur auf Schallplatten, der Klang ist dann so perfekt, daß man am liebsten zögerte, Angst hätte, wenn man könnte, der Kontakt des Bogens, die Einsätze, der Fingersatz, der Atem, der richtig getroffene Ton. Es war einmal ein Kater, der sich an ein anderes Leben erinnerte, vorher, früher, ein Konzert im Freien am Ufer des Lago Maggiore und eine geliebte Gattin, die ihn an diesem Tag verlassen hatte, denn alles war zu schön gewesen und zu schmerzend zwischen ihnen. Als ob die Schönheit ohne Schmerzen gelebt werden könnte. Es war einmal.

Am Tag seines vierzigsten Geburtstags, letzter Tag, an

dem Abel an dem Roman über seine Herkunft arbeitete, der Tag, an dem das Tagebuch des Romans den Text einholte, sich als Schicht über ihn legte, Bericht seines vergangenen Lebens, der zur Geschichte der Liebe und Leidenschaft seiner Eltern geworden war, starb seine Mutter. Auf der letzten Seite, letztes Kapitel, hatte Abel unter dem Datum des 24. Septembers geschrieben: *Meine Mutter ist heute morgen gestorben,* und hinzugefügt: *Diese Dinge ereignen sich nur im Leben,* und den Satz dann wieder durchgestrichen, bevor er sehr früh an diesem Tag in seine Geburtsstadt gefahren war, ebenfalls in Südfrankreich, im anderen Süden, um das Begräbnis zu organisieren; er hatte uns Citronnelle anvertraut, die, bevor sie ins Haus kam, ein großes, schwarzes Tuch um den Kopf band, dazu eine graue Bluse trug, Trauerkleidung, ergreifend. Überall und immer schafft man sich eine Familie. Zurück in Paris. Der Garten-Roman war inzwischen erschienen und unterschiedlich aufgenommen worden. Ein Kritiker hatte geschrieben, Abel *leide an syntaktischer Unfähigkeit.* Sein Verleger sagte ihm, es habe den Anschein, als ob man in diesem Jahr den Preis XY an einen anderen Verlag geben wolle und Abel wohl von dieser Gelegenheit profitieren würde. Abel verließ die Hauptstadt und hielt sich einen Monat lang in der Wolkenkratzerstadt auf, in der ich nach dem Zwischenfall am Lago Maggiore eine Zeitlang gewesen war, jetzt überstürzt sich alles im Gedächtnis. Zu spät. Abel kam an einem Sonntag zurück, am darauffolgenden Montag verkündete man ihm, er »habe« den Preis. Das hätte der schönste Tag in seinem Leben sein müssen. Sosolala nahm mich in die Arme und trug mich in ihre Loge, damit ich ihn im Fernsehen anschauen konnte.

»Und ich?« fragte Tityre.

»Und wir?« stimmte Tiffany ein.

Den ganzen Tag über stellte man Abel die gleiche Frage:

»Sie räumen doch ein, daß es sich nicht um Ihren besten Roman handelt?«

Am Abend verkündete ein pausbackiger Herr während der Nachrichten im Fernsehen den Tod von neunzig Menschen bei einem Hotelbrand in Las Vegas. Abel sagte sich, es seien wohl die Toten des Tages; dann kam der Herr auf einen großen Philosophen zu sprechen, der in einem Anfall von geistiger Umnachtung seine Gattin umgebracht hatte, Abel sagte sich, er übe wohl Gerechtigkeit, bevor der Sprecher auf das traditionelle Mittagessen am heutigen Tag an der Place Gaillon hinwies und daß ein gewisser Abel Soundso endlich beim siebten Durchgang den Preis bekommen habe. Abel sagte sich, warum endlich? Und, da er sich Abel zuwandte, fragte der pausbackige Herr Abel Soundso, ob es sich um einen Sieg der Homosexualität handele. Abel schwieg. Ein oder zwei Sekunden, dann antwortete er, er liebe das Wort Sieg nicht und ziehe das Wort Konsekration vor, da es ihn an die Zeit erinnere, die man dem Schreiben konsekriere.

Er war auf seine Pfoten gefallen. Wie Tityre, als sie vom Dach des Hauses im Süden aus hatte fliegen wollen. Am nächsten Morgen rief der Menschenfresser, der Mitglied der Jury gewesen war, schon früh im Morgengrauen an und meinte, er sei nicht verpflichtet gewesen, auf diese Fragen zu antworten, bevor er humorvoll in seiner brüderlichen Art, trocken und ausgedörrt, schloß:

»Du bist nur ein Ungläubiger.«

Punkt zehn Uhr rief eine Dame vom Rundfunk an und wollte live Fragen stellen. Komisch, ihre Einführungsrede:

»Danke, daß Sie so früh schon für uns Zeit haben, denn Sie haben ganz bestimmt die Nacht hindurch gefeiert. Die Frage lautet: Was würden Sie auf eine verlassene Insel mitnehmen?«

Ich lag auf dem Schreibtisch, auf den aufgestapelten Telegrammen, eine weiche Schicht, richtig anschmiegsam. Abel antwortete:

»Auf eine verlassene Insel? Meine Katzen.«

»Ich fragte nach was, nach Objekten.«

»Meine Katzen sind mir wichtiger als alle Objekte.«

»Danke!«

Peng. Sie hatte aufgelegt. Die Dame war beleidigt. Ende der Sendung. Tityre sprang auf den Schreibtisch. Tiffany schob sich etwas weiter ins Zimmer. Jetzt erst, übergangslos, freuten wir uns, alle vier. Und wenn er ohne uns auf die Insel gereist wäre?

»Glaubst du, daß es auf dieser Insel einen Kühlschrank gibt?« fragte Tityre.

»Überall Sand, sehr feiner Sand, ganz für mich allein, und dann im Schatten von Palmen schlafen«, träumte Tiffany.

Oder es wäre die Rede gewesen, die Welt neu zu schaffen und den- oder diejenige, die begehrten, sich selbst zu verwirklichen, nicht mehr anzuklagen, mit Gott und der Welt abrechnen zu wollen, ein Mittel, sie beiseite zu schieben, eine ganz gewöhnliche Säuberung, von der nicht gesprochen wird. Warnung vor der- oder demjenigen, der das Wort ergreift. Warnung vor dir, Tiffauges! Es war einmal ein dicker Kater auf einem Bett aus Telegrammen. Manche waren begeistert. Nicht alle. Niemals zur gleichen Zeit. Warum? Es war einmal ein Kater, der fragte: warum?

30

Das Weibchen geht immer zum Männchen, sonst ereignet sich nichts. Das traf auch ein wenig auf die Geliebten zu, die Abel mit nach Hause brachte und die, nackt, Männer, sich als Frauen aufführten. Während des ersten Vollmonds des darauffolgenden Jahres geriet Tityre in Hitze und verbrachte einen Samstag, einen Sonntag und einen Montag bei unserem Tierarzt, um endlich dieses »Biest von Birmaneserkater« kennenzulernen.

»Wünschen wir für sie, daß es klappt«, sagte Tiffany, »du siehst, ich liebe sie. Trotz allem.«

Tityre kam noch hitziger, zitternder und unbefriedigter wieder nach Hause.

»Er wollte mich nicht«, vertraute sie mir an, »und außerdem war er parfümiert, wie Citronnelle.«

Um dieses Ereignis zu feiern, spielten wir wie wahnsinnig mit unseren Körpern.

»Ich möchte Kinder«, murmelte Tityre.

»Du wirst welche bekommen, Abel hat es versprochen«, antwortete ich.

»Du bist verrückt nach ihr«, sagte Tiffany, einen entschiedenen Ton anschlagend, »ich verbiete dir ab sofort, mich zu berühren.«

Auch ihr Körper wurde von Schauern überlaufen. Sie

wurde ganz allein damit fertig; weit von uns entfernt rollte sie sich in ihrem Winkel, Pfoten in die Luft gestreckt, den Kopf nach vorn. Tityre war meine Favoritin geworden, meine Gurrende. Als ob sie Tauben nachmachen wollte, die nicht mehr auf den Balkon kamen.

Sie hieß Marie. Sie war jung, sehr schön. Sie lebte mit Pierre zusammen, zwanzig Jahre älter als sie, ein nach Frauen Verrückter, der immer nur wenig Zeit für die Gefährtin aufwandte, die gerade ihr Leben mit ihm teilte, und er hatte immer eine, er voraus, sie hinterher. Eine feste Angelegenheit. Er wollte es immer besser. Ich habe sie oft bei Besuchen gesehen, im Haus im Süden, Pierre, immer eilig, und Marie, die ihn mit »Sie« anredete und nie mit »du«, auf diese Weise hielt sie ihn in ihrem Netz gefangen, und die Verbindung dauerte nun schon einige Jahre. Ein Rekord für Pierre. Nur eben, sie wollte heiraten, sie wollte Kinder bekommen, und Pierre war schon einmal verheiratet gewesen, hatte schon einmal Kinder bekommen. Die Lage spitzte sich zu. Marie hielt ihn an der Leine. Pierre schätzte es, an der Leine gehalten zu werden. Im Sommer flüchtete Marie sich zu uns, eine Art Seitensprung, um Pierre Angst zu machen. Pierre rief an:

»Ist Marie bei dir? Ich komme.«

Es wird nicht die Rede sein von der gefährlichen Rolle, die als normal bezeichnete Pärchen Unverheirateten zukommen lassen. Die Geständnisse, die meist nur so heraussprudeln, zerstören anschließend die Freundschaft. Was die Einsamkeit des Junggesellen nur verstärkt. Wie auch immer, einige Tage nach der gescheiterten Heirat mit dem »Biest von Birmaneserkater« rief Marie mitten in der Nacht an: Pierre war mit einer gewissen Delphine auf und davon, nach

Amsterdam. Marie erzählte, sie habe alle Photos zerrissen, die Pierre von ihr aufgenommen hatte, die Bilder durchbohrt, die sie zusammen gekauft hatten, die Tagebücher weggeworfen, in denen Pierre ihre gemeinsamen Reisen festgehalten hatte. Sie war zu sich nach Hause zurückgekehrt, in die Wohnung, in der sie vor der Begegnung mit Pierre gelebt hatte, zusammen mit einem Kater, den sie, von der Oper kommend, *Frau ohne Schatten* war gegeben worden, aufgelesen und auf den Namen Barak, Barak der Färber, getauft hatten, nach der Baßbaryton-Rolle. Das absolute Drama? Das Ende der halbseidenen Trennungen?

»Ich werde mich töten«, sagte Marie.

»Wenn du mich anrufst, um mir das mitzuteilen, dann heißt das, daß du dich nicht töten wirst«, antwortete Abel.

Ich hätte so gerne Beifall geklatscht. Ich konnte es nicht. Eine Katze hört alles, was am Telephon gesagt und geantwortet wird. Das Gespräch war relativ kurz. Als ob Abel solche Situationen gewöhnt gewesen wäre. Man sollte sich davor hüten, als Experte zu handeln. Er schlug Marie vor, bei uns zu schlafen. Sie lehnte ab. Wegen Barak.

»Mein Kater. Ich liebe ihn. Er spielt verrückt, vielleicht der Mond, er pißt auf die Vorhänge, den Teppichboden, auf das Sofa, überallhin, ich kann nicht einmal die Fenster öffnen, er würde hinausspringen.«

»Komm sofort«, antwortete Abel, »für dich kann ich nichts tun, aber vielleicht für ihn, und wenn Pierre zurückkommt, dann müßt ihr euch bei Tityre bedanken. Nimm ein Taxi. Ich warte auf dich.«

Es war mitten in der Nacht. Abel packte Tityre in den Weidenkorb. Sie war gewachsen. Sie paßte kaum mehr hinein. Er sagte ihr nur:

»Du gehst zu Barak.«

Das Taxi wartete auf dem Kai. Marie küßte Abel schnell und bedankte sich. Ich weinte. Es war Vollmond. Die Nacht war außergewöhnlich mild. Abel legte sich wieder schlafen.

Am nächsten Morgen spielte Tiffany beim Frühstück die Erstaunte:

»Was, sie ist nicht da? Ich hoffe, sie kommt nicht wieder zurück. Wenn du näher kommst, dann kratze ich dich.«

Drei Tage später machte sich Abel auf den Weg, die Kleine wiederzuholen, und entdeckte Barak, ein Monstrum, einäugig, Schwanz zu dreiviertel verstümmelt, linke Vorderpfote ein Torso, weder grau noch rothaarig noch weiß noch braun, von allem etwas, ein wahrer King Kong der Mülleimer, und Tityre, überglücklich, begeistert, völlig erschöpft. Es regnete. Es war wieder kalt geworden. Der Mond nahm ab. Die »Fliegen« genannten Boote fuhren die Seine hinauf und hinunter, mit schwarzen Regenschirmen gespickt. Trauer lag in der Luft. Wieder zu Hause, zog Abel Tityre verzweifelt aus dem Korb:

»Sag mir, daß du nichts gemacht hast!«

Er bekam sich wieder in die Gewalt, vielleicht war er aber auch nur außer Atem:

»Sag mir, daß nichts passiert ist. Ich werde dich waschen.«

Sie wurde im Waschbecken des Meisters gewaschen, mit seinem Waschlappen und kaltem Wasser. Tiffany amüsierte sich in ihrem Winkel:

»Das geschieht ihr ganz recht. Man ist doch wählerisch! Ich an ihrer Stelle...«

»Halt's Maul!«

»Du willst das letzte Wort behalten, gut, ich schenke es dir.«

»Danke.«

Tityre trocknete sich zwischen meinen Pfoten, gegen mich gedrückt.

»Patapou, jetzt ist es passiert, bist du mir böse?«

Unsere Spiele begannen von neuem. Ich hatte einen Plan. Während ich Tityre umarmte, nicht nur einmal, machte ich besonders viel Lärm. Eines Morgens sagte ich zu Tiffany, als ich ihr auf dem Gang in die Küche begegnete:

»Jetzt ist es soweit, es ist mir gelungen, tralala!«

»Und ich?«

»Du? Du willst doch nicht mehr, daß ich dich berühre!«

Marie und Pierre lebten wieder zusammen, mit Barak. Die geheimnisvolle Delphine war in den Fernen Osten gereist.

Warum ich Tiffany angelogen habe? Aus Selbstachtung? Aus Stolz? Und wenn es aus Liebe gewesen war, einer verfehlten Liebe, wie ein verfehltes Rendezvous? Tiffany belügend, habe ich getötet. Einige Wochen später, als Abel schon hoffte, diese gezwungene Hochzeit habe nichts ergeben, begann Tityres Bauch abrupt wie eine Montgolfiere sich aufzublähen. Abel kaufte einen Wäschekorb, großes Modell, sehr tief, wie eine Wiege, legte ihn mit Leintüchern aus, stellte ihn in die Diele, ein strategischer Standort, und hob vorsichtig Tityre hinein, sie streichelnd:

»Da drin hast du deine Ruhe. Sie werden schön sein, deine Kleinen, ich liebe sie jetzt schon.«

Eines Abends, gegen Mitternacht, suchte Tityre Abel in dessen Arbeitszimmer auf und führte ihn zu der Wiege.

Ich wollte zuschauen. So stellte Abel einen Stuhl neben die Wiege, für mich, Blick von oben. Es ging langsam. Schmerzhaft. Zuerst kam ein Kleiner, Entsetzlicher. Tityre leckte ihn verliebt. Das Leintuch war ganz sauber, nur ein wenig Blut. Insgesamt kamen fünf. Wie der Vater. Alle abscheulich, rattenschwänzig, häßlich gefleckt, so niedlich. Der Tag brach an, sie saugten bereits. Wie eine Verrückte rannte Tiffany in die Küche, um ihre Bedürfnisse zu erledigen. Sie hatte sich sicher die ganze Nacht hindurch zusammengerissen, hinter der Tür zum Gästezimmer. Ich bin gezwungen, hier einzuräumen, daß sie verrückt geworden war, auch vor Schmerzen verrückt, nicht vor Geburtsschmerzen, so verrückt, daß ich die kleinen gierigen Monster überwachte, während Tityre sich erholte, trank oder sich etwas zurechtmachte. Sie war richtig ausgemergelt, die Kleinen verschlangen sie. Abel schickte Tityres Eltern ein Telegramm, um die glückliche Botschaft zu übermitteln, Versprechen gehalten, Mission erfüllt, und zwang Pierre, mit Marie zu kommen und an der Wiege ein Glas Champagner zu trinken. Ich hielt Wache. Die Kleinen entwickelten sich zusehends. Tiffany fauchte systematisch, wenn sie in der Nähe der Wiege vorbeikam, und fauchte die Kleinen direkt an, als diese begannen, sich selbständig zu machen. Man mußte sie ständig zurück in den Wäschekorb tragen. Ich genoß es, sie ein wenig zu lecken.

»Danke, Tiffauges«, sagte Tityre. Sie nannte mich nicht mehr und sollte mich nie mehr Patapou nennen. Ich habe ebenfalls abgenommen, wahrscheinlich ein, zwei Kilo. Ich wollte sie nicht allein lassen, wegen Tiffany, und versäumte fast immer die Aufforderung, zum Fressen zu kommen. Tityre war erschöpft. Und ich, wie eine Sphinx neben dem

Wäschekorb, ich, der Stolz des Artaban, war Vater, ich war da.

Eines Abends, Abel war ausgegangen, waren die Kleinen in dem Wäschekorb, zusammengerollt, satt, vollgestopft, und schliefen in der Nähe des Mutterbauches, während ich treu Wache hielt, halb eingeschlafen, System des Augenzwinkerns. Tiffany kam auf mich zu, schwankend, so wie sie es gemacht hatte, wenn sie von mir liebkost werden wollte. Doch das war eine andere Trunkenheit. Ohne etwas zu sagen, hatte sie Spasmen; sie schaute mich fest an, während der Speichel aus ihrem Maul floß; plötzlich fiel sie um. Steif. Tot.

31

Die Grausamkeit versteckt sich ebenfalls in der Kunst, ein Kapitel mit einem starken Bild abzuschließen. Dieser Kunstgriff tut mir weh und zeigt mit dem Finger auf mich. Ich habe nichts entschieden, alles schreibt sich, entweder hat man das Recht mitzureden oder nicht. Man nimmt es sich, man wird von ihm gepackt, ohne daß Wortspiele möglich wären. Abel hatte so oft geschrieben, daß die Wortspiele ohne ihn abliefen, daß er nicht mehr im Zentrum stand. Je mehr er auf die Seite trat, die Hand und den Arm dem anderen entgegenstreckte, vermittelnde, stolpernde Wörter, drohend, immer zweischneidig, desto stärker lieferte er sich aus, sich, sich allein, nur sich. Der Tierarzt stellte fest:

»Sie hat einen Gehirnschlag erlitten. Äußerst selten.«

Ein Superlativ, der die Erinnerung an meine schöne Erste noch schmückt.

Als Abel spät in der Nacht nach Hause kam, allein, schlief Tityre immer noch mit den Kleinen, und ich hatte meinen Posten nicht verlassen. Aufgrund der Speichelspuren auf dem Teppichboden sowie der Steifheit der Hinterpfoten, Tiffany hatte eine letzte Kraftanstrengung gemacht, verstand er sofort, was passiert war. Abel machte kein Licht. Der von den Kais einfallende Lichtschein reichte aus. Ich glaube, daß er weinte. Er nahm den Weidenkorb, machte darin ein Bett mit einem Laken von ihm, einem weißen, und legte Tiffany vorsichtig darauf, etwas schräg, deckte sie zu, schloß den Korb und reinigte den Teppichboden. Er verließ die Wohnung, und ich beobachtete, wie er vor dem Gebäude den Korb in die große Mülltonne stellte, die Sosolala jeden Abend für den morgendlichen Mülltransporter vor das Haus schleifte. Der Tag brach an. Vom Fenster aus spähten Abel und ich nach dem fraglichen Lastwagen, der den Müll in sich hineinfraß. Es war hell geworden. Der Mülltransporter kam. Wir konnten beobachten, wie die großen eisernen Zähne hinten den Weidenkorb zermalmten. Adios Tiffany.

Abel und ich blieben am Fenster, bis der Lastwagen am Ende des Kais verschwunden war, und sogar noch etwas länger. Abel nahm mich in seine Arme, drückte mich sehr fest und küßte mich auf den Kopf, zwischen die Ohren, ein fester »Schmatz«, wie Barbara sagte. Inzwischen war es Tag. Die Kleinen waren aufgewacht. Sie saugten bereits. Tityre hatte nichts gesehen und nichts gehört. Sie schlief, erschöpft. Ich sollte ihr niemals die Wahrheit sagen. Und sie sollte mir niemals eine Frage stellen, dieses Verschwinden betreffend. Wie läuft so etwas bei den menschlichen Wesen ab?

Der Tierarzt hatte Abel empfohlen, Tityre noch vor Ende der Stillzeit operieren zu lassen. Abel verschwand folglich eines Morgens mit ihr und ließ mich mit den kleinen Teufeln allein; an diesem Tag fungierte ich als *Catsitter*. Sie gingen bereits alle fünf in die Küche und knabberten an dem Fressen in meinem Napf, stießen sich gegenseitig mit den kleinen Pfoten im Fressen. Abel kam am Abend zurück, mit

Tityre, die um die Hüfte und den Unterleib einen Verband hatte, und zwei grauen Kätzchen, die am gleichen Morgen vor der Tierklinik anonym in einem Schuhkarton abgestellt worden waren, mit Geld, damit der Arzt sie einschläfere.

»Ein Skandal«, hatte dieser geschimpft, »empörend!«

Abel hatte beschlossen, den Versuch zu unternehmen, sie am nächsten Morgen zusammen mit den fünf anderen unterzubringen. Besuche waren vorgesehen. Anstatt jedem eine zu geben, gab er zweimal zwei und dreimal eine. Die Schönheit der beiden Neuankömmlinge ließ die Häßlichkeit der anderen vergessen. Während der Nacht, einer einzigen Nacht, sollte Tityre folglich sieben Kinder haben. Sie kümmerte sich um die seinen auf der einen Seite und um die anderen auf der anderen. Eine Woche später wurden ihr die Fäden gezogen. Am Tag darauf reisten wir in den Süden, Tityre und ich, zu zweit, im Katzenkoffer. Derjeniger oder diejenige, die verschwinden, werden schnell vergessen. Tiffany war sehr lebendig. Eine Person. Eine echte.

Von Tag zu Tag wurde Tityre wieder kräftiger. Ihr Fell wurde wieder seidig. Sie schmalzte wieder, doch nicht mehr so wie früher. Citronnelle sang nicht mehr, während sie abwusch. Es war die Rede von einer neuen Wohnung in Paris, weit weg von den Kais, hinter der Place de la Bastille, in einer verlorenen Straße, im ersten Stock, der um die Ecke führte, mit einer Terrasse um die ganze Wohnung, Rasen auf den Betonplatten und einer Ligusterhecke.

»Das alles nur für euch«, sagte Abel und erklärte, er habe in den Beton ein Loch bohren lassen, mit dem Preßlufthammer, unter dem Küchenfenster, ein Flip-Flap, ein Stück Tunnel, ein zweites Flip-Flap, so daß wir die Wohnung verlassen konnten, wann immer wir wollten. Doch als ich mir das vorstellte, konnte ich mich nicht mehr so recht freuen. Ein Lastwagen parkte inmitten des Waldes in meinem Kopf, die großen hinteren Zähne gesenkt, mit einem zermalmten Weidenkorb. Wird nichts erfunden, man muß nur wagen. Und die, die wägen, lügen. Schade. Ich grüße sie sehr stolz. Ein Weidenkorb. Nichts wird erfunden.

Um die Zeit der Preisverleihung herum hatte der Bürgermeister des Dorfes auf seinem Traktor posiert, und das Photo war auf der Titelseite der Zeitung *Le Provençal* erschienen. Zézé, die Postbeamtin, war von Journalisten interviewt worden. Abel fühlte sich in dem Dorf abgestempelt, und da der schwarze Hund immer noch so bösartig war und beinahe ebenso bösartig wie die Pariser Clique, die die Gegend im August unsicher machte und mit der Abel seit langer Zeit nicht mehr verkehrte, beschloß er, das Haus im Süden zu verkaufen und ein anderes zu suchen, nicht sehr weit entfernt, mit einem Garten und vor allem mit einer Eiche. Er fand es. Das Geschäft wurde abgeschlossen. Er verbrachte den ganzen Sommer damit, das Gestrüpp auf dem Grundstück zu entfernen, vor allem den abgestorbenen Ginster, und dem Baumwacholder sowie den Aleppo-Kiefern Luft zu verschaffen. Das weitläufige, für eine Familie gebaute, bescheidene Haus mit Rauhputz war nie bewohnt worden. Nur ein Ausguß, eine Abstellfläche, Regale und eine Geschirrspülmaschine mußten in der Küche eingebaut werden, von der aus man direkt in den großen Raum gelangte, der zum Salon und Arbeitszimmer wurde. Abel ließ in die Außenwand der Küche ein Flip-Flap einbauen. Unterhalb des Grundstücks der Wald. Als ich ihn zum ersten Mal betrat, hatte ich den Eindruck, meinen Kopf zu betreten. Zum

Schluß wurde endlich ein Klavier im großen Zimmer installiert. Abel wollte nun anfangen zu spielen und nahm sich die Noten aus seiner Kindheit wieder vor, ein Album nach dem anderen. In diesem Sommer mit den vielen Änderungen in unserem Leben schrieb Abel nicht. Er hatte den Preis gewonnen, der ihn in einer gewissen Weise aus dem kleinen Haus verjagte, und der Roman über die Ursprünge, der Roman aller vorhergegangenen Romane, der Roman in Rohform, ohne Vermummung, sollte im September veröffentlich werden. Die Notwendigkeit zu schreiben hatte ihn verlassen, als ob er, endlich, bis zum Grund seiner selbst vorgedrungen gewesen wäre. Wütend beseitigte er das Gestrüpp. Bereits am Ende des Sommers begann das Grundstück, einem Garten gleichzusehen. Weit vor dem Haus die Eiche, mit einer Beleuchtung zu ihren Füßen für die Nacht; freigelegt und die toten Äste beseitigt, sah sie noch großartiger aus. Tityre sagte zu mir:

»Wenn wir dort oben leben, wirst du nicht zu weit gehen, versprochen?«

Ich antwortete nicht. Abel legte uns Halsbänder mit Medaillons um, auf denen unsere Namen eingraviert waren, die Telephonnummer der neuen Pariser Wohnung und die Telephonnummer des neuen Hauses im Süden mit Zimmer für Tityre und Zimmer für mich, alle Türen offen, freier Verkehr, Flip-Flap und dem Ruf des Waldes. Eine Kröte, Léon, lebte beim Haus. Ein richtiger Kumpel. Das neue Haus war sehr billig gewesen, aber ich muß darauf hinweisen, daß das Haus von einer riesigen Klippe überragt wurde und daß auf der anderen Seite des Grundstücks sich ein Müllabladeplatz befand, der aber geschlossen wurde und auf dem Abel Samen ausstreute, einen enormen Sack, so daß schon bald hohe Gräser wuchsen. Seit Jahren hatte das Haus aufgrund der Klippe nicht verkauft werden können. Warum hatte sie wohl die eventuellen Käufer beunruhigt? Und natürlich aufgrund des Müllabladeplatzes, aber mit einem Sack Samen war das Übel beseitigt. Um zu dem Haus zu gelangen, mußte man eine kleine Brücke überqueren. Abel nannte das Haus *Kleine Brücke.*

Jetzt gab es nur noch Tityre und mich, nur noch uns zwei. Während sie auf der Rückreise zwischen meinen Pfoten im Katzenkoffer träumte, sprach sie, und ich hörte sie öfters den Namen Barak aussprechen. Es war nicht mehr so wie früher. Dabei waren wir nur noch zwei, sie und ich. Ich, offen gesagt, dick und schon ein wenig alt, und sie schöner und gurrender als je zuvor. Doch da war noch die Anwesenheit einer Abwesenden, über die wir nicht gesprochen haben und über die wir nie sprechen sollten. Abel, im Prinzip berühmt, war noch verschatteter geworden. Sein Vater, Witwer, rief häufig abends an. Vater und Sohn sprachen lange miteinander.

»Das ist alles zuviel«, sagte Tityre, »zu viele Veränderungen.«

Die neue Wohnung in Paris mißfiel ihr.

»Sie ist klein, man kann sich gar nicht verstecken.«

Der Kater der Nachbarin vom selben Stockwerk sprang über die Hecke, scharwenzelte herum und pißte an die Fenster, um seine Anwesenheit zu signalisieren. Ich mußte die ganze Nacht auf dem Posten bleiben.

»Ich will noch einmal Kinder haben«, gestand Tityre.

»Du wirst keine mehr bekommen.«

Ich verjagte den Eindringling. Mit dreckigen Pfoten kam ich wieder zurück. Abel blockierte das Flip-Flap. Das Telephon läutete. Sein Vater war am Apparat. Ich sehnte mich nach den »Fliegen« genannten Booten. Und nach Sosolala. Ein ganzes Leben, das ist der Anfang vom Ende. Das war wirklich der Anfang des Anfangs vom Ende.

32

Wir waren also in der neuen Wohnung blockiert, dazu der Kater der Nachbarin, Paolo, diese Rotznase, die uns draußen immer ärgerte, von Fenster zu Fenster, auf beiden Seiten der um die Hausecke laufenden Wohnung. Das war schließlich unser Rasen, nicht seiner, und drinnen meine Katze. Ich sah sehr wohl, daß Tityre ihn mit einem Auge beobachtete, auch wenn sie so tat, als ob sie schliefe. Dieser Paolo gehörte zum Genre Barak. Tityre und er tauschten Blicke. Die Eifersucht wurde in der Folge zum Lebensinhalt, ein unerhoffter Inhalt, doch man sucht nicht lange, man versteift sich darauf, hält daran fest, das beschäftigt einen und füllt die Zeit aus, quasi eine Freizeitbeschäftigung. Der Roman über die Ursprünge, *Biographie*, war ohne großen Erfolg veröffentlicht und zum Gegenstand herber Kritik geworden, einer der Kritiker sprach sogar davon, das Buch sei *pipi, caca, popo*, als ob Abel nach dem Preis nichts Gutes mehr schreiben könne, dabei hatte er den Roman vorher geschrieben und seither nicht mehr schreiben können. Doch der Rasen, die Ligusterhecke und die besessen durchgeführte Einrichtung der neuen Wohnung beschäftigten ihn ebenso, wie ihn auf der ersten Reise zum Jahreswechsel das zum Garten gewordene Grundstück beschäftigte, Schubkarre, Schaufel, Spaten, Rechen, Jäthacke, verdreckte Schuhe und ich, dick, in den Garten gehend, ein großes Flip, gefolgt von einem großen Flap. Tityre schlängelte sich diskreter hinaus, kleines Flip und kleines Flap. Allein aufgrund des Lärms wußte Abel von seinem Arbeits- oder seinem Schlafzimmer aus, ebenerdiges Haus, gestrandetes Schiff, Mittelgang, wer hinausging und wer hereinkam. Und ich ruhte nicht, die Schnauze durchgefroren, direkt aus den Wäldern der Nacht kommend, bis ich auf seinen Schreibtisch gesprungen war, mich ihm genähert hatte, erdige Pfoten auf weißem Papier, und ihm mit dem Kopf einen Stoß versetzt hatte, in der Art der Widder, um mich zu bedanken. Um dann sofort wieder zur Eroberung der Schatten aufzubrechen. Auf alle Fälle war ich warm angezogen. Tityre war häuslicher. Immer am wärmsten Fleck oder auf dem Klavier, hinter dem Notenständer, wo sie darauf wartete, daß Abel spielte. Während unseres ersten Aufenthaltes glaubte ich, daß wir dort endlich glückliche Tage verbringen konnten. Tiffany fehlte. Abel würde eines Tages wieder zu schreiben beginnen, früher oder später. Die Ginsterkatze tauchte auf. Oder, vielmehr, der Ginsterkater. Ein Wildkater. Der Genette.

Tityre und er hatten sich gesehen. Er wußte, daß sie sich im Haus aufhielt. Ich hatte bereits einen Dachs, einen Fuchs, einen graubraunen und einen weißen Marder, ein Wiesel, eine Feldratte und vor allem eine Waldmaus gesehen, Waldmäuse tausendfach, drollige und leichte Beute, auch von den Nachtvögeln begehrt, einem unzertrennlichen Uhu-Paar, Bruder und Schwester, das sich häufig auf dem Kamin des Hauses ausruhte. Doch auf einen Ginsterkater war ich nicht gefaßt gewesen, geschmeidig, athletisch, direkt aus einem mittelalterlichen Wandteppich entsprungen, wo ich ihn schon einmal gesehen hatte, ein Ahnherr, neben einer schönen Gesellschafterin sitzend, an einer Leine, noch nicht gezähmt. Jetzt fehlte nur noch ein Luchs. Ich sah ein Wildschweinpaar mit seinen Frischlingen. Wir hätten gut zusammengepaßt, auf der Treibjagd, beim Spiel und bei der Jagd, doch Supercat, der Genette, der Ginsterkater, eine aussterbende Gattung, hatte Tityre gesehen, und das war für beide Liebe auf den ersten Blick gewesen, so daß er immer um das Haus herumstrich, auch tagsüber, und ich wußte nicht, ob Tityre die Rolle des verschüchterten Burgfräuleins oder die der neugierigen Verliebten übernommen hatte. Sie sagte einzig:

»Er lebt allein. Glaubst du, daß er einen Kühlschrank in den Wäldern hat?«

Sie hatte sich verraten. Paolo in Paris und Supercat in Südfrankreich, das war zuviel. Ein erster, loyaler Kampf fand statt, und ich verlor die Spitze meines linken Ohres. Es gab weder Sieger noch Besiegte. Hinter der Glastür der Küche aufgerichtet, überrascht und begeistert hatte Tityre uns von ihrem sicheren, warmen Platz aus beobachtet. Abels Eingreifen, er war durch die Schreie alarmiert worden – und im Sommer ähnelt der Schrei der Häher dem einer Katze, die man erwürgt –, hatte Supercat vertrieben, und ich hatte das Recht auf etwas Jod auf meine Wunde. Ohren wachsen nicht nach, so daß ich die Erinnerung an den Kampf immer behalten würde. Als Lehnsherr hatte ich das Recht auf den Besitz des toten Vasallen, und ich mußte nicht nur mein Territorium, das durch die gerodete Fläche gekennzeichnet war, verteidigen, sondern auch meine Schöne, auch wenn ich eigentlich nicht mehr jung und tapfer war. Ich begann von den ruhigen Tagen zu träumen, die ich mit Tiffany verbracht hatte, ohne daß ich es gewußt hätte, ohne daß es mir rechtzeitig zum Bewußtsein gekommen wäre. Sie war folglich mein Vasall gewesen. Tityre fragte mich, in dem Katzenkoffer, auf der Rückreise:

»Glaubst du, daß er im nächsten Sommer wieder da sein wird?«

Ich träumte von Ruhe.

»Du antwortest nicht?«

»Bitte sei ruhig!«

»Ich liebe dich, Tiffauges.«

Das hatte ich schon einmal gehört; sie liebte den anderen, den Schurken. Sie leckte mein Ohr.

»Wo ist der kleine Zipfel? War ich der Grund?«

»Ja, du warst der Grund«, murmelte ich. Und wir reisten Schnauze an Schnauze gepreßt, zum Schielen. Der Fahrkartenkontrolleur kam vorbei:

»Wo sind denn die Katzen?«

»Dort.«

Abel empfand nicht mehr den gleichen Stolz, und wir auch nicht.

Wieder in Paris; Paolo war von der Terrasse gefallen und von einem Lastwagen überfahren worden. Die Nachbarin hatte ihn sofort durch einen anderen Paolo ersetzt, in der gleichen Art, nur größer, der noch schneller über die Hecke sprang und von den Fenstern aus meine schöne Karamellfarbene grüßte. Ein einziger Blickwechsel, und ihr Schwanz plusterte sich auf zum Federbusch. Ich war hinter dem Fenster auf dem Posten, spielte den Löwen und setzte alles daran, den neuen Paolo noch mehr zu erschrecken. Ab und zu stand Abel auf, vertrieb ihn mit seiner Stimme und schlug dabei kräftig in die Hände. Dann streichelte er Tityre, die augenblicklich aus Lust ihre Kruppe hob. Das Flip-Flap in der Küche blieb weiterhin durch ein Blech aus dem elektrischen Herd blockiert, es war schwer und gut verkeilt, und ich versuchte verschiedene Male vergeblich, es umzuwerfen, denn ich brannte auf einen neuen, loyalen Kampf. Ich hatte Geschmack daran gewonnen. Ich war der Kater mit dem zerfetzten Ohr geworden, ein Recke. Tityre war mein ganzes Leben, alles, was mir geblieben war. Mit dem erstbesten Unbekannten wollte sie durchbrennen.

»Ich will Kinder. Kannst du das nicht verstehen?«

»Du wirst niemals mehr welche bekommen ...«

»Ich möchte sichergehen. Ich kann dir einfach nicht glauben. Ich liebe dich zu sehr. Und dann ...«

»Und dann?«

Sie hatte nicht geantwortet. Das war ein zu sehr zuviel gewesen. Wenn ich liebe, dann liebe ich. Kurz und bündig.

Der zweite Paolo verschwand. Mehrere Tage lang rief die Nachbarin nach ihm. Vor allem abends, wenn es dunkel geworden war. Und da er nicht zurückkam, hatte sie nach drei Wochen, es schneite auf den Rasen, weißer Teppich, jungfräulicher Schnee und so schnell Matsch, einen dritten adoptiert, vom Tierschutzverein, einen ganz schwarzen, noch dreckigeren. Die Nachbarin wechselte ihre Kater wie Socken. Tityre wurde dadurch nur angeregt:

»Dauert es noch lange, bis Sommer ist?«

Der dritte Paolo war ängstlicher. So näherte sich Tityre öfters den Fenstern, und ich versetzte ihr Ohrfeigen, biß sie, schlug sie. Sie kam immer wieder zurück, fasziniert. Sie tat alles, um zu ihrem Ziel zu gelangen.

Ich mochte die gegenwärtigen Tage nicht. Diese lärmende Straße. Riesige Lastwagen lieferten tonnenweise Papierrollen für die gegenüberliegende Druckerei, *La Quotidienne* stand in großen Druckbuchstaben über dem Eingang; die Straße war dann jedesmal blockiert, Hupkonzerte, das Leben in der Stadt, markerschütternd, immer hetzig, einen verfolgend. Wenn ich an Tityre vorbeiging, hob diese nicht einmal mehr den Kopf. Ich wußte, ich spürte, und spüren ist für uns Katzen noch schlimmer als wissen, daß sie nur an die warme Jahreszeit und an Supercat dachte, an den verrückten Kater, wo sie selbst, verglichen mit ihm, wie eine Zwergin wirkte. Doch sieht man solche extravaganten Paare nicht öfter? Abels Vater rief häufig an. Ich spürte an seiner sicheren und klagenden, erschöpften und kategorischen Stimme, daß alles zu Ende ging, Enttäuschung, quälende und tiefste Leidenschaften, soviel uneingestandenes Bedauern, als ob jeder von uns entschieden und hartnäckig von einem anderen Leben geträumt hätte als von dem, das ihm zum Leben aufgegeben worden war. Abel, der durch jeden Anruf seines Vaters durcheinandergebracht wurde, erlag niemals der Versuchung, optimistisch und fröhlich zu sein oder sich gar in Mitleid zu verirren. Wir hatten verloren, und das war nicht einmal ein Spiel gewesen. Abel hatte auch Angst, nicht mehr den Mut zum Schreiben zu finden. Er nahm sich immer wieder den gleichen Text vor, ohne besondere Situation, ohne besonderen Fluß, Menschen, die sprachen, verschiedene Personen, die durch nichts miteinander verbunden waren, von Seiten und Sätzen abgesehen, Personen, die ihren entsprechenden Romanzen nachgingen und denen es niemals gelingen sollte, das Wort zu ergreifen. Die Melodie trug ihn. Der Frühling kam. Die schöne Jahreszeit. Die Reise. In dem Koffer warf sich Tityre in Schale. In der Nacht unserer Ankunft noch machte der Wildkater, durch die Lichter hinter den Fensterläden aufmerksam geworden, seine Aufwartung, und Tityre wohnte hinter dem Küchenfenster, erster Rang Balkon Mitte, unserem Duell bei. Ich kam mit einer zerfetzten Vorderpfote davon. Aber ich habe ihn getötet. Die Kehle. Meine Schnauze war voller Blut.

33

Nachher verliere ich die Auffassung von der Zeit. Das Ende ist bekannt. Immer die gleiche Geschichte, die mit oder ohne Mord von vorne beginnt. Man möchte einfach wissen, ob die Geschichte, die man lebt, sich unterscheidet. Den ganzen Sommer über humpelte ich. Man gab mir Spritzen. Ein Kater mit nur drei Beinen sieht nicht wie ein Sieger aus. Mir wurde nicht einmal die Ruhe nach dem Kampf zugestanden. Der wilde Kater war wohl etwas weiter vom Haus entfernt in seiner Strauchheide gestorben, in seinem Versteck, Blutspur, ich hatte ihm eine Vene aufgebissen, eine Drosselvene. Dabei war er doppelt so groß wie ich gewesen, doch ich hatte ihn gepackt, genau dort, wo man packen muß, wenn man töten will, und sehr fest zugebissen, denn Tityre schaute uns zu, denn Abel würde, aufgeschreckt, alarmiert, uns schon bald, wie beim erstenmal, mit einem Schrei trennen, aus Angst um mich, und weil ich unaufhörlich und ohne etwas dagegen unternehmen zu können von ruhigen Tagen träumte, für uns drei ein schönes Lebensende herbeisehnte; doch der Tod schritt voran, er hatte bereits ein Stück Weg zurückgelegt. Tityre begann, Eidechsen, Schmetterlinge, Heuschrecken und kleine Insekten zu fangen, immer in der Nähe des Hauses, ein Nichts; und sie führte sich auf wie zu Tode erschreckt. Ich fand das nicht mehr komisch.

Ich hüpfte solala und versteckte mich im tiefer gelegenen Unterholz. Ich jagte Waldmäuse, aus Trotz, trotz allem. Meine Beute legte ich immer unter Abels Schreibtischstuhl, der nur noch mit angewiderter Miene Schaufel und Besen holen und die Kadaver auf die immer gleiche Stelle werfen mußte, draußen, mein Jagdfriedhof. Ich versuchte sogar eines Tages, ihm eine von mir erlegte Natter zu bringen. Doch ich hatte Schwierigkeiten mit dem Flip-Flap, denn ich konnte mit meiner Vorderpfote kaum noch auftreten. Abel überraschte uns in diesem Augenblick, ohne das geringste Zeichen von Freude zu geben, dabei hatte ich ihn etwas ablenken wollen. Ich mußte auf meine Trophäen verzichten. Ich hatte geglaubt, in Tityres Achtung zu steigen, und fühlte mich lächerlich. Sie bewachte das Haus, ideale Hostesse, ich bewachte den Garten, das heilige Territorium. Abel schrieb nur noch erste Seiten. Im darauffolgenden Jahr schrieb er nur noch Briefe. Er behauptete, ein Brief sei ein Roman in sich, vielleicht der vollkommenste. Er hatte Gewimmel im Kopf.

Das Gelände fiel leicht ab. Abel legte Rinnen an, im rechten Winkel zum Hang, »wie die Chinesen«, sagte er, »damit der Hang nicht unterspült wird«. Er schaufelte, jätete und harkte verbissen und auch mit heimlicher Freude in dem groben Kies, dem Aushub, den die Bauarbeiter bei der Arbeit an der Garageneinfahrt einfach in den Garten geworfen hatten. Er stieß bis zur Lehmschicht vor, grub noch tiefer, gestaltete die Landschaft neu, und ich beobachtete ihn, sitzend, auf dem Abhang liegend, lang ausgestreckt, begeistert, immer aufmerksam. Ihm gegenüber.

Ich habe immer allein geschlafen. Abseits. In meinem Winkel. Ich habe nie beobachtete, daß Abel sein Bett geteilt hätte. Wir beide, er und ich, waren große Einzelgänger, was das Territorium der Nacht anbelangt. Was seine aufeinanderfolgende, aneinandergereihten Brüche genauso erklären mag wie mein Scheitern mit meiner Schönen Nr. 1 und meiner Schönen Nr. 2. Denn in diesem Sommer hatte ich humpelnd, aber sonst unverletzt, einen Kampf überstanden, der für meinen Gegner fatal werden sollte, aber Tityre damit nicht gewonnen, sondern verloren. Der Goldstaub in ihren Pupillen war trüb geworden. Sie sprach weniger mit mir. Kaum noch. Gar nicht mehr. Ich hatte sie verletzt. Auch sie. Im Garten war ich auf Abels Gesellschaft angewiesen. Ging er ins Haus, ging ich in das tiefer liegende Gehölz, so gut es eben ging – ich brauchte sehr lange, bis ich meine linke Vorderpfote wieder einigermaßen einsetzen konnte – und schlief im Schatten eines Strauches ein. Ich hatte den Eindruck, mir in meinem Kopf einen kleinen Platz zu verschaffen. Verlorene Illusionen? Ich hörte Abel Klavier spielen. Ich stellte mir Tityre vor, die die Seiten des Notenalbums umblätterte. Sie brauchte ihn ebenfalls. Ein Eichhörnchen machte sich bemerkbar. Tityre hielt es für einen Verwandten, bauschte ihren Schwanz, versuchte, auf die Bäume zu klettern und von einem Ast zum anderen zu springen. Plumps! Jedesmal. Wahnsinnsanfälle. Einfach so. Schallendes Lachen. Auch wenn vager Kummer uns aushöhlte, sie, mich und Abel. Léon, die Kröte, hielt sich, allein, am Fuß der Wände auf, um das ganze Haus herum, immer bereit, ein Insekt zu verschlingen. Sie war alt, zerknautscht, weise, und unsere Anwesenheit war ihr gleichgültig. Sie hatte das Leben verstanden, sie schon. Über Abel und konsequenterweise auch über mich schreibe ich folgendes: die Liebe machte ihn verrückt, Leid hielt ihn am Leben, die Melancholie sollte ihn dahinraffen und mich mit ihm. Mit der Liebe war er immer schnell am Ende. Er lief davon, noch bevor es zu einer wirklichen Begegnung kam, keine Kythera mehr, kindliche Angst vor Täuschungen, Wahnbildern, vor allem, deren Geisel zu werden. Der Regelmäßige, dessen Besuche nun auch schon einige Jahre zurückliegen, scheint mir, heute, zu spät, im nachhinein, während ich diese Zeile schreibe, seine einzige beachtenswerte Liebesverbindung gewesen zu sein. Am Leid konnte er keinen Gefallen finden, Erhaltungsinstinkt und Komfort von einigen beider Geschlechter. Und was die Melancholie anbelangt, sie war nichts anderes als das hartnäckige Festhalten an Tinte, das sich in seine Seite Verkrallen, eine fixe Idee, der brutale Wille, Zeichen zu setzen, hier auch die Gefahr, die uns alle drei mitreißen sollte, jeder auf den anderen rechnend, während wir nichts mehr erwarteten. Ein wenig Gesellschaft, das ist alles. Es vollzog sich sogar der Bruch mit Citronnelle, die immer noch aus dem früheren Dorf kam, verliebt, geschmerzt, weinerlich, wütend das Geschirr aufräumend, und die bei ihrem letzten Besuch eine Zeitbombe hinterließ: zuviel Schaum, der die Verkrustungen im Herd auflösen sollte, skrupulös auf den Innenwänden verteilt und zur Stunde des abendlichen Lindenblütentees die Explosion des Kochherdes. Ihre Nachfolgerin, Clara, jünger, scheuer und sanfter, war glücklich, die Stelle zu bekommen und richtete es immer so ein, daß sie kam, wenn Abel nicht da war, aus Angst, wie im Bann. Gefühle, ja, Sentimentalitäten, nein.

Als wir im Herbst wieder in Paris waren, starb Abels Vater. Ich weiß nicht, ob mein Vater tot ist. Ich weiß nicht, wer mein Vater ist. Er lebt vielleicht sogar noch. Abel sagte, er habe jetzt niemand mehr, und dachte in diesem Augenblick, jetzt sei alles aus. Leid läßt sich nicht wiedergeben. Wenn man daran rührt, breitet es sich aus. Unnötigerweise. Wenn Abel uns streichelte, war er nachdrücklicher als früher. Eines Abends nahm er mich in seine Arme, ein wenig ungeschickt, ich war so dick geworden, ich wand mich und kratzte ihn, ohne es zu wollen, unter dem Kiefer, mit der ganzen Kralle. Tief. Er blutete. Abel tupfte Alkohol auf die Wunde und stutzte mir am nächsten Tag die Krallen, das war normal. Die Wunde entzündete sich, und er mußte zwei Wochen ins Krankenhaus, Bluttransfusionen, mit anschließender monatelanger Behandlung mit Antibiotika. Bleich, zum Skelett abgemagert. Gerüchte, ihn betreffend, machten die Runde. Obwohl er mit meiner Klaue nur an den Kiemen verletzt worden war, denn wir sind Fische im Bauch unserer Mütter, hatte sich alles infiziert, eine Reihe von Phlegmonen trat auf. Operation. Schocktherapie. Paolo III. strich hinter dem Fenster auf und ab. Tityre schaute nicht einmal mehr hin: Ich hatte den Tarzan ihrer Träume getötet. So viele Zeichen hatten sich angehäuft. Am 1. Januar traf eine Botschaft des Menschenfressers ein, Mounette war gestorben; ein Photo zeigte meine Mutter vor einem Kamin liegend. Der Garten war schön geworden. Barbara besuchte uns zum erstenmal nach so vielen Jahren. Wie ihr alles erzählen? Wörter enthalten soviel und sowenig. Sie war zu spät zurückgekommen.

34

Ich hätte mich an mein Fell, mein Schweigen, meine Lekkungen halten können, ein erfundenes Wort, doch für Katzen, Hunde, Wiesel und Eulen, Ameisen und Skorpione müssen alle Wörter neu erfunden werden.

»Eine Katze hat kein Bewußtsein«, behauptet die eine.

»Eine Katze denkt nicht«, meint der andere.

»Nur durchgepaust«, wirft der dritte ein.

»Kriegslist«, läßt der Verrammelte oder Verschlossene vernehmen.

Kater Tiffauges, Die Geschichte seines Lebens, von ihm selbst erzählt, Roman, geht zu Ende. Als ich mich, post mortem, ans Werk machte, ahnte ich nicht, in wie hohem Maße wir eines mit den menschlichen Wesen gemeinsam haben, wir sind, ohne daß es uns manchmal bewußt würde, mitleidlos grausam, sprich blutrünstig. Vorsicht vor der oder dem, die nachdenken und sprechen. Hauptdarsteller Tiffany, Tityre und Abel. Es wird sehr schlecht enden. Das ganze Problem, ewiges dramaturgisches Anliegen, liegt darin, herauszufinden, in welcher Reihenfolge die Darsteller und Darstellerinnen die Bühne verlassen werden. Ich wurde immer noch von dem Bild des Weidenkorbs, der von den eisernen Zähnen eines Mülltransporters zermalmt wird, verfolgt, von diesem bestimmten Morgen. Im Laufe der Tage verstrichen die Jahreszeiten und Jahre, und ich fragte mich öfters, ob Tityre nicht gehört und verstanden hatte, was sich ereignete, obwohl sie natürlich in der Wiege liegend nichts hatte sehen können. Leid wird auf sehr gewöhnliche Art ertragen, und angesichts des Leids fliehen zu viele zu weit. Liebe schließt immer alle möglichen Arten von Fahnenflucht und Aufgabe in sich ein. Ich halte kein Plädoyer für Opfer oder Täter, für gutes oder schlechtes Gewissen, sondern für das Leben im Rohzustand, weder Hoffnung noch Verzweiflung, sondern geträumtes Leben, immer wieder neu begonnen, dabei unerträglich und ungerecht auf die Seite geschoben. Man wird zur Seite geschoben oder schiebt sich selbst zur Seite. Wir waren wie Abel geworden, zerrüttet, ängstlich und aufmerksam, wie das unterscheiden, in der Aufmerksamkeit liegt soviel Zuneigung, auch soviel Grausamkeit, denn sie ist ausschließlich. Ich wollte die Bühne vor Abel verlassen und mein Ende, nicht seines, beschreiben können. Ich wollte vor Tityre Abschied nehmen. Und ihr fehlen. Warum die Wahrheit verbergen? Ich wollte, daß sie etwas leidet, meinetwegen, denn ich hatte sie nie erobern können. Und sie war schöner als je zuvor, verweigerte sich, ich hoffte immer noch. Ich hatte die Bühne als erster zu verlassen. Nur so, nur auf diese Weise konnte ich Zeugnis ablegen, schreiben, hier, jetzt.

Die Zeit im letzten Kapitel hat mit der realen Zeit nichts zu tun. Wir waren glücklich in diesem Sommer. Barbara war zurückgekehrt. Tiffany, meine Schöne, meine Wilde, meine Unbeugsame, fehlte beim Appell. Und jeder von uns vier verschwieg diese Abwesenheit. Gellend. *Modus vivendi,* das Maul halten – das mag vielleicht kindisch erscheinen. Ein Kätzchen sucht immer die Brustwarze.

Der Briefroman beschäftigte Abel ein Jahr lang. Zuerst Sommer und Herbst, Band 1. Dann Winter und Frühjahr, Band 2. Vier Jahreszeiten. Gewimmel auf jeder Seite. Jeder und jede fügten ihren kleinen Brief hinzu. Imaginäre beiderlei Geschlechts, doch stellt man sich wirklich etwas vor, beim Schreiben? Wieder in Paris zurück, entdeckten wir eine weitläufige Wohnung, überall Säulen, Parkettboden im Salon, der als Arbeitszimmer dienen sollte, Marmor in den anderen Zimmern, etwas Teppichboden in dem einzigen Schlafzimmer, alle ineinander übergehend, für unsere Hetzjagden hervorragend geeignet, ein neues Gefühl für unsere Pfoten. Tityre kommentierte:

»Ein richtiger Palast! Gerade recht für mich!«

Wie oft sollte sie, rennend, verfolgt, auf dem Marmor in der Eingangshalle rutschen, wie ein Schwan auf einem zugefrorenen Weiher, das Bild stammt von Abel.

»Berühr mich nicht, ich habe mir weh getan!«

Ihr Schwanz war fragender als je zuvor, und sie spielte die Irreale, Sublime, Unantastbare. Dem jeweiligen Tag entsprechend. Oder sie spielte es auch nicht, sie glaubte daran, allerletzte Pantomime. Wollte sie mir beweisen, daß Abel sie mehr liebte als mich? Sie wagte es, mich zu bitten:

»Nenn mich Lady Mimodram oder ganz einfach Mimo, einverstanden?«

Für wen hielt sie sich denn so plötzlich?

Mir blieb nur noch die Beobachtung einer schönen grauen Katze, in einer Küche, auf der anderen Straßenseite. Sie hielt dort Wache. Sie wartete den ganzen Tag, bis ich auftauchte und zu ihr schaute, und wir unterhielten uns mit Blicken. Tityre sollte sich nur einmal ärgern:

»Auf der Lauer liegend, alter Geizkragen?«

Die Säulen waren falsch und hohl und das Gebäude alt. Die Mäuse benutzten sie, um von der Decke im ersten Stock zum Fußboden im dritten zu gelangen. Ich verfolgte ihr Kommen und Gehen mit den Augen, von unten nach oben, von oben nach unten, ausgezeichnete Übung für die Nakkenwirbel. Ich wies auf diese Weise auf ihre Passage hin. Abel amüsierte sich darüber. Er schrieb, und ich wachte. Tityre spielte in dem mit einem häßlichen grünen Billardstoff bespannten Zimmer Eichhörnchen. Abel hatte die vorhandene Ausstattung nicht ändern lassen, obwohl sie ihm nicht ganz entsprach. Tityre kletterte links vom Kamin die Wand hoch und zog sich auf das oberste Regal hinter die Bücher zurück; Hitze steigt nach oben. Neues Spiel, die schöne Frierende oder die verschwundene Unwiderstehliche. Sie sollte es dort oben bis zum Frühjahr aushalten. An einem Sonntag fand ein Fest statt. Doch die Atmosphäre war nicht so wie früher. Abel war endgültig in ein Tintenfaß gefallen. Ich fand die Wege nicht mehr, die in meinem Kopf durch die Wälder führten, ich hatte sie gelebt, wußte, daß sie mir gehörten, mit den Büschen und einer Eiche und der Flucht eines wilden, tödlich verletzten Katers, der sein Versteck erreicht hatte, soviel tapferer und wertvoller als ich.

Im darauffolgenden Sommer sollte Barbara wiederkommen. Abel war verloren. Der Schmerz siegte ab sofort über die gute Laune, das geheuchelte Glück, das so kraftvoll ist und, trotz allem, zu guten Beziehungen gehört, wenn jeder schweigt und sich verkriecht, konnte sich nicht mehr ausbreiten. Heftige Ausbrüche, Schreie. Die entsetzte Barbara reiste ab. Tityre war distanzierter als je zuvor. Ich lernte Kaninchen und Kaninchenbauten kennen. Ganze Tage wartete ich auf sie. Sinnlos. Sie wußten, daß ich da war; von

Bau zu Bau machte die Nachricht schnell die Runde. Dabei hätte ich so gerne mit ihnen gespielt, vor allem mit den Kleinen. Ich war der einzige, der von Mounette gesäugt worden war. Tityre verließ nur morgens das Haus, wenn der Briefträger vorbeikam und sie streichelte, auf dem Briefkasten, am Straßenrand, mit einem diskreten Blick in die Umgebung, für den Fall, daß Supercat zurückgekommen war, und dann wieder abends, wenn es etwas frischer war, um einige Purzelbäume zu schlagen und eine kleine Eidechse zu fangen oder einen Eintagsschmetterling. Am letzten Frühlingstag hatte Abel seinen Briefroman abgeschlossen. Seither machte er einen vernachlässigten, irregeführten, verschwommenen Eindruck. Er schlief viel. Die Stille am Fuß der Klippe half dabei. Morgens hatten wir Hunger. Tityre näherte sich mir, durchtriebenes, liebeheischendes Luder, ich strauchelte. Sie gab mir den Befehl, hinter der Zimmertür, den Herrn zu wecken:

»Los, geh, das ist deine Aufgabe.«

Ich führte den Befehl aus. In der geheimen Hoffnung, ihr endlich zu gefallen oder sie wirklich zu verführen, ein für allemal, letzter Einsatz. Ich miaute. Sehr laut. Blöd. Bis Abel wütend und nackt die Tür öffnete:

»Das reicht jetzt, Caruso, ich hab dich gehört.«

Wir rannten vorneweg den langen Mittelgang entlang bis in die Küche, wo er uns das erste Fressen des Tages servierte und seinen Kaffee kochte. Am Abend zuvor war der Tisch schon gedeckt worden, für ihn allein. Der Tag begann. Tityre wartete auf den Briefträger. Auf dem Briefkasten sitzend machte sie Morgentoilette. Abel trank seinen Kaffee, verloren, fern, als ob er sich entfernte. Ich ging aus. Wir trennten uns für den Tag. Ich spürte nicht das Ende kommen, sondern ein Ende. Die Geschichte von zwei Wesen ist nichts ohne die anderen, ohne das, was man für sie getan hat und was man nicht für sie getan hat, alles bruchstückhaft, und die anderen enthüllen, fordern auf oder klagen an. Ich hatte nicht mehr die Kraft, mich schuldig zu fühlen. Abel ebenfalls nicht.

Was Tityre anbelangt, so werde ich es nie erfahren. Ich vermute nur, daß sie sich nach meinem Tod selbst aufgegeben hatte. Abel trank nicht und nahm keine Drogen. Er wartete, als Einzelgänger, manisch und intolerant auf das, was sich nicht ereignen sollte. Das Warten an sich hätte als Gesellschaft ausreichen sollen. Nicht einmal.

Gegen Sommerende nahm er an einer Hochzeit teil. Emile und Marie-France, befreundete Nachbarn, kümmerten sich um uns in seiner Abwesenheit. Abel wurde es nach der Zeremonie schlecht, beim Lunch. Er sagte es niemand. Er wollte das Fest nicht stören. Am Tag nach seiner Rückkehr fuhren wir nach Paris zurück. Abel hatte zu viele rote Blutkörperchen, ein oder zwei Millionen zuviel, und das seit langer Zeit. Der Medizinprofessor, Blutspezialist, der wieder einmal nach vielen Jahren befragt worden war, sagte nur:

»Damit müssen Sie leben.«

Abel war mit diesem Blut auf die Welt gekommen. Tintenblut.

Abel war auch mit dem Weltschmerz geboren worden. Die ganze Welt leidet daran, stärker oder weniger stark. Für ihn war es stärker als stärker. Und für mich.

Tityre sagte mir im grünen Zimmer, beinahe ein Geständnis, es war stärker als sie, ihr ganzer Charme:

»Ich weiß nicht, wie ich es ihm sagen soll, daß ich ihn

liebe«, und: »Sag ihm, daß ich ihn liebe«, und endlich: »Er macht mir Angst.«

Das ist kein besonderer Dreh, meine Geschichte, sondern meine Geschichte. So hätte ich anfangen sollen. Nur diejenigen, die sich weigern, das zu sein, was sie sind, sehen Lug und Trug dort, wo es keinen gibt. Wenn die Wesen rufen, ist der Kampf von vornherein verloren, und dann fängt man wieder von vorne an. Man sagt sich, daß dies nie völlig zu einem Dialog der Tauben würde. Man greift von neuem an. Rennt sich den Schädel ein. Selbst wenn man sich mit einem Katzenleben wie alle anderen hätte begnügen können. Was ist das eigentlich, ein Katzenleben wie alle anderen? Es ist nicht so komisch, wenn ich hier daran erinnere und es noch einmal sage, daß Abel in dem einzigen Text, in dem er von uns gesprochen hatte, mich als den einzigen Kater beschrieben hatte, der *Das Sein und das Nichts* gelesen hatte, vom Anfang bis zum Ende. Eine Art gute Laune. Nein, keine Art, sondern ein Zustand, Gnade, gesetztes Zeichen, jahraus, jahrein, Verbissenheit an der Front, Hartnäckigkeit auf der Barrikade, sich einen Weg bahnen, leben, überleben.

Abel hatte sich seinen Schnurrbart abrasiert. Jetzt sah er genauso aus wie sein Vater. Tityre hatte gezittert:

»Hoffentlich macht er das nicht mit uns.«

Abel fuhr nach Kanada; Fanny und Charli, befreundete Nachbarn, kümmerten sich unterdessen um uns. Nach seiner Rückkehr fuhren wir in das Haus im Süden, am Fuß der Klippe. Abel wollte den Garten für den Winter herrichten. Arbeit im Garten oder Arbeit an den Seiten, das ist die gleiche Arbeit. Abel hatte sich wieder ans Schreiben gemacht, von der Geschichte eines Karpfens ausgehend, der »bei lebendigem Leibe gefressen worden war«, eine Geschichte, die Fanny ihm erzählt hatte. Eine Emotion als Ausgangspunkt. Merkwürdiges Essen. Der Karpfen war gekocht worden, ohne daß der Kopf ins Wasser getaucht worden wäre. Als man ihn aß, lebte der Kopf noch.

Zum Wochenende war ein Geliebter gekommen. Als Abel ihn abholen wollte, hatte er, kurz bevor er aufbrach, zu uns gesagt:

»Es ist schon lange her, daß ich jemand am Bahnhof abgeholt habe.«

Und da ich ihn intensiv anschaute, hatte er schnell hinzugefügt, immer viel zu früh, um ja nicht zu spät daran zu sein:

»Ein anderes Mal werde ich dir alles erzählen.«

Alles fing von vorne an: der Garten, ein Roman, ein Geliebter.

»Was macht er mit ihnen?« fragte mich Tityre.

Ich glaube, ich habe nur geantwortet:

»Das ist gleichgültig.«

Eine subtile Antwort. Tityre tat so, als habe sie sie nicht gehört. So zählt sie nicht. Ich notiere es trotzdem.

In der Nacht von Freitag auf Samstag schliefen sie zusammen in dem Zimmer am Ende des Ganges. Am Samstag gärtnerten sie den ganzen Tag, ich überwachte sie, während Tityre das Haus bewachte. Am Samstagabend nach dem Essen bereits ein erstes Gewitter zwischen den beiden. Um nicht wütend zu werden, setzte sich Abel ans Klavier und spielte, wie er nie gespielt hatte, hinreißend. Sie schliefen in getrennten Zimmern, und Tityre sah sich gezwungen, mit mir zusammen in dem anderen Gästezimmer zu schlafen, sie auf dem Kopfkissen, ich am Bettende, ängstlich, draußen tobte der Wind und schlug gegen die Klippe. Am nächsten Morgen rief Abel um Hilfe. Er war aufgewacht, aus dem Bett gefallen und unfähig aufzustehen. Der Geliebte rief einen Arzt. Ein Krankenwagen kam. Eine Trage. Ein Bett auf Rollen, sehr schmal, den ganzen langen Gang entlang, wir hinterher, und Abel im Koma. Völlig unmöglich, das Fressen zu verlangen. Ich wollte nicht, daß Abel vor mir abreiste. Er lebte noch, das weiß ich, doch in welchem Zustand? Man weiß nur das, was man spürt.

Es war November. Ein Sonntag. Der Himmel war so grau, daß die Klippe hell, voller Licht, wie vom Wind gesäubert aussah. Warum hatte Abel seinen Schnurrbart abrasiert? Um wie sein Vater auszusehen? Um sich zu befragen? Ergreifend. Als Kater sieht man alles, hört man alles, hat man Projekte. Das Telephon läutete. Wir konnten nicht antworten. Der Briefträger ging vorbei, aber er machte keine Pause mehr. Tityre ging nicht mehr ins Freie. Es war ihr zu kalt. Emile und Marie-France, die befreundeten Nachbarn, kümmerten sich um uns, aber wir hatten keinen Hunger mehr. Oder nur wenig. Wir wollten nur, daß Abel wiederkäme und daß alles wieder so anfinge wie zuvor. Es war so schön, früher, alles in allem.

»Wo ist das, das Koma?« fragte mich Tityre.

Das war nicht mehr komisch. Das letzte, was sie zu mir sagte. Wir waren nichts mehr ohne Abel, selbst wenn man sich um uns kümmerte. Im Kamin brannte kein Feuer mehr. Emile sagte mir:

»Abel ist gerettet. Er wird kämpfen. Er wird wiederkommen.«

Doch am dritten Sonntag nach dem Unfall, da konnte ich nicht mehr warten, jetzt war ich an der Reihe. Tityre hatte sich frierend, kopflos, auf das Klavier geflüchtet, hinter den Notenständer. Der Tag der Jagd und der Jäger. Die Klippe warf das Echo der Schüsse zurück. Ein kleiner Kuß auf Tityres Schnauze, ein großer Flip, ein großer Flap, und ich begann, in dem Unterholz meines Kopfes, in dem tiefergelegenen, zu rennen, bis, peng!

Lago Maggiore. Oktober des einen Jahres. Februar des folgenden. Für alle, die ich vergessen habe. Und an die ich mich folglich erinnere.

Französische und lateinamerikanische Literatur

Das Werk von Michel Tournier, übersetzt von Hellmut Waller

Die Familie Adam
Erzählungen. 328 Seiten. 1981

Gilles & Jeanne
Erzählung. 128 Seiten. 1985

Kaspar, Melchior & Balthasar
304 Seiten. 1983

Der Wind Paraklet
282 Seiten. 1979

Zwillingssterne
Roman. 470 Seiten. 1977

Eine Auswahl weiterer Titel

Jacques Stephen Alexis
Die Mulattin
Roman
Aus dem Französischen von Thomas Dobberkau
313 Seiten. 1985

José Donoso
Das Landhaus
Roman
Aus dem Spanischen von Heidrun Adler
448 Seiten. 1986

Moacyr Scliar
Der Zentaur im Garten
Roman
Aus dem Brasilianischen von Karin von Schweder-Schreiner
302 Seiten. 1985

Hoffmann und Campe

Amerikanische Literatur – Eine Auswahl

Ed McClanahan
Mordsracker in Kentucky
Roman
Deutsch von Benjamin Schwarz
254 Seiten. 1985

Gore Vidal
American Plastics
Über Literatur und Politik
Deutsch von Helmut Winter
256 Seiten. 1986

Gore Vidal
Duluth wie Dallas
Roman
Deutsch von Günter Panske
288 Seiten. 1984

Gore Vidal
Ich, Cyrus, Enkel des Zarathustra
Roman
Deutsch von Günter Panske
600 Seiten.1986

Gore Vidal
Lincoln
Ein Roman
Deutsch von Rudolf Hermstein und Christan Röthlingshöfer-Spiel
733 Seiten. 1985

Paul Auster
Stadt aus Glas
Roman
Deutsch von Joachim A. Frank
208 Seiten. 1987